ダッシュエックス文庫

JN177918

セーブ&ロードのできる宿屋さん3

~カンスト転生者が宿屋で新人育成を始めたようです~

稲荷　竜

忘れないうちに、昔の話を書き留めてしまおうと思います。
最初に宣言しておくと、これは失敗の話です。
大変な苦労と、つらい決断の末に、なにも守れなかったお話です。

昔々あるところに。
『輝く灰色の狐団』という、クランがありました。

六章

ヨミの回顧録作成

前書き。


忘れないうちに、昔の話を書き留めてしまおうと思います。

最初に宣言しておくと、これは失敗の話です。

大変な苦労と、つらい決断の末に、なにも守れなかったお話です。

私はこの話を誰かに語って聞かせることは、ないと思います。

でも、本当は誰かに話したくてたまらないのだとも、思います。

ちょうど、新製品の紙を渡されて、その使用感を語るよう、アレクに求められています。

だから、あの人の作った紙に、あの人のことを書いてみようかと思いました。

あの人とは、私の夫のような、兄のような人――アレクサンダーです。

思えば、宿で修行をするお客さんからは、化け物のように扱われることが多い彼です。

実際、今の彼は色々と化け物なのでしょう。……だからふと、どうしようもないことを思ってしまいます。

『もし、彼が最初から化け物だったら、あるいは、違った未来もあったかもしれない』と。

私たちは宿屋経営をせずに、犯罪者になっていたかもしれない。

私の父と、二人の母は、まだそばにいたかもしれない。

これから過去の話を記そうと思ったのは、そういうどうしようもない『もしも』に自分の中で決着をつけるため、という側面もあると思います。

前置きが長くなりすぎても駄目だと思うので、本題に入りたいのですけれど、話を始めるというのは意外に難しく、どう書き出したらいいか困ります。

だから私でもよく知った始まり方を、真似させてもらおうと思います。

昔々あるところに『輝く灰色の狐団《きつねだん》』という、クランがありました。

○

その季節を回想すると、まずは厳しい寒さを思い出します。

寒いのは嫌いです。

当時、私は『輝く灰色の狐団』というクランで、団員の衣類の洗濯や食事の世話を主《おも》な仕事としていました。

クランという集合体は、団長や団員、設立過程によって様々なものがあります。

私が物心ついた時からいた『輝く灰色の狐団』はキャラバンに近い集合体でした。

場合によっては拠点から拠点へ渡り歩く、共同生活体、とでも言えばいいのでしょうか。

クエストのためだけに集まった集団ではなく、もっと深い、家族のような付き合いをする団体だったと思います。

というよりも、そのクランは、冒険のための集まりとは言えませんでした。

『輝く灰色の狐団』は、犯罪者や、犯罪者まがいの人たちの集団だったのです。

孤児。逃亡奴隷。宿無し。なによりも——犯罪者。

まともに生きてはいけない人たちが、身を寄せ合っている場所でした。

そもそも、クランの中心人物からして犯罪者です。

クランマスター。暗殺者の『はいいろ』。

副マスター。盗賊の『狐』。

そして、役職こそないものの、ご意見番のような位置には『輝き』という人がいました。

この三人がクランメンバーにとっての父や母、姉でした。

それ以外は、誰しもが息子であり、娘であり、弟や妹でした。

私はクランの中心人物たちの実子でしたが、ほかの子たちと比べて、特別いい待遇はされていなかったように思います。洗濯や料理などの下働きを、よくやっていました。

だから、寒い季節の水の冷たさをよく覚えています。湿った洗濯物の重さも、小さな体をいっぱいに使ってシーツを干したことも、物干しの紐《ひも》が切れて洗濯をやり直したことだって、覚えています。……たぶん、そんな思い出ばかりの日々は、平穏だったのでしょう。

でも、状況は常に水面下で動いていたのだとも、今からならば、思います。

状況が、私にもわかるぐらい顕著《けんちょ》に動き出したのは、たぶん、ある人が入団したころだと思います。


「おーい、新しい団員拾ったぞー」

『はいいろ』の胴間声《どうまごえ》を思い出します。

回想してみれば、私の父は、記憶違いかと思うぐらい、顔と声が合っていない人でした。

『はいいろ』は魔族の男性です。

純白の髪に、純白の肌。右目は赤く、左目には眼帯をしていました。

容貌は若々しく中性的です。

いつも身につけていた銀の毛皮のマントも、実用的な防具のはずなのに、彼が着ていると街で流行のファッションかなにかに見えました。

子供心に、父が格好いいというのは、なかなか誇らしい、黙っていれば最高の父親だ、とか失礼なことを思っていた記憶があります。

当時、『輝く灰色の狐団』がねぐらにしていたのは、大きな酒場の跡地でした。

地方都市のさらに郊外にある、屋根のない二階建ての建物です。

仕事のないメンバーは、いつもそこに集まって、ぐだぐだと話をしていました。

詳しい内装はよく覚えていないけれど、乱雑に並んだテーブルと、そのへんにうち捨てられた木材と、中央のテーブルに腰かけていた『はいいろ』の姿はよく覚えています。

「コレな。おーい、起きろよボウズ。いつまで寝てんだ」

父は、拾ってきた少年を乱暴に扱っていました。

よく見れば少年はボロボロだったように思います。でも、血も流れていないし、服は裂けているのに傷跡もないし、肌がのぞいた場所には打撲のあとすら見えません。

冷静に思えば、不気味な少年――彼の第一声が、今でも耳に残っています。

「ね、寝てない！　ちょっと離席してただけだ！」

意味はわかりませんでしたが、その瞬間、私の中で彼を『おかしな人』に分類したのだけははっきりと覚えています。

気になった――ということは、いい意味でも、悪い意味でも、ありませんでした。『輝く灰色の狐団』は、基本的に来る者を拒《こば》まないクランでしたので、おかしな人が来ることだって、珍しくなかったのです。あの人もそのたぐいか、とやけに冷静に思っただけでした。

今から思えば、当時の私は、全然、子供らしくない子供だったと思います。

達観していたというか、ませていたというか、とにかく無愛想で無感動で、無礼でした。

言い訳をさせてもらえるならば、たぶん、父親である『はいいろ』のせいでしょう。

父はいつでも楽しそうで、軽薄で、子供みたいな人でしたから、私はそんな彼の姿を見て、自分がしっかりしなければとか、思っていたのかもしれません。

「はっはあ！　愉快なボウズだねえ！　ホレ、自己紹介しな」

「じ、自己紹介……？」

「名前ない系の人？」

「それはあるけど……えっと、状況が、よく……」

「わかったわかった。おじさんが解説してやろう。お前さんは、俺様を殺そうとした。俺様はお前さんを返り討ちにした。でも、お前さんはなぜか生きてる。だから連れてきてクランメン

バーにしようと思った。以上だ。質問は？」

「質問はっていうか……気になることだらけで……とりあえず、なんで、あんたは自分を殺そうとした俺をクランメンバーにしようとしてんだ⁉」

「お、細かいことが気になるお年頃かい？」

「細かくねーよ！」

「大丈夫、大丈夫！　俺様たちは殺し合った仲だろ？　お前さん、俺にハラワタまで見せてくれたじゃないか！　体の中を見たんだから、もう親友も同然だろ？」

いつもの、強引なやりとりでした。

すっかり黙ってしまった少年の微妙な表情を、今でもよく覚えています。

このあいだ、その少年の前で再現してみせたら、『そんな顔はしてない』と言われてしまいました。……絶対してました。情けないような、困ったような、そんな顔です。

とにかく、『はいいろ』を前に黙ってしまうと、もうおしまいです。

交渉術とは違うのかもしれませんが、あとは『はいいろ』の望むようにされてしまいます。

「というわけでお前さんは団員だ。さあ団員になろう。団員に決定。さっさと自己紹介してくれよな？　さもないとお前さんの名前は俺様が勝手につけるぞ」

「……」

「そうだなあ……お前さんは殺してもなぜか死なないから、『死なない君』とかどう？」

「……アレクサンダー」

「大きな声で」

「アレクサンダーだよ！　俺の名前は、アレクサンダーだ！」

「はっはあ！　というわけでアレクサンダーくんが新しく我らがクランに入団だ！　アレクでもアレックスでも好きなように呼んでやってくれ！」

「……くそ、なんでこんなことに」

アレクの心の底から悔やんでいる表情を、今でもよく覚えています。

思い返すたびに笑いそうになってしまいます。だって、あんまりにも、まともな反応に思えますから。

ともかく、父はアレクを『輝く灰色の狐団』に入れてしまいました。

そうなるといつもの儀式が始まります。

父はそのへんにいたメンバーにお酒をもってこさせ、高く杯を掲《かか》げます。

そして、いつものように、号令をかけました。

「新しい家族に乾杯！」

一気に飲み干します。

周囲にいたクランメンバーたちも、同じようにします。

こうして新しいメンバーを加えた『輝く灰色の狐団』の日々が始まります。

ほぼふた月あと、終わりを迎えるまでの日々は、私にとって思い出深いことばかりでした。

「俺様気付いちゃったんだけど、ひょっとしてお前さん、俺様を殺そうとしてる？」

○

ある日、『はいいろ』がたった今気付いた、というようにつぶやきました。

それはいつもの酒場跡地での昼食中でした。

アレクは『はいいろ』を倒そうとして返り討ちにあい、四つん這いの状態で背中に乗られていました——ようするに、椅子にされていたのです。

こういうふうに『アレクがはいいろを襲う』というのは珍しい現象ではなかったのですが、父の方は何度も返り討ちにしておきながら、全然、自分の身に危険が及んでいるという認識がなかったみたいでした。

しかしアレクとしては『煽《あお》られている』と思ったみたいです。

「最初からずっと、あんたを倒そうとしてるっつーの！」

「はっはあ。なぁんだ、そうだったのか。そういうことは早く言えよなあ。そしたらそれなりの対応をしたのに。いやあ、すまん。あんまりにも弱いんで、じゃれてるだけかと思ったぞ」

「刃物振りかざしてじゃれる人がどこにいるんだよ！　だいたい、毎回『殺す』って言ってるだろ!?」

「そうだよ？　だから、じゃれつかれてるのかと思って」

「なんでだ!」

「そりゃあお前さん、『殺す』だなんて、本当に殺したい相手に言うわけねえだろ。言うより先に実際殺しちゃえばいいだけの話だし。『殺す』ってわざわざ言うってことは、『僕はあなたを殺せません』っていう宣言も同じだろ?」

「……」

「というかお前さん、なんで俺様を殺そうとしてるの? 仕事?」

「……理由は、いくつかある。名の知れた悪党を倒して世の中をよくしようとか。それで有名な暗殺者のあんたに、まずは白羽の矢を立てて……」

「お前さんのギャグは笑いどころが難しいなあ」

「ギャグじゃねーよ! 俺は、魔王を倒さなきゃいけなかったんだけど、でもこの世界には魔王なんていないから、それで……」

「ふーん。まあ理由は人それぞれだなあ。大丈夫? 薬切れてない?」

「俺は正気だ!」

「んっんー……正気かあ。正気だとなおさら悲しいなあ。だってお前さん、俺様に手も足も出なくて椅子にされてるじゃん。それで俺様を殺そうとしてるの? え、マジで? おじさん同情で涙出そう。やめろよそういう悲しい話。歳のせいか涙もろくなってきてて」

「同情するんなら、俺の上からどけよ!」

「よしわかった、お前さんを、俺様が鍛えてやる」

「……は？」

「うん、いい考えだ。俺様誰かに『はいいろ』を継がせないといけなかったんだけど、なにせ暗殺者じゃん？　修行って『死ぬ寸前まで追い詰める。死ぬほど必死にさせて、死んだら次の人』みたいなのなんだよね」

「…………」

「俺様が『はいいろ』を継ぐ時も、同じ修行してた仲間がバッタバッタ死んでやんの。八人いたのに俺様しか残らなかった。死にすぎじゃね？　ウケるー」

「……う、うけねーよ」

「その点お前さんなら安心だ。なんせ死んでも死なないからな。よし決定。はい決定。俺様、これからお前さんを『はいいろ』にするため修行をつけまーす」

「ちょ、ちょ、ちょっと待て！　待てって！　俺は、あんたを殺そうとしてるんだぞ!?　その俺に修行をつけて強くしたら、あんた、死ぬだろ!?」

「はっはあ。だから安心なんじゃないか。だって暗殺者の修行のしめくくりは師匠《ししょう》を殺すことだからなあ」

「……」

「一番死ぬのが修行中で、次に死ぬのが修行のしめくくりで師匠を殺す時なんだよなあ。その点お前さんは修行中に死んでも死なないし、修行の最後に情で刃《やいば》が鈍《にぶ》ることもない。……ないだろ？　ないよな？」

「……………そ、それは、もちろん、だけど」

「というわけでお前さんに修行をつけます。目指せ次代の『はいいろ』！　いやあ、よかったよかった。このままだと自分の子供を『はいいろ』にしなきゃいけないとこだったんだよ。お前さんマジ救世主。崇《あが》め奉《たてまつ》るわー。マジ奉りー。──誰だって自分の子供を死ぬかもしれない目に遭《あ》わせたくはないからね」

「…………」

「お前さんは俺様の子供を救ったんだ。誇っていいぞ。……ああ、そういや、俺様の子供をまだ紹介してなかったな。ヨミ、俺のケツの下にいるコレにごあいさつなさい」

「その前にどけよ！」

『はいいろ』はどきません。

その当時の父の、楽しそうな様子が今でも思い起こされます──そう、父はアレクの襲撃を楽しんでいる節《ふし》がありました。

『はいいろ』に真っ向から挑む人はいなかったので、父にとってアレクみたいな団員は新鮮で楽しかったのでしょう。

犯罪者クラン──そのような集団を『力の強い者がトップに立ち、常に腕力による闘争が行われている乱暴で退廃的な組織』のように思う人もいるかもしれません。

実際そういう犯罪者クランもあるのかもしれませんが、『輝く灰色の狐団』は違いました。

弱者の集《つど》い──とでも言えばいいのか、食い詰めたり犯罪以外にどうしようもない人を『はいいろ』たち中心メンバーが保護している組織という色合いが強かったのです。

だから『はいいろ』は絶対で、誰も彼にくってかかる者はおらず――結果、父は遊び相手に事欠いていたのでしょう。

遊び相手というか、アレクの当時の扱いは『おもちゃ』という感じでしたけど……

ともあれ――あいさつをしろ、と父に言われた私は、そうしました。

「……ヨミです。はじめまして」

これは今から思えば、かなりの皮肉に聞こえるあいさつだったと思います。

なぜって、すでにアレクが『輝く灰色の狐団』に来てから、数日が経《た》っているのです。

だというのに『はじめまして』とは、『今までお前のことは認識さえしていなかった』と捉《とら》えられてしまうのではないでしょうか。……実際にほとんど認識していなかったのが、救いのない話ですが。

言い訳になるかもしれませんが、当時の私は本当に、一つをのぞいてあらゆることへの興味が欠如《けつじょ》していました。

当時のアレクは、私からの言葉に、かなり不機嫌になっていたと思います。

でも、まだ幼い子供でしかなかった私に対して怒るのは、大人げないと思ったのでしょう。

彼は目つきだけ険《けわ》しくして、私へは反応しませんでした。

「……それで、おっさん、修行ってなにするんだよ」

「あらゆるモノの殺し方を教えるから、全部覚えろ」

「……具体的には」

「手順その一。俺様が見本を見せます。手順その二。お前さんが真似をします。以上です」

「はあ!?　いやいやいやいや！　ぶん投げすぎだろ!?　見た程度でできたら苦労しねーよ！」

「そりゃあそうだなあ。だから、できるまで繰り返す。あ、俺様が殺すもんは基本的に生き物だから、殺せない場合、反撃されるからな」

「わかるよ！　だから無理だって言ってんだろ！」

「まずは野生動物、次にダンジョンのモンスター、最後が俺様というようにどんどん難易度が上がっていきます。なお相手を殺せないとこっちが死にます。ちなみに、俺様が殺せと言ったモノを殺すまでは飯抜きで睡眠抜きね」

「…………無理だろ、どう考えても」

「大丈夫大丈夫。八人中一人は生き残る程度の修行だから。お前さんはどう見たって死ぬ七人の側《がわ》だけど、死んでも生き返るだろ？　あ、それとも回数制限があったりとか、『殺したと思ったか？　残念、幻だ』みたいなのか？　――なんにせよ、やらせるけどな」

「…………」

「だからまあ、お前さんが殺されても生きてることに、種とか仕掛けとかあるなら、早めに明かしておいた方が賢明だぞ。俺様遠慮なくやるから。種と仕掛けの説明をしてくれたら考慮したうえで遠慮なくやるから」

「……………」

「つらかったら逃げてもいいぞ。その程度のヤツだったと思うから」

「……わかった。やる」

「え？　逃げる？」

「やるって言ってるんだよ！　いいか、俺に修行をつけたこと、後悔しろ。明日にもあんたを殺してやる」

「おお、俺様も愛してる」

「なんの話だ！」

「いや、だからさあ。『殺してやる』なんてわざわざ言うってことは、言った相手を絶対に殺さない決意表明みたいなもんなんだよ。『愛してる』も同然ってこと」

「……」

「本気で殺そうと思ってるんなら、いちいち『殺してやる』なんて言うなよ。黙って殺《や》れ。お前さんはどうにも、理想とか目的とかが高尚なだけで、決意も覚悟も足りてないなあ。まあ、一番足りないのは実力だがな」

「……くそ」

「実力は上げてやるよ。ふた月ぐらいでな。逆に言うとふた月以上かけるとお前さんの精神がもたない。詰めこむぞ。俺様が昔そうされたようにな」

「やってやる」

「結構。いい意気だ。お前さんが俺様をどう思ってるかは知らんが、俺様は、お前さんみたいなはねっかえりは結構好きだぜ。『殺してやりたい』ぐらいな」

「……気持ち悪いからやめろ」

「はっはあ！　結構！　さっそく一つ学んだようだなあ」

『はいいろ』は、楽しそうでした。

私の思い出の中の父は、いつだって軽薄そうなニヤニヤ笑いを浮かべていますが——それでも、この時期の父は、私の知る中で一番楽しそうに見えました。

その日を境に、父とアレクはどこかにふらりと出かけて、しばらく帰ってきませんでした。

私が彼らを次に見たのは、一週間ほど経ったころです。

○

「ヨミ！　パパはお前に会いたかったぞ！　会いたかったぞお！」

久々に帰ってきた父は、いつもの酒場跡地に入るなり、両腕を広げて私に抱きつこうとしてきました。

父は背が高いので、当時の私から見ると、両腕を広げて迫ってくる姿には、モンスターも同然の迫力がありましたので、抱きつかせてはあげませんでした。

……後から思えば、抱きつくぐらいさせてあげてもよかったような気はしています。

実際、当時も回避したあと『久しぶりだし少しかまってあげよう』みたいなことは考えていたようにも、思います。私も娘として、父との距離感について少し考える年頃だったのです。

でも、父の背後にいたアレクの姿を見て、色々な考えが消し飛びました。

アレクの姿は、なにごとにも無関心だった私でさえ衝撃を覚えるほど、変わり果てていたのです。

衣類はボロボロで、手足は土か血で黒ずんでいました。目つきは異様に鋭くなっており、せわしなく周囲を警戒しています。頬はこけ、体つきは骨張っていました——一目でわかる極限状態です。

現在、私とアレクの宿屋に来るお客さんも、たまにこれに近い状態になりますが、さすがにここまでひどい状態になった人は、見ていません。

それだけで、現在アレクがつけている修行よりも、よほど無茶な仕打ちをされたのだとわかります。

アレクは、『はいいろ』の修行を詳しく語りません。

でも、現在アレクがつけている修行を、彼自身が『ぬるい』と表現するのは、絶対に、この時『はいいろ』につけられた修行のせいだと、私はにらんでいます。

さすがに私も、このアレクを見て、無関心ではいられませんでした。

『はいいろ』に意見を求めます。

でも、父のコメントは素《そ》っ気《け》ないものでした。

「あ、そうそう、アレクちゃん休憩だから、ちょっと面倒見てやってほしい。ご飯をあげて眠らせてやりゃ落ち着くだろ」

とてもそんな程度で済む状態には見えませんでした。

でも、父はどこかへ行ってしまいます。

今から思えば『狐』か『輝き』か、他の女性のところへ行ったのでしょう。

……というか、こちらも今から思えばですが、面倒ごとはだいたい押しつけられていたような気がします。親から特別扱いはされていなかったのですが、気安くものを頼める相手とは、認識されていたようです。

喜んでいいのか、悲しんでいいのか。

ともあれ――私はアレクに食事を振る舞うことにしました。

優先順位の高い用事がなかったとかいくつかの理由はありましたが、一番大きな理由は、その当時から私が料理好きだったからでしょう。

正確に述べるならば、料理好きというよりも、安く多く、可能な限り美味《おい》しくご飯を作る作業――すなわちアレク風に言うなら、そういう『ゲーム』が好きだったのかもしれません。

なので私は簡単にできる食べ物を用意しました。

アレクに与えようとしたのは、サンドイッチです。テーブルに並べて提供したような気もしますが――彼は、食べようとはしませんでした。

今思えば、それは『はいいろ』のつけた修行のせいでしょう。

父は修行中の食事と睡眠の禁止を明言していたので、こっそりとろうとしたらなにかペナルティを課したのだと思います。

そのペナルティの内容を私は今もって知りませんが、とにかくアレクは食事をとろうという意思はありそうなのに、周囲を警戒して、けっきょく食べ物に手を伸ばしかけてやめる——というようなことを繰り返しました。

このアレクに対し、当時の無愛想でかわいくなかった子供の私がとった行動は——『組み敷いて無理矢理口にねじこむ』でした。

短気すぎます。

しかも、はき出したら殴《なぐ》って気絶させて先に睡眠をとらせてやろうとか考えていたような、いなかったような——

まあ、そんな暴力的な手段は行使せずにすみました。

彼はサンドイッチを飲み込んで——私に組み敷かれたまま、泣きました。

あんまりにも突然に泣いたので、私は強く戸惑《とまど》ったのを覚えています。

「……俺、弱いなあ」

たぶんひとりごとだったのでしょう。

けれど私はその言葉に反応してしまいました。

慰《なぐさ》めよう、とか思ったならまだよかったのですが……

「弱い。ぼくより、弱い」

「かなりキツい修行をさせられたのに、まだまだ、こんな子供より弱いのか……やっぱり人はそう簡単に変わらないよなあ。前世で駄目だったヤツは、生まれ変わっても駄目なまんまだ」

「?」

「……俺は、ここことは違う世界から生まれ変わってここに来た。前の人生の記憶をもって、前の人生にはなかった能力まで持って……そのはずなのに、全然弱いまんまだ」

「……」

「普通に生きていくことさえできない。だから、神様に与えられた使命に従って、悪いヤツを倒そうって思ったのに、その『悪いヤツ』に鍛えられて、それでも手も足も出ない……俺、おかしいのかも。こんなに生きていくのに向いてないヤツ、他にいないんじゃないか」

「別に珍しくもない。『輝く灰色の狐団』はそんなのばっかり」

当時を振り返ると私はアレクに追い打ちばかりかけていて、このデリカシーのなさに自分で自分を蹴り飛ばしたくなります。

でも――

彼は私の追い打ちを、前向きな意味で受け取ってくれました。

「……そうか。別に、おかしいってほどじゃ、ないんだな。俺はどうしようもないほど駄目な存在でも、ないのかもな」

「おかしいのは、『はいいろ』とか、『狐』とか。ぼくのパパとママは、みんなおかしい」

「その『狐』っていうのが、お前のママなのか?」

「そう。ママの一人」

「……まあ、そういうこともあるよな」

「？」

「いや。大したことじゃないさ」

「それより、食事」

「ぶっちゃけ、腹は減ってるはずなんだけど、あんまり食欲はないっていうか、体がまだ食べ物を受け付けられる状態じゃない感じが……」

「ぼくが作ったのに。わざわざ、一人分だけ、作ったのに」

「……わかった、わかった。食べる。がんばるよ。でもこういう時はおかゆとかうどんの方がありがたいっていうのは本音かな……」

「うどん？」

「……うどんは、この世界にはないのか。おかゆは……豆がゆがあるな、そういえば」

「うどん」

「ああ、うどんな。俺の世界、っていうか国だとポピュラーな食べ物でな……もっちりとした太いパスタ？　ようするに麺類だ。小麦粉と塩と水で作るらしいんだけど、詳しい作り方まではネットで調べないと……」

「それは、あまり食事を食べたくない時でも、食べられるもの？」

「そうだなあ。まあ麺だけだとキツいけど、だいたい出汁汁《だしじる》に入ってるもんだし……ああ、でもこの世界で鰹《かつお》出汁とかは無理だよなあ……味の近いなにかはあるかもしれないけど」

「教えて」

「なにが」

「作り方を、教えて」

「……いやあ、そもそも材料が手に入るかどうか。あと、『今食べるとしたらこういうのだなあ』っていう話で……」

「興味がある。作り方を、教えて」

「……わかったよ。お前は男の子なのに料理に熱心で偉いなあ」

「…………？」

「いや、偏見か。お前があんまりにも料理ネタに食いついたから意外だったたっていう話。無表情でなにを考えてるかわからない子に見えたからさ」

「料理と洗濯は、役目だから」

「ふーん。与えられた役目でも熱心になれるのは、いいことだよな」

「そう？」

「ああ。ところで、レシピを教える前に、一ついいか？」

「？」

「俺の上からどけ。お前ら親子は人に乗る趣味でもあるのか」

まだアレクを組み敷いたままでした。

料理の話題になると、色々なことが意識に入らなくなります――この時、実は、アレクにさらりと性別を間違えられていたのですが、訂正することさえ、しませんでした。

さすがに、まだ子供でも、女の子らしい格好はしていたように思います。

後にアレクに聞いたら『異世界だしこんなにかわいい子が男の子という可能性もあると思った。なによりしゃべり方が男っぽかったし』と言い訳されました。

女の子です。

でも、他種族の性別なんか、わからない場合があるのは、わかります。私も男女ともに見た目が美しい魔族やエルフなんかは、時々間違います。

人間のアレクからすれば、獣人の子供は見分けがつかない場合もあるのかもしれません。

ともかく、私は素直にアレクの上からどきました。

知らない料理のレシピのためなら、たいていのことはしたと思います。他のことに興味がなかった私は、興味があることに対してだったら、かなりの勢いで突っ走る傾向にありました。

「じゃあ、うどんの作り方を一応教えるけど……無理に再現しようとしないでいいからな？

小麦以外は、この世界じゃ見ないし、そもそも俺の方の記憶があいまいだし」

「必要な材料は『はいいろ』にとってこさせる」

「……お前の父親だよな、『はいいろ』って」

「そう」

「とってこさせるっていうのもスゲーけど、父親を『はいいろ』呼びっていうのもスゲーな。

どう考えてもコードネームとかそんなんだろ？　ああ、それとも本名を知られないように普段

からそう呼ばせてるのか？　なにせ暗殺者だしな」

「……？」

「なぜそこで首をかしげる」

「『はいいろ』は、『はいいろ』が名前じゃないの？」

「いやあ……どうなのかな？　この世界の一部にはそういう常識があるのかもしれないけど、俺にはよくわからないっていうか」

「……？」

「とにかく、気にするな。どうにも失言だったらしい。それよりうどんの作り方だけど」

「うん」

　その時に聞いたレシピは、別冊のレシピ集に記してあります。

　だいぶ改良を重ねました――というか、アレクは前世であまり料理をしなかったらしく、当時教わった作り方は、大事な工程や材料が抜けていたり、間違っていたりとさんざんなものです。それを彼の元いた世界と同じ味まで仕上げるのは、大変なことでした。

　ともかく、当時の私は、『知らない料理の作り方を教えてもらう』という経験を経《へ》て、ようやくアレクという人物を認識した気がします。

『その他大勢』から『アレクサンダー』に昇格した感じです――とても無礼な子供でした。

「……以上がうどんのレシピだ。和風出汁は無理だけどコンソメうどんとかなら、この世界でも再現可能な気はする。……あと、俺の料理知識を盲信するなよ。間違いだらけだと思うし」

「それはわかる」

「……まあ、こんな曖昧《あいまい》な知識でいいなら、暇《ひま》な時に教えてやるよ」

「嬉しい」

「だったら嬉しそうにしろ……無表情で言われてもなあ」

「『はいいろ』にあんまり笑うなって言われてる」

「なんでだ？　子供に意地悪するようなおっさんには見えないけど」

「笑うと誘拐されるからって。ぼくはかわいいから」

「…………お前のステータスだと、一般的な誘拐犯は返り討ちに遭《あ》うから大丈夫だ」

「すてーたす？」

「俺の世界の言葉だよ。人の強さっていうか、俺には、人を見るだけで、その人がどんな能力を持っていて、どのぐらい強いかがわかるんだ」

「じゃあなんで『はいいろ』に挑んだの？　アレクは『はいいろ』より明らかに弱いのに」

「…………偶然、倒せるかもしれないと思ったのと……あとは、婉曲《えんきょく》な自殺かな」

「？」

「この世界でも駄目なヤツな俺は、行き場も働き口もないし、ここらで誕生時に神様からもらった使命を果たそうかって一念発起《ほっき》しただけ。まあ、死ぬのが怖くてけっきょくセーブして挑んだわけだが」

「せーぶ？」

「……もう『はいいろ』には聞き出されちまったし、いいか」

アレクのあきらめきったような表情が、印象的でした。

彼はその時、初めて私に『セーブポイント』を見せてくれました。

ふよふよ漂う、ほのかに発光する球体。

その、ある種幻想的な美しさに、私は強烈に興味を惹《ひ》かれたのを覚えています。

「これに向けて『セーブする』って宣言すると、死んでもやり直せるんだ。実際やり直しによるダンジョン攻略とかも試したんだけど……まあ、駄目だな。俺の弱さだと何度やったって駄目駄目。だから食い詰めて、最後の手段で勇者業でも始めようかなって……お前の父親を……殺そうと、したんだけど」

「…………」

「……あのおっさんにも、家族がいるんだよな。お前の母親が何人かいて、お前がいて」

「うん」

「なあ、もし、俺がお前の父親を殺したら、お前はどう思う？」

この質問には、答えられなかったのを覚えています。だって、考えたこともありませんでしたから。

父が死ぬというのは、私にとって非現実的な仮定でした。なにせ当時の私にとって父は無敵の生き物であり、父が死ぬならばそれ以外の生き物は生きていられないだろう、ぐらいの絶対的存在だったのです。

冒険者レベルで換算しても八十ぐらいの強さだった、と今のアレクからは聞いています。平均が三十そこそこの世の中でその強さは、やはり客観的に見ても『強い』と言えるでしょう。

ともかく私は沈黙しかできなかったのですが、アレクの方が、沈黙を解釈してくれました。

「……答えにくい質問だったな」

「……」

「子供に聞くようなことじゃなかった。なんだ。……だからさ、俺は、『はいいろ』に恨《うら》みがあるとかじゃないんだよ。もちろんキツい修行つけられて『殺してやる』って何度も思ったけど、その……うまく言えないけど、大丈夫だ」

「なにが」

「……お前に比べればまだまだ弱いけど、それでも、『はいいろ』の修行で強くなってる実感はある。やっぱりRPGの醍醐味《だいごみ》だよな。レベルアップすることで、直前まで苦戦してたモンスターが雑魚《ざこ》になる爽快《そうかい》感っていうの？」

「？」

「あー、その、とにかく大丈夫だ。俺は『はいいろ』を殺さないと思う。たとえ殺せるぐらい強くなったって、お前の父さんを奪ったりはしないから、安心してくれって言いたかった」

ここまで言われても、まだ私は『はいいろ』が殺される状況を想像できませんでした。

だって父はすごかったのです。誰も倒せないような強いモンスターを一人で倒してみたり、その他にも様々な『誰もやったことのないこと』をやってきています。

でも、アレクはわかっていたのです。——強さはいつか、追いつくと。

それは彼が経験を数値で認識しているからいたった発想なのだと思います。

普通の人は『強いモンスターを一体倒した経験』と『弱いモンスターをたくさん倒した経験』を同一視できません。しかし、アレクはできます。

それは経験値、という概念《がいねん》を認識しているからでした。だから彼は修行でいつか自分が『はいいろ』に追いつくことを疑っておらず——

実際、すぐに追いつきます。

でもその前にもう一つ、いえ、いくつかの、『はいいろ』の思いつきによる波乱が彼を襲います。

『はいいろ』のもとでアレクが修行を始めていくらか経《た》った日——

『狐』が仕事を終えて、根城の酒場跡地に戻ってきました。

○

「はい決めた。俺様、お前さんを化け物にします。はい決定」

昼間に酒場跡で食事をとっている時でした。

合計で二週間ほどアレクに修行をつけたある日、『はいいろ』は、またしても唐突にそんなことを言います。

同じテーブルにいるのは、アレクと、私だけです。

周囲にいるクランメンバーは、遠巻きにこちらを見ているだけでした。

同じテーブルに三人しかいないのには、理由があります。

勘違《かんちが》いを恐れずに言えば、『はいいろ』とアレクがとっくに化け物だったからでした。

というのも、この時、アレクはすでに『はいいろ』の修行に慣れ始めていた様子でした。

ダンジョン攻略なんかは何度やっても駄目だったらしいのですが、『はいいろ』の修行にはとても早く順応していたように思います。

後に彼に聞いてみたところ、『それまでは必死じゃなかった』ということだそうです。

現在、宿屋でつけている修行で必死さを大事にするのは、このあたりに理由があるのかもしれません。

ともあれ、この当時のアレクは頭角を現し始めていました。すでに充分化け物と呼べる領域に、片足を踏み入れていたような気がします。

だというのに、さらに化け物にする――『はいいろ』の言葉に、私は首をかしげました。

一方で、アレクは慣れた様子です。

おかしそうに笑いながら、余裕のある態度で質問をしていました。

「化け物にするって？　また修行をつらくするのか？」

「そりゃあだんだん難易度を上げてはいくけど、それだけじゃねえ。お前さんの成長速度が俺様の予想を超えてるし、どんなに難易度上げても日に五十回も死ねば順応するだろ？」

「まあ。だんだん、コツがわかってきた。死ぬ気でやれば、そのぶんスキル習得も早いし、ステータスも上がりやすい。自分を生きた人間じゃなくて、ゲームのキャラだと思えば余裕だ」

「はっはっは。愉快だねえ、お前さんは。キスしてやろうか？」

「殺すぞ」

「おう、俺様もお前さんのこと大好きだぞ。んでだな、ここで非常に心苦しいお話なんだが、俺様ってば実は完璧じゃないんだわ」

「わかってるって。猥談《わいだん》はするし、軽いし、アホだし……」

「そうじゃねえ。完璧じゃないっていうのは、つまり師匠として不完全ってことだ」

「どういう意味だ？」

「俺様は生き物の殺し方しか知らねえ」

「……」

「でもな、殺すなんて手段は、とらないで済むならとらない方がいいんだ。まあ、普通のヤツはだいたい殺法だけでも一生かけて極めるんだが、天才師匠の俺様が命を大量消費できるお前さんを育てるとなると、ちょっと時間が余る」

「天才なのに完璧じゃないのか……」

「はっはあ。天才ってのは一点集中型だからな。というわけで、お前さんに新しく二人、師匠をつけようと思う」

「わかった。あんたに任《まか》せる。で、あんたじゃない師匠は俺になにを教えてくれるんだ？」

「泥棒と交渉」

「……泥棒はまあ、このクランならいそうなもんだけど。交渉っていうのは？」

「交渉っていうのは、あー、そのー、アレだ。人に腹を割らせて真実を話させる方法かな」

「いいやや、交渉っていう言葉の意味じゃなくて」

「いいかアレク。俺様は天才で、格好いい理想的な大人の男だ」

「解釈は個人の主観によります」

「……誰から見てもイケてる俺様でも、怖いものがある。それは、ガキの涙と、怒った女だ」

「はあ。それで？」

「俺様は女を怒らせたくない」

「…………本題に入れよ」

「はっはあ。つまりだな、お前さんに新しく紹介する師匠は二人とも女なんだが、交渉の方の師匠がちょっと怒ると長くて怖いから、俺様は、そいつのやってることを『交渉』としか表現できない。それ以外の表現をすると、そいつに説教される」

「あんたぐらいの年齢でも、説教が怖いのか」

「説教としか表現できない」

「……つまり、説教ではない？」

「いや、説教だ。でも、説教としか表現できないんだ」

「……はあ、なんだかよくわからないけど、わかったよ。それで？　その新しい二人の師匠はいつ紹介してくれるんだ？」

「一人はすでにそこにいるから、今紹介する。――お前さんの真後ろだ」

この時のアレクの表情を、私はよく覚えています。

それは、現在、うちの宿に泊まっているお客さんが背後にいるアレクに気付いた時と同じ、ひどくおどろいた顔でした。

私も、当時、その人の登場にはいつもびっくりさせられていたので、気持ちがわかります。

その人は私と同じ、狐獣人でした。

毛並みも私と同じく、金色です。

背が高くグラマラスで、いつも黒い、体にぴったりした服を着ていました。

たぶん、私の三人の親の中で、子供時代の私に一番大きな影響を与えた人だと思います。

気配もなく、無音、無表情でたたずむその人は、アレクをじっと見ていました。

この時、アレクは内心でかなり怖がっていたらしいです。

いきなり背後に立たれればそれはそうだろうと思ったのですが、アレクに曰《いわ》く、『すごい美人でびっくりした。あんまり女性と会話とかしなかったし』ということらしかったです。

一方、私は彼女のことをよく知っていました。

だからこの時、アレクもびっくりしていたけれど、彼女もアレクに対してかなり怖がっていたのだろうと、私にはわかりました――彼女は人見知りで口下手《くちべた》で、不器用でした。

だから、黙りこむ彼女に代わり『はいいろ』がアレクに彼女を紹介したと記憶しています。

「こいつは『狐』だ」

「……見たまんまなのか。あんたと違って」

「俺様はほら、襲名しただけだから。俺様が自分で名乗るなら『純白』とかになるのか？　いやでも『はいいろ』も結構気に入ってるんだぞ。昼と夜のあいだ、光と影のあいだ、みたいで格好いいだろ？　俺様だからなに名乗っても格好いいけど」

「……で、この人は？」

「いや、『狐』」

「名前はわかったよ。なにを教えてくれる、どんな人なんだ？」

「こいつは泥棒の師匠だ。で、ヨミの母親かもしれない」

「……かもしれない？」

「こいつと、もう一人の師匠どっちかがヨミの母親なんだけど実母がどっちか教えてくれねーでやんの。ある日二人とも姿を消してー、で、一年ぐらいして戻ってきたと思ったら赤ん坊つれてるし」

「……そもそもヨミは本当にあんたの子なのか？」

「『輝き』はともかくコイツは嘘つける性格じゃないしなあ。あと、たとえ嘘でも認知するのが男気ってもんだろ？」

「いや、一人の女性を大事にするのが男気だろ……。ヨミの母親がどっちかわからないってことは、どっちの子供だとしても思い当たる節があったってことだろ？　だから報復にどっちの子かわからないようにされたんじゃないのか?」

「馬鹿野郎。赤ん坊は畑から生えるんだぞ。そして俺様は土の探求者だ。種をまいて、いい作物を育てるのがお仕事。わかる?」

「わかってたまるか。大人の汚さをメルヘンな表現で美化するなよ。もう本当にあんたは死んだ方がいいんじゃないかな……」

「はっはあ。お前さんの発言は愉快で新鮮なおどろきに満ちてるねえ。というわけで『狐』、こいつに泥棒の技術を仕込んでやってくれ。頼むぞ」

『はいいろ』にそう言われても、『狐』は反応を見せませんでした。

無表情な人でしたが、突然の事態に混乱していたのだと思います。

この時、『狐』に助けを求める視線を向けられたことを、鮮明に覚えています。

私は日常会話で『はいいろ』や『輝き』にはほとんど味方しませんでしたが、『狐』にだけはよく味方していたような気がします。

もっとも、私だって口が達者な方ではありません。

「この人は、アレク」

私が出せた助け船は、それだけで精一杯でした。

でも『狐』はうなずきます。……本当はもっと色々思うところがあったのでしょうけれど、覚悟を決めたようでした。

「……アレク。ボクは『狐』という、一応、このクランの創設メンバーの一人だ」

「お、おう……なんかまとも……よ、よろしくお願いします……」

「突然師匠になれと言われておどろいているが、つまり、君は泥棒希望の新規入団者ということでいいのかな？　普通はいきなり泥棒をやりたいと言われても断るんだけれど『はいいろ』の紹介ならまあ……」

「いや、そういうんじゃなくてですね……なんか流れで『はいいろ』のおっさんに後継者にされたんだけど、物足りないからあと二人師匠を追加するって」

「…………」

「『狐』さん？」

「……状況がわからないので、あとで『はいいろ』を締め上げる。とにかく……修行をつけるのはいい。ただし、ボクの修行は厳しい。命を落とすかもしれない。それでも大丈夫か？」

「命ならいくらでも落とせますから、大丈夫っす」

「……どういう意味だ？」

「セーブ&ロードっていう能力がありまして……」

「……『はいいろ』、あとで説明」

この時に『はいいろ』が浮かべた、やけに面倒くさそうな顔に、とてもむかついたのを覚えています。

事態の当事者ではない私をこれだけ苛立《いらだ》たせるその表情は、見事としか言いようがありませんでした。こういう反応をするから、いまいち尊敬されないのだと思いました。

反対に、『狐』の対応は大人のものでした。

単に、『はいいろ』との付き合いが長いから、父の扱いに慣れていたのかもしれません。

声音を優しくして『はいいろ』に語りかけ情報を引き出そうとする術などは、今では、アレクがあんまりにもかたくなな時に使用させてもらっています。

「……『はいいろ』。あなたの命令なら、ボクは従おう。でも、事情ぐらいは説明してもらえないか?」

「んー…………いや、その、なんだ。俺様の殺法とお前さんの隠密技術と『輝き』の交渉術があれば、誰が聞いても恐れおののく化け物ができあがると思わないか?」

「……やりたい理由はわからないけど、やりたいことはわかった。だから、それでいい」

「そうかそうか! お前さんは理解が早くて助かるな!」

「だけど『輝き』を師匠にするのは反対だ。精神がもつとは思えない」

「コイツなら大丈夫さ。なあ、アレク?」

「そうだな。『はいいろ』のおっさんの修行を乗り越えたんだ。今さらそれより怖いもんなんてないさ」

いくら当時のアレクがまだ『輝き』のことを知らないとはいえ、軽率でした。

しかし『はいいろ』以上につらい修行はありえない――そう判断してしまっていたとしても
それは責められるべき油断ではないと、私は思います。人の想像力の限界です。

だからアレクはこの安請《やすう》け合《あ》いにより新たに二人の師匠につくこととなりました。

……未来から冷静に当時を振り返ると、私の親たちは三人とも人を育てるのに向いていませんでした。

『はいいろ』には常識がありません。

『輝き』には慈悲《じひ》がありません。

そして、『狐』には限度がありません。

当時の私は、そのことをアレクに教えてあげるべきだったのです。

でも、そんな後悔は実に今さらで、アレクが修行を受けることにしてしまった過去は、変わらないのです。

○

『狐』の修行は、私のいる場所でも行われていました。

やっていること自体は、非常に単純だったのだと思います。

足音を立てずに歩く。

それが、『狐』がアレクに課した初期の修行でした。

言葉にしてしまえば単純で、簡単そうなのですが、後にアレクに聞けば、どうやらこの修行こそ一番気が変になりそうだったということらしいのです。

気持ちはわかります。——この修行には『終わり』がないのです。

酒場跡地での、『狐』とアレクの会話を思い出します。

「いいか。ボクの修行は、行動の時に音を立てない方法、あらゆる瞬間においても気配を消し続ける方法、人の視界に入っても意識に入らない方法。この三つだ。この三つさえ呼吸も同然にできるようになれば、どこに忍び込んでもばれない」

「言ってることはそりゃそうなんだけど、それができたら苦労しないって感じだな……」

「できるようになってもらう。まずは、足音を消す修行だ。気配には目をつむろう。とりあえず足音を消して歩いてみてくれ」

「それだけでいいのか?」

「そうだ」

「いつ始める?」

「今からだ」

「今日はずっとその訓練なのか?」

「いや」

「……? 決められた歩数を足音なしで歩けばいいのか?」

「いや」

「じゃあ、いつ終わるんだ?」

アレクの不可解そうな顔をよく覚えています。

そして、次に『狐』が言い放った不可解そのものの言葉も、私はよく覚えています。

「ずっとだ」

「……ずっと？　ずっとって？」

「だから、ずっとだ。今日も、明日も、明後日も、その次の日も、食事中も、休憩中も、体を洗っている時も、どんな時も、ずっとだ」

「……いや、無理だろ」

「大丈夫だ。足音を立てたら、ボクが指摘する」

「なにも大丈夫じゃない……なにも大丈夫じゃない……」

「意識せずとも足音が消える程度にはなってもらう。それができるようになれば、次は気配を消す修行も行う」

「気配を消す修行をするまで、ずっと足音を消し続けるのか……」

「いや」

「……いや？」

「足音が立っているのに気配を消せるわけがないだろう」

「あんたの話はまったくもって正論なんだけど、正論だからどうしたって感じだ」

「普通にしてても足音が立たないようになったら、その次は、足音を消しつつ気配を消してもらう。そこまでで普通の人は三年かかる。言うなれば基礎訓練だ」

「基礎に三年とかスゲーな……いや、普通なのか？」

「普通だ。そして最後に、技術的に人の意識に入らないようにする方法を学んでもらう。これはやろうとした時だけできるようになればいい。普段から自然とできてしまうと、他者に認識されなくなるから」

「そりゃそうだろうが……」

「そうだ。そりゃそうなんだ。だから、やってもらう」

「まったく、あんたらの修行は腑《ふ》に落ちないもんばっかりだな……」

その時のアレクの動作は、なんでもないものだったと思います。

肩をすくめて、半歩だけ足を開く。

たぶん意識しての行動ではないでしょう。

だというのに、『狐』が無表情のまま言ったことを、私は覚えています。

「アレク」

「なんです」

「足音」

「…………は？」

「今、動いた時に音がした。だからボクは指摘した」

「……え、歩いたっていうか、無意識に足を動かしただけなんスけど」

「そうか。でも足音はした。忍び込んだ先で足音を聞きつけられた時、『いや、これは何気ない動作だから聞かなかったことにしてくれ』なんていう言い訳はできない。だから、無意識の動作も、ボクは指摘する」

「……」

「また、足音」

「……いや、あの」

「足音」

「…………」

「修行始めのころは、ボクがずっとつきっきりで指摘する。ボクの姿が見えなくなっても、いつでも耳をそばだてていると思っていい。これでもボクは根気がある方だ。だから、アレクが足音を立てずに歩けるようになるまで、ずっと指摘を続ける」

「……」

「足音がするたびに、『足音』と注意する。ほら、また、無意識に半歩下がっただろう？　足音がした。無意識の動作こそ気をつけてくれ」

「無意識なのにどうやって気をつけるんだ」

「生きているあいだ、ずっと自分の動作に気を配ればいい」

「……」

「また半歩下がったな。足音が出ている。気をつけて」

「足音を立てない方法とかは……」

「逆に考えてほしい」

「なにを」

「足音を立てない方法は、たしかにボクの方が詳しいだろう。でも、足音を立てる方法は、アレクの方が詳しいはずだ。だって、自然と足音を立てているのだから」

「まあ、そう、そう……なのか？」

「そうだ。だから、アレクのよく知る『足音を立てる方法』を一つずつやらないようにしていくだけでいいんだ。簡単だろう」

「……」

「人から知識で教えられるよりも、自分で考えて編み出した方が、身につきやすい。それに考え方は人それぞれだ。だからボクは『教育』はしない。できるまでやらせる。それだけだ」

「……」

「また半歩下がったな。足音が出ている。少しは音に気をつけてみてくれ。いくらなんでも、足音が出すぎている」

「俺さ、『足音が出すぎている』なんて言われたの、前世と今世足しても初めてだよ。すごいねあんたたちの修行って……なんか、もう、なんか……ねえ？」

「足音」

「会話ぐらいしてください」

「してもいいが、ボクは会話が苦手だ。ああ、でも、君に聞きたいことは一つあったな」

「なんですか」

「ボクがいないあいだ、ヨミとなにかあったか？」

意外な質問でした。

アレクが不思議そうな顔をしていたのが印象に残っています。

「なにかあったかって、なにもないと思うけど……ああ、料理のレシピなんかは教えたりしてるかな」

「そうか足音」

「今俺、動いた!?」

「動いた。落ち着きのない男だな、君は」

「人って無意識にこんなに動くもんなんだな……」

「ところで、ヨミとなにかあったか?」

「いや、だから料理のレシピをだな」

「足音」

「話聞けよ!」

「聞きたいんだけれど、君が足音を立てるもので聞けない。どうした? 挙動不審というか、そわそわしているというか、落ち着きがないぞ。落ち着くのはそれほど難しくないだろう」

「あんたは本当に正しいことしか言わなさすぎてとりつく島もないな」

「とりつく島もない?」

「ああ、この世界にはない表現なのか。意味は」

「足音」

「……あんたとの会話は本当に進まないな！」

「会話を進めたいのはボクも同じ気持ちだ。でも、君が足音を立てるから。そわそわするのはやめてほしいと言ったばかりなのに、どうしてやめてくれないんだ？」

「やめようと思っただけでやめられたら苦労はないと思います」

「いや、やめようとしている気配がない。とりあえず、全身にしっかり力をこめて、なんなら呼吸も止めて、しばらく自分を地面に突き立った一本の棒だと思うだけでいい。歩かなければ足音は立たない。常識だ」

「常識なんだけど、あんたに言われるとすごく反論したくなるな」

「ところでヨミとなにがあったかの話をしたい」

「……だから、俺のいた世界のレシピを教えてただけだよ」

「俺のいた世界？」

「……異世界の記憶をもって生まれ変わったんです」

「なるほど。落ち着きがないのはそういう理由か」

「どういう理由？」

「幻覚作用と依存性のある植物がある。常習者なのだろう？　このクランでは珍しいというほどではない。更生のための修行もある」

「あんたも『はいいろ』も俺をおかしな人みたいに言うなよ！」

「でも、君の発言はおかしい。異世界？　お伽噺《とぎばなし》か、あるいは伝承か。まあ、この世が乱れる時に異世界から現れる救世主がうんぬんかんぬんという話は聞いたことがあるけれど。そういう話は『輝き』が詳しいな」

「その救世主っていうか、勇者がどうやら俺っぽい」

「そうなのか。ところで足――」

「足音ですね！　ごめんなさい！」

「そうだ。でも、謝らなくていい。謝罪の言葉より成果で示してくれ」

「努力する……」

「まったく、君との会話は本当に進まないな……」

「俺が悪いんだろうか……？」

「足音さえ立てなければ話ができるのに」

「あんたとの会話の難易度が高すぎる」

「まあ、とにかく、とにかくだ。ボクから見て、ヨミがやけに君に懐《なつ》いているように見えた。だから少し気になったんだ。この子はボクと同じで人見知りするから」

「人見知りするのか……？　俺、こいつと初めて会話した時、マウントポジションとられたんだけど……人見知りする子がいきなりマウントポジションとるかな……？」

「人見知りとマウントポジションは関係ないだろう」

「いや、関係ある気がするんだけど、たしかにうまくは言えない……」

アレクの、もどかしそうな顔が印象深かったのを覚えています。

その表情は、現在、宿屋のお客さんがアレクと会話をする時と同じような顔でした。

「しかし……ふむ、ちょっと聞きたいんだが、君、子供は好きか？」

「はあ？　好きか嫌いかの二択だったら、好き、なのかな……？　ぶっちゃけどっちでもないっていうか、子供の個性によるっていうか、生意気なガキは好きじゃないけど」

「ヨミは好きか？」

「二択だったら、まあ、好きかな。無口で無表情で無愛想だけど、うるさくないし。あと、料理をがんばる姿は見てて微笑ましいっていうか」

「なるほど」

「どういう意図のアンケートなんだ？」

「今の質問で君の危険度を測った」

「俺の危険度？」

「そうだ。もし『子供は好きか』という質問に『大好きだ。見ていると興奮する』と迷いなく答えるようだったら、今すぐここで殺そうと思っていた」

「そんな重要な質問をされてたのか!?」

「ボクは親の一人として、ヨミを変な男から守らないといけない」

「いや、さすがに心配しすぎだろ……」

「しかし世の中には幼い子供でないと興奮できない変質者もいる。そういうヤツにボクも昔からまれて、それからというもの、男のふりをして生きてきた」

「あんたの口調はそのせいか」

「そうだ。今ではもう癖《くせ》になっているだけだけれど。そういった経緯《いきさつ》で、君がヨミに妙な気を起こさないか不安だった」

「いや、まあ、親としては心配する気持ちもごもっともなのかもしれないけど、さすがに心配しすぎだと言わざるをえないぞ。だいたい、俺もヨミも男なんだし……」

「うん?」

「なんだ?」

「いや、好都合だからいい。それよりアレク、足音」

「なにが好都合なのか教えてくれよ。気になって仕方ない」

「それより、修行を真面目《まじめ》にやれ。少し気を抜くとすぐに落ち着きをなくす。ここを憲兵《けんぺい》大隊長の邸宅だと思うんだ。迂闊《うかつ》に物音を立てればすぐに警備兵が飛んでくるし、捕まればまず殺されるぞ」

「そんな危険地帯に行くことなんて一生ねーよ!」

「一生ないかもしれないから、いい。修行は本番よりきつくないと意味がない。本番では緊張や思わぬ事態の発生などで充分な力を発揮できないことも多い。だからこそ修行で過酷な状況に慣れておけば、だいたいのことには余裕で対応できる」

「言ってることは正しいよ! 正しいけどさあ!」

「正しいなら、問題ないな」

「……」

「実践《じっせん》をしてくれ。ボクはずっと、君の足音を聞いているぞ。どんな時も、君が足音を立てたらそのつど『足音』と指摘をする足音」

「言い切ってからでもよくないですか!?　語尾みたいになってるんですが！」

「言い切らせてくれないか。君はさっきから半歩ずつボクから遠ざかっているのはなぜだ。いや、遠ざかるのはいいけれど足音は消してくれ」

「だからどうやって消すんだよ！」

「もう少し必死に足音を消そうと試みてくれ。話はそれからだ。ところで、『はいいろ』の修行足音の時間ではないか？」

「言葉の中に指摘を混ぜないでください。聞き逃しかけました。あー、でも、そうか。別におっさんの修行がなくなるわけじゃないもんな」

「そうだな。師匠が増えるというのは、修行が増えるということだ。はっきり言うけれど、ボクの修行はともかくとして、『はいいろ』と『輝き』にまで修行をつけてもらおうっていうのは正気じゃない」

「いや、今のところ、『はいいろ』の修行よりあんたの修行の方が気が変になりそうだ。早くもあんたの言葉の中に『足音』っていう幻聴が聞こえ始めてる」

「いい傾向だ。そうして足音が出るたびに、ボクの声の幻を聞いてくれ」

「悪の組織に人体改造されるヒーローは、ひょっとしたらこんな気分なのかもしれない」

「それで、今日の修行の内容は？　あの人はボクになにも言わないからな」

「ええとたしか……外で待ち合わせだったかな。今日はダンジョンマスターに挑む日だとか。ダンジョンレベルは三十とか言われたけど、どうなることやら」

「そうか。では、ボクもついていこう」

「なんで？」

「しばらくはつきっきりで指摘をすると言っただろう？」

「は？」

この時にアレクが浮かべた表情もまた、印象深いものでした。

なにを言っているんだこいつ、という顔です。

きっと、アレクの中では、『はいいろ』の修行中、『狐』の修行は中断されるというような思いこみがあったのでしょう。

でも、私は『狐』の性格を知っていました。――彼女が『ずっとやる』と言ったら、それは本当に『ずっと』なのです。

だからこの時、私と『狐』は、アレクの反応の方に首をかしげました。

「……まったく、なにを言っているのだか。いいか。どんな時も、足音を消すことを心がけるんだ。それは、食事中も、休憩中も、入浴中も、睡眠中も変わらない」

「睡眠中はさすがにかんべんしてください」

「そして、『はいいろ』の修行中も足音を消す修行は続く」

「……いや、あの、今日、俺、ダンジョンマスターにね、挑むって。ダンジョンマスターってご存じですか？　すっごい強いらしいんですよ」

「そうだな」

「普通に戦ってもきつい相手に、足音に気を配りながら戦って勝てますか？」

「でも、君は何度も死ねると自分で言っていたじゃないか」

「……」

「何度も死ねない子だって、修行をするんだ。だから、君は大丈夫。よく知らないけど『はいいろ』が大丈夫と言ったんだから、もし駄目でも大丈夫なんだろう」

「あんたたち、俺の命を軽く扱いすぎじゃない？」

「命に軽重《けいちょう》はない。みんな等しい重さだ。そして、ボクも、『はいいろ』も、他のメンバーも命《いのち》懸《が》けで生きている。君も、命懸けで生きる。なにも変わらない」

「変わるって！」

「君は普段、命懸けで生きていないのか？」

「いや、まあ、最近はかなり命懸けで生きてるけども……！」

「そうか。じゃあ、変わらないじゃないか」

「……」

「行けるな？」

「死後の世界に？」

「君も案外信心深いな。死後の世界？　宗教家のよく口にする『すべてが平等となる魂たちの故郷』のことか？」

「あ、いや、この世界の宗教は正直よくわかんないんですが」

「そうなのか。じゃあ、行けるな？」

「『じゃあ』ってなんだ。どこから接続されてるんだ。言葉の接続元が行方《ゆくえ》不明だよ」

「アレク。ボクはこう見えて気が短い」

「あんたさっき『根気強い』って言ってたよ！」

「根気強い時もあるけれど、今は気が短い時だ」

「ただの気分屋じゃねーか！」

「行こうか。『はいいろ』が待ってる。あの人はあんまり待たせると、どこか行ってしまう」

「…………わかった。覚悟を決めて、行くよ」

「アレク」

「なんだ」

「足音」

「覚悟を決めたそばからくじけさせるようなこと言うな！」

傍目《はため》に見ていて、アレクと『狐』のやりとりは非常に楽しそうだったのが、記憶に残っています。特に――『狐』が初対面の男性に対して心を開いている様子だったのが、珍しいなと、当時の私は感じていました。

アレク本人は『たまったもんじゃなかった。今でも、足音、っていう幻聴が聞こえる』と笑って言いますけれど、横で見ているぶんにはとても楽しそうでした。

こうしてアレクは、『はいいろ』と『狐』の修行を受けることになったのです。

ちなみに、ここからの七日間は、アレクにとって『死んだ方がマシな日々』だったと、後に述懐《じゅっかい》しています。

○

『はいいろ』に加えて『狐』の修行まで始めて、幾日か経ちました。

この時のアレクの成長ぶりは、驚嘆《きょうたん》を覚える速度だったと、私は『狐』からこっそり聞いています。……つい、楽しくなって普段より無茶をした、とも言われました。

現在、アレクの修行が容赦《ようしゃ》なく見えるのは、この時の『狐』や『はいいろ』がした無茶が、アレクの中で基準になってしまっているからだと思えてなりません。

アレクの師匠は無茶しかしない人たちでした。

色々試した結果、『足音を立てたら死ぬような状況で修行すると、一番身についている』という発見があったらしく、このころから、アレクに課される修行は死亡前提のものになっていきます。

実は今まで死亡前提ではなかったというのが、記憶を振り返ってみて一番のおどろきのように思います。

思えば、私の父と母たちは、いわゆる天才だったのかもしれません。彼らの基準は凡人にはあんまりにも高いんじゃないかなと、今では思います。

他のクランメンバーのあいだでも、いよいよアレクは有名になっていきました。

最初は、『はいいろ』に直々《じきじき》に修行をつけてもらっている幸運なヤツ、という、嫉妬《しっと》などのこもった見られ方が多かったように思います。

次第に、なにか奇妙な儀式によって動いている死人、という疑いをもたれるようになっていきました。

そこからさらに怪談めいたいくつかの話題を経て、最終的に、『輝く灰色の狐団』におけるアレクの立ち位置は、『クランマスターの後継者』というようになっていきます。

それはもちろん、『はいいろ』たちの修行により、アレクが強くなっていったからです。

けれどアレクは強さの独占をよしとしませんでした。周囲の人にも『セーブ&ロード』を用いての修行をすすめたのです。

でも、みんな怖がってやりません。……話に聞くだけでも、身の毛がよだつような修行ばかりでしたから、周囲の反応は当然だったのでしょう。

それに、修行をしないでも糊口《ここう》をしのぐことはできていたのです。

食べていけるのに、無茶してまで強くなる必要はない。――そういった考えが『輝く灰色の狐団』では一般的でした。もっともそれは、うちのクランだけではなく、世間一般が、そうなのかなとも思います。

ともあれ、アレクはみんなから尊敬と畏怖《いふ》を集める存在になろうとしていました。

その結果、なぜか、私といる時間が増えました。

これは『はいいろ』や『狐』などにも言えることですが、ある程度尊敬を集めている立場の人は、遠巻きに見られがちなのです。

入ってまだひと月ほどなのに、みんなから『アレクさん』と『さん』をつけて呼ばれていたあたりに、そこはかとない距離感があった気がします。

みんなから距離を置かれているアレクと私は、よく二人きりで酒場跡の厨房《ちゅうぼう》にいました。

というのも、私たちが長々話す時は、決まってアレクのいた世界の料理について教えてもらう時だったのです。

「なあヨミ、そういえばさ、俺のもう一人の師匠、『輝き』だっけ？　そいつはどこに行ってるんだ？」

たしか、肉じゃがの作り方を教えてもらっていた時だと思います。

当時の私は醤油《しょうゆ》というものの味のイメージがつかめずに、色々試しては、『シチューだよこれじゃあ』とあきれられていたことを覚えています。

さて、『輝き』の居所についてですが、私には答えられませんでした。

というよりも、私は今でも、当時の『輝き』がどのような活動をしていたのか、よく知らないままでいるのです。

『はいいろ』が暗殺によって金銭を得ていることは、知っていました。

『狐』は泥棒です。

ですが、『輝き』の具体的な活動を、私はさっぱり知りませんでした。

このクランの創設メンバーなのだから、なにかの分野で有名な犯罪者ではあるのでしょう。

でも、具体的にどのような犯罪行為を行っているのかは、わからない――『輝き』はそんなような存在でした。

思えば、あまり私は彼女と会話をした記憶がありません。

いつもどこかよそにいて、あまりクランの根城にいなかったようには思います。

だから、アレクの質問に答えようがなく、戸惑《とまど》ったのを覚えています。

アレクは私の戸惑いを察してくれたようでした。

当時、無表情な私の感情をどうやって読んでいるのか、不思議に思ったものです。

「悪かった。わからないこともあるよな」

「……そう」

「じゃあ、『輝き』っていうのはどういうヤツなんだ？　居場所じゃなくて、人柄とか、人種とかな。お前の母親候補の一人っぽいし、女性であることはわかるんだけど」

「…………」

「これも答えにくい質問なのか」

「……狐獣人のはず」

「はず？　種族があいまいなのか？　ひょっとしてハーフとか？　この世界でハーフは見たことないけど……」

「たぶん、狐獣人。ぼくのママだから」

「……直接見た方が早そうだな」

「そうだと思う。ところでアレクお兄ちゃん」

「なんだ」

「持ち上げて」

当時、私は高い場所にある物を取りたい時など、アレクに持ち上げてもらっていました。

今だから白状しますが、私は、彼に抱きあげられるのが好きだったように思います。

視点が高くなるのと、力強い腕に支えられるのが気に入っていたのでしょう。

「ほらよ。なにを取りたいんだ？」

「鍋」

「……俺が取った方が早いような気がするんだけど」

「だめ」

「自分の道具に人が触るのはイヤなのか。お前は職人だなあ」

「職人」

「そう、職人。将来は料理人にでもなるのか？」

「暗殺者」

「……それは、俺が継ぐことになっただろ。それとも、実は暗殺者になりたかったり？」

「べつに」

「お前はなりたいものとか、やりたいこととかないの？　将来はライオンになるとか」

「ライオン？」

「いや、動物だけどさ。子供ってそういう『なれるはずねーだろ！』ってものも平気で目指すイメージっていうか。概念を目指す子なんかも昔はいたっぽいな。あと一時期『神』とか将来の夢で書く子がいたとかニュースで見た気が。……とにかく、子供なんだから夢持てよ」

「アレクお兄ちゃんはなにになりたいの？」

「俺？　俺は……別に、ないかな」

「自分にはないのに、人に夢を持てと言うのは、おかしい」

「はい……その、おっしゃる通りです」

「ぼくは、今のままでいい。ずっと『輝く灰色の狐団』で料理番をやる」

「……この空間が、お前の夢なのか」

「夢じゃない。現実」

「……」

「『はいいろ』が情けないから、ぼくがしっかりしないと」

「お前はあんまり子供らしくないなあ……体はこんなにちっこいのに」

「……取れた。おろしていいよ」

「はいよ」

「ゆっくりね」

「はいはい」

なんでもない日常の会話でしたが、このやりとりは、なぜか私の記憶に強く残っています。

それは、この直後に起こったできごとのせいかもしれません。

私とアレクが料理をしていると、誰かが厨房に入ってきました。

別に珍しいことでもないので、普段ならば、一瞥《いちべつ》して、料理に戻るでしょう。

でも、その人は目立つ容姿をしていました。

銀色の体毛の狐獣人でした。

見た目の年齢は、まだまだ子供です。あの当時も、きっと、現在も。

見たことのないような、ローブみたいなものを好んで着ていました。――アレクに曰く、『和服』に似ているそうです。

そしてなにより、その人には、尻尾が九本ありました。

こんな人が視界の端を通ったら、誰だって二度見するでしょう。――奇抜なのです。

でも、彼女はどんな視線を向けられたっていつも誇らしげというか、周囲全部を見下すような、不思議な笑みを浮かべていたように思います。

「『はいいろ』が言っていた、アレクサンダーというのは貴様か?」

その、偉そうというか、時代がかったしゃべり方を、今もはっきり覚えています。

普通の人がやればしゃべるたびに笑ってしまいそうなのですが、その人は妙にしっくりしているというか、その人にとって自然な口調だったように思います。

私はすぐそばのアレクが、表情をこわばらせたのに気付きました。

その時の表情には、殺意というか、なにか鋭くおそろしい感情が見えたので、私は思わず、アレクから離れました。

「……あんたが、『輝き』なのか」

「なんじゃ、妙な目をしおって。わらわが『輝き』で、なんぞ問題でもあるか？」

「いや、どう言ったらいいのか……」

「ふむ？　なんぞ事情でもありそうじゃの。言うてみ」

「俺の母親も九尾の狐獣人なんだ」

「ほう」

「でも、そいつが俺を捨てて出ていったのは、もう十年以上も前だ。あんたが俺の母親だとしたら、いくらなんでも変わってなさすぎる。一瞬、母親かと思ったが、まあだから、普通に考えたら別人だろう」

「しかし貴様、アレクサンダーなのであろ？」

「そうだ」

「ならば、わらわの息子やもしれんな。わらわは、息子と弟子には必ずアレクサンダーを名乗らせる。……少し待て」

『輝き』は大きな袖口《そでぐち》から、なにかを取り出しました。

一冊の、小さな本だったと思います。

「人間族、男子……うむ。ちなみに父親の名前は覚えておるか？」

「……フィリップス。種族は人間で、貴族だ。十年以上前に死んだ」

「なるほどなるほど。ふむ…………よし」

「どうした」

「…………息子よ！　会いたかったぞ！」

『輝き』は、唐突にアレクに抱きつきました。

その過剰《かじょう》演出みたいな、浮いた感じのする行動は、今でも強い違和感とともに私の中に残っています。

ともあれ、どうやら二人は親子で間違いがなさそうでした。

再会を望んでいたかどうかは、今となっても、わかりませんけれど。

○

「わざとらしいんだよ！」

アレクは『輝き』を蹴り倒しました。

私は、その、どこか小芝居じみた光景を、黙って見るしかできませんでした。

「なんじゃ、貴様、わらわを捜してこんな犯罪者クランにまで来たのではないのか？」

「捜してねえよ！　もう忘れてたぐらいだ！」

「なんじゃつまらんのう。あーよいよい。照れ隠しじゃな？　母にずっと会いたかったのであろう？　ほれ、存分に甘えてよいぞ」

「違う！　っていうか、あんたはなんで、そんな、昔と変わらないんだ……？」

「さておき、わらわは、貴様が赤ん坊のころに姿をくらませたはずじゃがな。なぜ、貴様はわらわの姿を知っておるのじゃ？　赤子のころの記憶など、普通は覚えておけんじゃろうに」

「俺は……俺は、ちょっと特殊なんだよ。前の世界の記憶も残ってるし……っていうか『はいいろ』は説明してないのか、俺のこと」

「『はいいろ』が説明などするものか。あの男はよくも悪くもものぐさで、てきとうじゃぞ。器《うつわ》が大きいのはいいのじゃが、大きすぎてのう。……しかし、貴様、今、とても気になることを言っておったの」

「……？」

「前の世界、と言うたか」

「……言ったけど」

「なんじゃ貴様、成功作だったんじゃのう」

「成功作？」

「いやいや。母は貴様に会いたかったという話じゃ。しかしフィリップスが死んだ？　十年以上前に？　人の寿命にはまだ遠い年齢だったはずじゃが」

「病死だよ。この世界でどう呼ばれてる病気かは知らないけど。とにかく、突然だった」

「はあ、なんじゃ……あの男は生き残るだけなら得意な、凡庸《ぼんよう》そのもののつまらんヤツだと思ったんじゃがなあ。天運はなかったようじゃの」

「……元夫が死んだって聞かされたんだぞ？　もっと他にないのか？」

「残念じゃが、元夫ではないのじゃ。わらわは仕事で屋敷に出入りしており、あの男には別の妻がいた」

「………………ひょっとして、姿をくらませた理由は、それなのか？」

「んー……まあのう。しかし、その様子を見るにフィリップスの正妻はわらわがいなくなってすぐにみまかったという感じじゃな。なんじゃ、あそこの家にかんすることは計算違いだらけじゃのう」

「……とにかく、俺がまだ小さいころにオヤジは死んで、そっから家は没落した。ひょっとしたら没落っていうか簒奪《さんだつ》されたのかもしれないが、俺は権力機構はよくわからない。少なくとも、家を追い出されてから、最近まで働かなくても生きていけるぐらいの金は持たされた」

「ほう。それで、その金も使い切り、食い詰めて犯罪者に？」

「いや……犯罪者には、なってない。むしろ犯罪者を倒しに来たっていうか……有名な暗殺者がいるって聞いて、そんな極悪人なら退治しないとって……」

「はっはっは。まさか『はいいろ』を殺しに来たのか！　いやあ、我が息子ながら、貴様、馬鹿じゃのう！」

「うるせえ」

「ところで、アレクサンダー」

「なんだ」

「貴様は『前の世界』を知っておるんじゃな」

その時、『輝き』の雰囲気が変わったのを、私は覚えています。

顔つきや言葉遣《づか》いはそのままでしたけど、空気みたいなものが張り詰めたように、私には強く感じられたのです。

でも、アレクはまったく、そういった変化を感じてはいないようでした。

男性にはわからない変化だったのでしょうか。

「ああ、『前の世界』を知ってる。そこで二十年か三十年ぐらい生きた記憶がある。死んだような人生だったけど……」

「その話は、わらわ以外の誰にした？」

「別に隠してないから、クランメンバーはだいたい知ってるんじゃないか？　ちなみに『はいいろ』と『狐《きつね》』には、頭のおかしい人扱いされた」

「それはそうじゃろ。……ふむ。そうか。貴様はいわゆる勇者なのじゃな」

「おぼろげだけど、神様にそう言われた気がする」

「勇者の伝承……五百年前、ダンジョンからあふれ出るモンスターを撃退し、人間の国家を建設した英雄も異世界知識を持っていた。……であれば、貴様には『アレ』があるはずじゃな」

「『アレ』?」

「『チートスキル』とかいう……」

耳慣れない言葉だ、と思った記憶があります。

アレクが使ったのであれば、ここまで記憶に残らなかったでしょう。

けれど、『輝き』のようにこの世界の人が使うには不自然な印象を受ける言葉でした。

「っていうか『はいいろ』のおっさんは、説明の手間を惜しみすぎだろ……これまでの修行でも普通に使ってるし、クラン内じゃもう色々噂《うわさ》されてるぐらいだぞ。なんで俺に修行をつける予定のあんたが知らないのか疑問だよ」

「……そうは言うがのう。わらわとて、今帰ってきたばかりじゃ。それに、『はいいろ』はあの通りものぐさでの。じゃからはよう、わらわに説明せい」

「『チートスキル』ねえ。まあ、どこでも勝手にセーブできるのはゲーム的に言えばかなりのチートかな? 俺にこの能力を与えた神は、そんな表現はしてなかった気がするけど」

「ほう、神はどのように言っておった? 声は? どのような姿だったのじゃ?」

「……って言っても、神様とのやりとりのあたりは、記憶がすごくおぼろげだから、もらった能力と『勇者』っていう使命しか覚えてない。姿とか言われてもなあ」

「印象などは?」

「すごく不快な相手だったっていう印象だけ残ってる」

「ふむ……感じ方は人それぞれということなのかもしれんのう。それで、どのような『チートスキル』をもらったんじゃ？」

「『セーブ&ロード』だ。正確には『セーブポイント生成能力』になるのかな。簡単に説明をすると、セーブさえすれば死んでも生き返る」

「……なるほど。『はいいろ』と『狐』がはしゃぐわけじゃのう。あやつらにとって全力で指導しても壊れないおもちゃというのは、貴重じゃからな」

「『はいいろ』はいつもはしゃいでるし、『狐』ははしゃいでるように見えないんだけど」

「はっはっは。貴様はまだまだ、人の心を読む術が甘いのう。……まあ、そのあたりをわらわが教えてやることになっておるらしいの」

「あんたからは交渉を教われって、『はいいろ』は言ってた」

「そうじゃな。しかし……まあ、ずいぶん、トントンと話が進むのう」

「……どういうことだ？」

「貴様は、自分を捨てた母になにも思わんのか？　今さら現れて、しかも師匠面《ししょうづら》されて、不満はないのか？」

「事情があったんだろ？　それに、今は自分のステータスアップとスキル取得の方に興味が向いてるんだ。正直、過去の話はどうだっていい」

「ほう。なるほどのう……」

その時に『輝き』が浮かべた表情は、おおよそ母が子供に向けるものではなかったような気がします。……今でもうまく言えません。

でもあれは、恋人に向けるような、アレクの言葉の先に誰か好きな人を見ているような、そんな顔だったのではないかと、今ならば思います。

「貴様は壊れておるな」

『輝き』の声は、とても嬉しそうなものでした。

反対にアレクは嫌そうな顔をしていました。

「『壊れてる』ってなんだよ。人に使う表現じゃないぞ」

「いや、賞賛しとるんじゃがのう。なるほど、価値観の相違か。かつて人間の国家を建設した英雄も周囲から見れば奇人変人であった。もちろん、経歴が性格をゆがめることはあるが、かつての勇者は根元からどこかおかしかった。貴様には同じ雰囲気を感じる」

「……さっきからあんた、その『勇者』を見てきたように言うな。『勇者』は五百年前の人なんだろ？」

「興味があってのう。研究をしとるんじゃ。わらわの表向きの立場は『歴史研究家』じゃぞ」

「そんな職業、この世界にあるのか？」

「さて？　勝手に名乗っておるだけじゃからのう。……それよりも、わらわの交渉術の修行について教えようか」

「ああ」

「わらわの修行では、主《おも》に人の気持ちを読み取る術を学んでもらう」

「なんか初めてまともな修行のように聞こえる」

「まあ、貴様は運が悪かったのう。最初が『はいいろ』で次が『狐』じゃろ？　あの二人はこのクランきっての奇人変人じゃからな。まともなわらわが最初に修行をつけてやればよかったのじゃが」

「まともな人……？　その口調で？」

「育ちがいいんじゃ。……えー、人の気持ちになるといっても、色々あるな？」

「まあ」

「そこでまず、貴様には、人の痛みがわかる子になってほしいというわけじゃ」

「超まとも……」

「そういうわけで聞きたいんじゃが、貴様の『セーブ&ロード』はどういった能力なんじゃ？　もしも死んだ時、ケガなどはどうなるのじゃ？」

「ケガは治る。体力全快の状態で復活だ。ああ、でも『すでに何年も前に片腕を失ってる』みたいな人にセーブしてもらったことはないからなあ……セーブの直前に負ったケガとかなら、治るのは確認済みだけど」

「では、指がない状態で……『セーブする』？　をした場合、指は生えるのか？」

「怖いっていうか気色悪いたとえだけど……セーブの直前に失った部位なら生えるはず。失う前にセーブできれば一番確実だけど」

「なるほどのう。それを聞いて安心したぞ」

「安心してもらうのは結構なんだけど、交渉術だろ？　なんで、死んだら、とか、指がない状態で、とか、そういう話が出てくるんだ？」

「それは、死んだり指がなくなったりするからじゃろう」

「交渉だよね？」

「うむ。交渉じゃな」

「なんで死ぬの？　なんで指がなくなるの？　交渉って、言葉によって相手から譲歩を引き出したりすることじゃないの？」

「貴様はなんぞ勘違《かんちが》いをしておるのう。いや、目的を見通す目がないというのか」

「どういう意味？」

「『交渉』とは、『相手に言うことを聞かせる方法』じゃ。交渉をする場合、確実にこちら側に要求があるか、あちら側から要求があるかじゃろう？」

「まあ」

「つまり、交渉というのは、相手へ要求を通すか、相手の要求を通さないかの勝負じゃな？」

「おかしいおかしいおかしい」

「いや、おかしくはない。そこで、交渉で相手より優位に立つために、なにをすればよいか、わかるな？」

「わからないです」

「物理的、あるいは精神的に、相手を支配することじゃ」

「……」

「物理的な支配は色々あるのう。腕力で脅《おど》す、軍隊を侍《はべ》らせる、あとは金銭なんかも、力にすることができるじゃろう。しかしそういう単純な力は、『はいいろ』の修行で身につけるがよい。わらわは、野蛮なのは苦手じゃ」

「あの、支配じゃなくて、もっとこう、柔らかく相手を受け止めつつ、妥協点《だきようてん》を探すっていう交渉術はないんですか？」

「はあ？　修行じゃぞ？　なぜ妥協する前提の修行をせねばならん？　修行はきたるべき実戦において勝利するために行うもんじゃぞ。しかし実戦では思わぬ強敵もおる。そういう相手と当たった時に、初めて妥協点を探せばよい」

「……」

「最初から引き分け狙いの修行なんぞ誰がつけるか。くだらん。死ね」

「ごくナチュラルに『死ね』って言うなよ！　野蛮なの嫌いじゃないのか!?」

「野蛮なのは嫌いじゃ。殺し合いとか、殴り合いとか、わらわは大嫌いじゃな」

「じゃあ死ねとか言うなよ！」

「しかし、一方的な殺戮《さつりく》と、一方的な暴力は、嫌いではないぞ。勝負になっていなければ野蛮ではないからのう。むしろ圧倒的優位から相手を虐待するのは高貴なる者のたしなみじゃ。優雅じゃのう」

「……」

「というわけで、わらわが教えるのは、『相手より精神的に優位に立つ方法』じゃな」

「話がつながらない」

「相手を脅すためには、相手に与える痛みがどの程度のものか、覚えておく必要がある。交渉は相手を殺すのが目的ではないからのう。死ぬか死なないか、そのぎりぎりを体で覚えるのがわらわの修行じゃ」

「話をつなげたくない」

「相手の痛みを知れば、相手が一番痛がる方法で交渉ができるじゃろう？　そういうことじゃな」

「どう聞いたって拷問《ごうもん》じゃねーか！」

「おい、貴様、それは禁句じゃぞ。わらわの『交渉』を二度と『拷問』と言うな」

「いや、だって、だって……！　おかしいって！　おかしいもん！」

「いいか小童《こわっぱ》。教えてやろう。『交渉』は、最後にはこちらも相手も、笑って終わる。つまり両方とも生きているということじゃな。しかし拷問は、相手の命を潰《つぶ》して終わる。つまり相手は死ぬということじゃな」

「いや、あんたの交渉だと相手は絶対笑えない」

「笑えない？　甘えたことをぬかすな。わらわが『笑え』と言ったなら、笑うのが交渉相手の義務じゃ」

「笑えないよ！」

「いいかアレクサンダー。交渉とは、拷問の上位技術じゃ」

「言い切りやがった！」

「わらわの交渉を、程度の低い拷問などと同列に語るな。虫酸《むしず》が走るわ」

「……」

「ちなみに交渉と並行して作法や算術の修行も行うぞ。『はいいろ』が戦闘、『狐』が隠密、わらわが日常生活で役立つアレコレを教えることで、貴様を化け物にしようという計画らしいでのう」

「……」

「母に任せよ。貴様の価値観を変えてやる」

「いやだ、絶対にいやだ……」

「まずはうなずき方から教える必要がありそうじゃのう。さあ、母と子、十年を超える空白になにがあったか語らおうではないか」

『輝き』はアレクの腕をつかんで連れていきます。

アレクはその時、私をじっと見ていました。

たぶん救いを求めていたのでしょう。

でも、私にできることはなにもありませんでした。

ただし、帰ってきたら、優しくしてあげようとは、誓っていました。

○

季節はだんだんと暖かくなってきました。

三人の師匠から指南《しなん》を受け、アレクの修行はいよいよ本格化していきます。

『はいいろ』の戦闘技術、『狐』の隠密技術、『輝き』の交渉、と言うのにははばかられる技術などを、アレクはすさまじい速度で吸収していきました。

『死ねる』ことは、人の限界を超えた命懸《いのちが》けの修行でこそ力を発揮するようでした。

当時のことを彼にたずねると、『今なら笑えるけど、あの時は本当にきつかった』と楽しげに語ります。

今なら笑えるというのは、本当なのでしょうか？

こうして回想していて思うのですが、とても笑い話では済まない領域のような気もします。

けれど本人が笑えると言うなら、これは笑い話なのでしょう。

そういえば、当時のクランメンバーが不思議がっていたことがあります。

『アレクはなぜ、つらい修行をするのだろう』ということです。

ただ生きていくだけならば、『はいいろ』ほどの強さも、『狐』ほどの隠密性も、『輝き』ほどの交渉というか、そういう感じの術も、いりません。

でも、アレクは全部を極めようと努力していました。

アレク側は『レベルは上限まで、スキルは取得できるものをめいっぱい取得しないともったいないから』という、例によって意味のわからない理由を語っていました。

そちらはあまり気にしないとしても、疑問は残ります。

『はいいろ』の意図です。

なぜ、アレクに対し過剰《かじょう》なまでの修行をつけるのか――『アレクを化け物にする』とは、どういうことなのか？

アレクが『輝き』の修行でどこかへ行っているあいだ、『はいいろ』と『狐』にお願いをするチャンスがありました。

昼時の酒場跡で、その日はちょうど、多数のクランメンバーがいた気がします。

当時、いくぶんかアレクに同情的になっていた私は、あんまり無理をさせないでほしいと父と母に頼みました。

「無茶をさせるなって？　はっはあ、ヨミ、さてはお前、アレクに惚《ほ》れたな？」

父の、こういう、すぐ下世話な話題につなげたがるところが嫌いでした。

実際に当時惚れていたかと聞かれれば、そうでもなかったような――いえ、どうなのでしょうか？　自分ではもはや、よくわかりません。

とにかく、父の発言に、機嫌を悪くしたことだけは覚えています。

とりなすように『狐』が口を挟んでくれたので、母への好感度は上がりました。

「『はいいろ』、その話はボクも詳しく聞きたい」

「まあ娘の恋路《こいじ》だものな」

「違う。アレクに無茶をさせる理由だ」

「いやいや、俺様は別に無茶させてないよ？　無茶させてるとしたら、お前らだろ？　アレクが俺様の修行中によく『なあ、今、足音、って言わなかったか？』って聞いてくるの、絶対にお前のせいだからね？」

「……それを言い出すならば、こちらにも言い分がある。アレクがボクの修行中に『背後に立たないでくれないか。いつ襲われるか不安で集中できない』って言うのは、『はいいろ』のせいだとボクは思う」

「いやいやいや。こないだ修行中に『なんか視界の端に人影が見えた気がしたから狐かと思ったけど、気のせいみたいだ』ってありもしない幻覚見てたの、お前のせいだろ？」

「……『今回は協力して修行にあたる？　嘘だ。絶対協力するフリして、闇討《やみう》ちで俺を殺す気だろ。知ってる』って猜疑心《さいぎしん》にまみれた思いこみをしていたせいで、なかなか修行に入れなかったのは『はいいろ』のせいだと思う」

「……」

「……」

「はっはあ！　つまり、俺様たち二人とも無茶をさせてるってことだな！」

「……そう。自分だけは違う、なんて思わない方がいい」

「逆にお前さんはなんでアレクに無茶させるの？」

「最初は無茶はさせてなかった」

「ああ、『足音』だろ？　あれはいつもやってるからな……知ってるか？　うちのクランメンバーの一部では『足音』っていう言葉は禁句になってるんだぞ」

「『はいいろ』とクエストに行きたがらないメンバーの方が多い。『はいいろ』は自分を基準に探索ルートを決めるから、ダンジョン内で大変な目に遭《あ》うって」

「なんだ、静かなのは『輝き』に修行を受けた連中だけか」

「……『輝き』に修行を受けた人が静かなのは、問題がないからというより、口に出すのもはばかられるからだと思う」

「つまり、アレクだけじゃなく、修行を受けようっていうメンバーにはいつも無茶をさせてるってえことだな」

「でも、だいたい、途中で終わるし、終わらせる。最後まで続けさせようとしてるのは、アレクだけ」

「…………やれやれだ。今日の追及はずいぶん厳しいじゃねえの」

「ボクらもちょっと遊びすぎた」

「……おいおい、俺様は真面目《まじめ》よ？」

「そうじゃない。……修行をつけて、アレクが強くなった先になにが起こるかを思い描いてさえいなかった。ただ、アレクがどんどん強くなるのを見て、嬉しく思っていただけだった」

「……ふん」

「つまり、アレクの成長速度が予想以上で、このぶんだと、あと数日で修行が終わる。……修行の終わりっていうのは……」

「俺様を殺すこと、だな」

『はいいろ』は、笑っていました。

思えば、父の笑っていない顔をあまり見たことがないような気がします。

軽薄そうだったり、お気楽そうだったり、あるいは、嬉しそうだったり、とにかく父はいつだって笑顔を見せていました。

対照的に、いつも無表情な『狐』が、こわばった顔だったのを覚えています。

微細な変化ではありましたが、あまりに揺らがない父を見て、動揺していたのでしょう。

「……殺されるつもり、なの？」

「そうだよ？　最初っからそう言ってただろ？」

「…………ボクは、あなたの『死』を想像できなかった。今回もてっきり、冗談か、アレクがそこまで行くはずはないって、そう思って……」

「ははあん？　アレクが実際に俺様にとどきそうだから、ビビッたのか？」

「……そう」

「間違ってるな。あいつはもう、とどきそう、なんてもんじゃねえ。とどいてる」

「……」

「俺様の修行にかんしては、とっくに終わってるも同然なのさ。それでもまだ師匠と弟子の最後の勝負をやってねえのは……まあ、俺様にとっても予想外の成長速度だったたってこった。死ねるという強みは、天才の俺様をしてもどんな結果を導き出すかわからなかった」

「うん……普通、人は死んだらそこで終わり。それでも『死ぬほどの修行』をするのは、最初から弟子を使い捨ててでも、完成度を上げるつもりがあるからで……」

「そうだ。だから『死ぬほどの修行』をして、生き残ったヤツは傑物《けつぶつ》だ。その代わり、生き残るには色々なもんが必要になる。極限状態の中で壊れない強い心。教えられたことをすぐさま体得する学習能力。体力に頑強さ。なにより、天運」

「……アレクにはどれも、ない」

「そうだな。あいつほど出来の悪いヤツもいねえだろう。だが、修行を乗り越えた。過剰《かじょう》な自己客観視で精神の弱さを補った。学習能力、体力、頑強さ、天運を全部『セーブ』で乗り切りやがった。はっはあ！　楽しいねえ！　あんなのアリかよ！」

「過剰な自己客観視は……」

「あいつの言葉だと『てぃーぴーえす視点』ってやつだな。自己俯瞰《ふかん》。……ここじゃない世界で身についた心構えだそうだ。俺らの言葉で『天眼《てんがん》』とでも言うのか？」

「……才能と言うなら、『それ』がアレクの一番の才能」

「まったくふざけた弟子だよ。普通、死ぬほどの修行ってのは、もっとこう、人としての強さか、追い詰められ方が必要なんだぜ？　たとえば、自分が誰とも知らず、『はいいろ』にならなきゃ名前さえなかった俺様みたいになあ」

「……ボクも、そう。名前を求めていたわけじゃないけど、盗みの技術を身につけなきゃ生きていけなかったから」

「はーあ。俺様たちみてえなのは、もう時代遅れなのかねえ。必死に生きて、同胞の命を背負って、それでもまだ失敗して、どうにかこうにかやっていくっていうのはさ。……だから、そろそろ、時代を変えようかと思ってな」

「……だから、殺されるつもり、なの？」

「そうだよ。まあ、その前に色々と準備があるんで、まだもうちょいって感じだが……」

「準備っていうのは？」

「いや、『輝く灰色の狐団』をまっとうな冒険者クランにしようと思ってな。色々」

「…………どういう意味？」

「無節操に逃亡奴隷だの食い詰めた泥棒だの、更生できない犯罪者だの引き取ってきたけど、大人ばっかりじゃねえ、ガキも増えすぎた。子供の未来を作るのは先駆者の仕事だろ？」

「……だから、どういう意味？」

「はっはあ！　まあ、気にすんな」

「……なにをするかは、任せる。でも、そのせいであなたが命を落とすなら、ボクは協力できない」

「おいおい、アレクが俺様を殺す時どうすんだよ」

「……死ぬ必要はない。『はいいろ』を継がせて、新しい名前で、新しい人生を始めればいいだけの話。そうしたらボクも一緒に、新しい人生を始めるから」

「…………はん」

この時、父が浮かべた気弱そうな顔が、やけに印象に残っています。

今だから思うことですが、『狐』の発言は、この時の父にとって非常に残酷なものでした。

きっと父は、迷ったことでしょう。

それでも、父はすぐに笑顔を浮かべました。

思い返して、なんていう心の強さだったのだろうと思えてなりません。

「お前さんは心底俺様に惚れてやがるなあ」

「……茶化されるのは好きじゃない。娘の前だし」

「はっはあ！　両親が仲いいっていうのは、子供にとっちゃいいことなんだろ？　……で、けっきょくヨミは、お前と『輝き』、どっちが産んだんだ？」

「……それは、秘密」

「なんでだよお！　おーしーえーてー」

「……ボクと『輝き』のあいだで、協定があるから。子供がいるってわかった時点で、ボクらは仲良くやっていくことにした。だからヨミは二人の子供。ボクの産んだ子でもあるし、『輝き』の産んだ子でもある」

「……なあ、お前、今『二人の子供』って言ったよな？　さらっと俺様をのけ者にするのやめてほしいんだけど」

「そもそも、何人もの女性と同時に付き合うのが悪い」

「アレクもそんなこと言ってたけどさあ、やめてくれよな。教育に悪いだろ、そんな、男の子の欲望を否定するような……」

「……『はいいろ』の考えの方が、よっぽど教育に悪い」

「おーい男ども！　このクランに俺様の味方はいねえのか！」

「……分《ぶ》が悪くなると周囲を巻きこむのも、やめて」

「はっはあ。安心しろ。お前さんと『輝き』が怖くて、誰も俺様に味方しねえでやんの。……泣いていいか？」

「子供の前では、だめ」

「わかったよ。あとでお前さんの胸で泣く」

それからもまだなにか会話が続いていたような気がします。でも、当時の私は『また始まった』ぐらいに思って、すぐに意識を逸《そ》らしました。

今思えば、両親の仲がいいというのは素敵なことですが、当時はあまり好ましい気持ちではありませんでした。……たぶん、のけ者にされているようで悔しかったのかもしれません。

私がすねていることもふくめて、幸せな時間だったと思います。

以前にも少し書きましたが、『輝く灰色の狐団』は、おおよそ犯罪者クランらしからぬ、のどかな雰囲気だったように感じます。

だから、実際に冒険者以外の仕事をしているメンバーはともかくとして、少なくとも私たち子供は、このクランの不健全さを忘れる傾向にありました。

今思えば、『はいいろ』なりの配慮《はいりよ》だったのでしょう。

……だから、私たちにはきっと、心の準備が足りていなかったのだと思います。

会話をしていたら、アレクが、帰ってきました。

慌《あわ》てたように帰ってきたアレクを見て、私は座っていた席から立ち上がりました。

このころの私は、すっかり彼に懐いていたように思います。帰ってくれば、出迎えぐらいはする関係性でした。

でも、酒場跡の壊れかけた扉を完全に破壊するような勢いで入ってきたアレクは、私に目もくれずに、まっすぐ『はいいろ』と『狐』のもとへ行きました。

とても恐ろしい表情だったと、記憶しています。

そして彼は、表情よりもなお恐ろしい事実を告げました。

「『輝き』が憲兵《けんぺい》に連れていかれた」

端的すぎる報告は、彼なりに混乱していたからだと思います。

私は、その発言を聞いて、ぽかんとしていました。

でも、『はいいろ』や『狐』は、いつかこうなると、わかっていたのでしょう。

落ち着いた父の、悲しそうな、それでも口元をゆがめた顔と、言葉を、私は今でも忘れることができません。

「……ああ、ついに、この時が来たのか」

父は笑っていました。

そして眼帯に隠れていない方の目で、自分の手をながめていました。

まるで、今までそこになにかを持っていたかのように。

そのなにかを、なくしてしまったかのように、長い時間、ながめていました。

○

『輝く灰色の狐団』は、いまだかつてないほど混乱しました。

クランの中心人物が捕まったのです。

奪還するべきだ、という意見がありました。

反対に、『輝き』のことはあきらめて、根城を変えて逃げるべきだ、という意見も上がりました。

『はいいろ』は、しばらくクランメンバー同士の議論を、目を閉じて聞いていました。意見を乞《こ》われても、沈黙したまま答えません。

アレクは、詳しい事情を聞かれて、何度も何度も、同じ話をしていました。

憲兵の集団とすれ違った。

いきなり取り囲まれた。

どうにも憲兵たちは、『輝き』個人ではなく、『輝く灰色の狐団』の構成員を狙っていたようだった。

対応する暇《ひま》もなく、『輝き』は逮捕された。

助け出そうとしたら止められ、『はいいろ』にこのことを伝えるよう、言われた。

だから、追っ手をまきつつ、ここに戻ってきた――

以上がアレクの語った話の概要《がいよう》でした。

『狐』は、どう思っていたのでしょう？　よく、わかりません。

記憶にある限りでは、いつもの無表情のままだったと思います。

でも、普段は娘である私には、彼女の感情のゆらぎみたいなものがわかるのですが、その時の『狐』がどのような気持ちだったか、私にもわかりませんでした。

しばらく、話し合いとも怒鳴り合いとも呼べない、大声合戦みたいな議論が続きました。

『奪還派』と『逃亡派』でクランは真っ二つです。

話し合いは、次第に殴り合いへと発展しようとしています。

あと一瞬おそければクランメンバー同士で戦いが始まるだろうという時、ようやく『はいいろ』が目を開きました。

「『輝き』を取り戻しに行く」

それが、『はいいろ』の決定でした。

奪還論を主張していたクランメンバーたちは、大声をあげました。

反対に、逃亡論を主張していたクランメンバーからは、不満の声があがります。

でも、真っ向から『はいいろ』の意見に反対をする人はいませんでした。

こうして『輝き』奪還作戦が立案されます。

『はいいろ』は、クランメンバーたちに指示を飛ばしました。

中でも、もっとも重要な、『輝き』の位置を探る役目を任されたのは、『狐』です。

この時の『狐』は、感情がまったくうかがえません。無言のまま、父の提案にうなずいたようでした。

そして、父は、アレクになにかを耳打ちしました。

どんなことを言ったのか、わかりませんが、アレクはおどろいた様子でした。

そして、静かに、力強くうなずいていました。

「……わかった。必ず、やり遂《と》げてみせる」

なにかの任務をあたえたのだということだけは、わかります。

どんな仕事を頼まれたのか、後にアレクに聞いたことがありますが、彼は忘れてしまっていたようです。

ただ、『今思えば無意味な仕事を押しつけられただけだった』と苦笑していました。

『はいいろ』はクランでも指折りの実力者たちにだけ仕事を振って、どこかへと去ってしまいました。

重要な話し合いの時、『はいいろ』があえて意見を言わないというのは、クランにとっていつものことです。だから誰も気にする者はいませんでした。

でも、あとから思えば、自分の妻が憲兵に逮捕されて、それを取り戻そうという時に、いつものような態度というのも不自然だったのではないでしょうか？

ともかく、『狐』が情報を仕入れてから、ということで会議はまとまったと思います。

確定した情報がまだないので、その日の作戦立案会議は、会議というよりも決起集会みたいな雰囲気だったように思えます。みんなでやる気を高めて、『輝き』を無事に救出したいと祈願する、そんな会合でした。

話の総括をしてもらうため、クランメンバーは『はいいろ』を捜します。

でも、父は、その場にいません。ふらりとどこかへ消えて、戻りません。

だから、話し合いが終わったのに、妙にしまらない感じがあったと記憶しています。

父がなにかをしようとしている。

この時点でそこまで気付けていれば、もっと違った結末があったのかもしれません。

でも、たとえこの時点で父になんらかの思惑《おもわく》があるとわかったとして、それを追及することはなかったようにも、思えます。

なぜならば、父が勝手に行動する時は、『輝く灰色の狐団』のためなのですから。

いつも、そうでした。だからその時もそうだと、みんな思ったでしょう。

——致命的な間違いは、きっと、そのあたりに潜んでいたのだと、思います。

父の行動は、いつだって、『輝く灰色の狐団』のためというのは、間違いでした。

クランのためではなく、クランメンバーのためを、父はいつでも思っていたのです。

このわずかな違いが、大きな違いだと思い知るのは、もう少しあとになります。

この時の私たちは、『はいいろ』以外がみんな『輝き』奪還に夢中でした。

だから、父の真意を知るのは、目の前の目標が消えたあと——地方領主の街で、『輝き』が公開処刑をされたあとになります。

○

思えば当時、すでにアレクは聖剣を持っていました。

どうやら私の知らないところで、『輝き』にもらったようです。

聖剣というのは、例の、いつも彼が持っている、短い、しかしナイフには到底見えない無骨過ぎる剣のことです。

どうやら『輝き』の収集品の一つだったらしく、修行の中でたくさされたようでした。

つまり『輝き』は聖剣をたくし終えてから、捕まったわけです。……今から振り返れば、あらゆるところで『準備万端』だったのだなと思えてなりません。

『輝き』の処刑は、こちらがあっけにとられるぐらいに迅速《じんそく》に行われました。

捕らわれた当日には行われたと思います。

公開処刑というのは、普通、犯罪者を見世物にして、『悪いことをしたらこうなる』と領民に見せつけるために行います。

なので、通例から判断すれば、捕らえたあと、処刑の日取りを広く告知して民衆を集める準備をし、それから処刑が執《と》り行われます。

どれほど早くとも、捕らえたその日に行われるというのは、ありえないはずです。

だから、『輝き』の処刑は、見物する民衆が少なかったという話を聞いています。

私は直接見てはいません。

『輝き』が死ぬ姿を見たのは、『はいいろ』とその側近、アレク、それから『狐』とその盗賊団数名だけだったと思います。

無理矢理に助け出すことができるぐらいの強さを、処刑を見に行った人たちは持っていたように思えてなりません。

むしろ『はいいろ』は、連れていったメンバーたちが勝手に『輝き』を助け出さないよう、監視するつもりで連れていったのかもしれないと、今では思います。

ここで『はいいろ』が救出を断行しなかった理由は、あとで明らかになります。

ですが当時、クランメンバーからは『なぜ力があるのに助けなかったんだ』という不満と不審の声があがっていました。

実際に、いつもの酒場跡で『はいいろ』は血気《けつき》に逸《はや》ったクランメンバーに詰め寄られており――その『血気に逸ったクランメンバー』の中心人物は、アレクでした。

「どうして助けに行かせてくれなかった！」

私から見て意外なぐらい、激昂《げつこう》していたように思います。

『輝き』とは色々と確執があったようですが、再会後はうまくいっているように見えたので、そのせいでしょうか。

対する『はいいろ』は本当にあきれるぐらいいつも通りでした。

妻が死んだはずなのに、まったくゆらぎが見えません。

私も、母が死んだというのにいつも通りすぎる父の態度に、不審と不満を覚えていました。

「おう、熱いねえ。少し落ち着けよ」

「あんたは……あんたの妻が死んで、なにも思わないのか!?」

「なにも思わないわけないから、少し落ち着けって言ってんだ」

「……」

「まず、みんなに言っておくことがある。処刑場で、執政官がはっきりとうちのクランを標的に定めた。『輝く灰色の狐団』というクランのメンバーは全員、捕らえて処刑するっていう話だ」

ざわめきが広がりました。

今から思えば、こういう日が来ることを覚悟しておくべきだったと思います。

なにせ、私たちは暗殺者の『はいいろ』を戴《いただ》く、犯罪者クランだったのですから。

「そういうわけだから、二つ、選択肢がある。一つはもちろん、逃亡だな。根城を捨てて逃げる。今までもヤバくなるたびにやってきたことだ。野郎どもも慣れてるだろ」

その言葉に、不満の声があがりました。

みんな、『輝き』を処刑した地方領主への怒りがおさまらなかったのでしょう。

だからきっと、この時のクランメンバーは、もう一つの選択肢に、『報復』を期待していたのだと思います。

領主の館に攻め入って、貴族の軍隊を蹴散らして、領地を乗っ取ろう、なんていう考えをもっていた人も、いたかもしれません。

実際、それは不可能ではなかったと思います。

戦闘技術は『はいいろ』がぬきんでていますし、隠密行動ならば『狐』と母が率いる盗賊団がいます。それに、両者の能力を詰めこまれたアレクだっていました。

彼には『セーブ&ロード』という、異質な能力だってあります。

やりようによっては、充分に地方領主の領土を押領《おうりょう》できたでしょう。

けれど、『はいいろ』の提示した選択肢は、誰も予想だにしないものでした。

「もう一つの選択肢は、『犯罪者クランをやめる』だ」

この時に広がったざわめきは、先ほどよりも大きかったと思います。

そんなことができるならば、もちろん、一番だ。でも、できるわけがない――

そういうおどろきと戸惑《とまど》いが、場を支配していました。

まっさきに詳細をたずねたのは、アレクです。無茶ぶりに慣れていたのでしょう。

「おい、おっさん、どういう意味だよ」

「はっはあ。簡単さ。アレク、クランってのはなんだ?」

「……なんだ、って……利害の一致した集合体みたいな……チームっていうか……」

「それも合ってるが、それは本質じゃねえな」

「じゃあなんだよ」

「『誰かが設立した集団』だ」

「……いや、まあ、そうだろうけど」

「『輝く灰色の狐団』は、俺様と、『輝き』と、『狐』が作った。が、中心人物はもちろん俺様だな。みんな俺様を崇《あが》め奉《たてまつ》ってたし」

「こんな時にふざけるのはやめろよ」

「ふざけてねえよ。……いいか、俺様の犯した罪科は、お前らの誰と比べることもできない。俺様は人を殺しすぎた。それもお偉いさんばっかりな。『輝く灰色の狐団』が危険視された原因のほとんどは俺様だ。——だから、俺様の首を差し出せば丸く収まる」

「……そんな保証がどこに」

「ほい、誓約書。ここの領主からもらったやつな」

『はいいろ』が、なにかを乱暴に投げ捨てました。

テーブルの上に広がったその紙を、みんなでのぞきこみます。

私は背が低かったのと、人垣があったので、よく見えませんでした。

のちにアレクにたずねたところ、そこにはたしかに『はいいろ』の首を差し出し、『輝く灰色の狐団』を解散すれば、他のメンバーは不問に付《ふ》すという旨《むね》が書かれていたようです。

「……いつの間にこんなの、用意したんだ」

「『輝き』が捕らわれた時に交渉してきた」

「……」

「実は俺様もな、『輝き』を助けようとちょっと個人的に動いてたわけよ。で、まあ、処刑前の本人に面会するところまでは行ったんだが、二人でちょっと話し合ってな」

「…………話し合った結果、『輝き』は首を落とされたのか」

「おう。取り戻しに行くってみんなの前で言っただろ？　あの時点では本当に取り戻すつもりだった。……ま、実は前々から、クランメンバーの今後のことは頭を悩ませてて、いい機会だし、みんなを犯罪者じゃなくすために命でも懸けるかって、そういうことにしたわけだ」

「あんたの力なら、その時点で『輝き』を取り戻せたんだろ？」

「当たり前だろ？　俺様天才だぜ？」

「じゃあ、なんでしなかった」

「そりゃあ、一人でなんでもはできないからだよ」

「……言ってることが、矛盾《むじゅん》してるぞ」

「でもなあ、考えてもみろよ。『輝き』を取り戻してどうする？　逃げるのか？」

「逃げるだろ。それか、領地に攻め入って……」

「乗っ取り？　いいねえ、男の子のロマン。で、そのあとは？」

「……あと、って」

「地方領主の領地が、犯罪者クランに奪われました。こんな危ないヤツら放っておけないって王都の軍隊が来るわな？　で、王都の軍隊に間違って勝てたとしようか。王都ってえのは、人間の王都だ。他の種族が俺らを危険視するわな」

「……」

「終わらない争いの幕開けだ。で、なにかの間違いで、終わらない争いを終わらせたとしようか。そのあとになにが残る？」

「…………領主を倒して、国王を倒して、他民族を倒して……そんなの」

「なにも残らない」

「……」

「まあ、普通に国軍が相手になった段階でこっちが滅びると思うよ？　でも、お前さんの能力があるし、その気になれば全員死なずに済むんだから、行き着くところまで行く可能性だってないわけじゃないだろ？」

「…………」

「だから戦うのも、逃げるのも、俺様は反対だ。それよりも、どこかで一度、綺麗に清算しちまった方がいいと思ったわけだ」

「……その『清算』は、あんたと『輝き』の命を懸けるほどのことなのか」

「そりゃそうだ。ガキの未来がかかってる」

「……」

アレクが、私を一瞥しました。

今初めてここに私がいると気付いたような顔だったのを、覚えています。

当時の『輝く灰色の狐団』は、孤児も大勢いました。もちろん、孤児は犯罪者ばかりではありませんが――このクランにいる限り、犯罪者扱いをされることは、想像がつきます。

『はいいろ』と『輝き』は、常に子供たちの将来をどうしようか悩んでいたのだと思います。

二人で相談もしていたのでしょう。たとえば、片方が捕らわれ処刑されるようなことがあれば、その時はクランをたたもうという話し合いもしていたのかもしれません。

でも、その話し合いに、『狐』は入っていなかったようでした。

母が本気で父をにらむのを、その時初めて見ました。

「……『はいいろ』、ボクは、反対だ。逃亡しよう。まだ、立て直せる」

「あれれえ？　お前さん、俺様の話聞いてなかった？　子供にゃ耐えられない未来しか待ってないっていうありがたいお話をしてたんだけど」

「子供には父親が必要だ。まだ、親を亡くすには、この子たちは若すぎる」

「……ま、それも一理あるわな」

「とにかく、あなたの命を差し出すような選択には賛成できない」

「お前さんはそういうヤツだ。だから、俺様は『輝き』と二人で相談をした」

「……仲間はずれか」

「違うな。性格の違いだ。『輝き』は自分の命も、人の命も駒として見ることができる。だから俺様と同じような考え方ができた」

「……ボクには、無理だ」

「そうだ。お前さんは優しい。だから、これからの『輝く灰色の狐団』の頭に、お前さんは必要なんだ」

「……」

「実力主義の犯罪者クランじゃねえ。弱者支援の場としてのクランにゃ、優しい指導者が必要なのさ」

「クランの解散も、クランにいる『はいいろ』以外の犯罪者を見逃す条件に含まれていたはず」

「そんなのテキトーに名前変えて活動したらいいじゃん」

「……」

「頭固いのがお前さんの難点だな。よし、新しいクランを俺様が命名してやろう。『銀の狐団』なんてどうだ？」

「…………銀の狐、っていうのは」

「一つは、『輝き』のこと。銀色の狐獣人のことを、忘れないために」

「……」

「もう一つは、『輝き』と『はいいろ』を一つにした。輝く灰色は、銀色だ」

「……」

「そして、最後の一つ。お前さんに俺様と『輝き』の理念を支えてもらいたい。俺様たちの遺志を継いで『狐』にはずっとありつづけてもらいたいっていう、俺様の願いだ」

「…………」

「だから、銀の狐だ。暗く黒い夜にしか生きられなかったこのクランを、白日《はくじつ》のもとへ導いてくれ。白でも黒でもない灰色の連中に、光を当ててやってくれ。……そのためなら、俺様は命だって懸けられる」

「それでも、ボクはあなたと生きていきたい」

「……はっはあ。まいったね、こりゃ」

「わがままかもしれない。あなたの判断で、子供たちにはもう父親は必要ないと思っているのかもしれない。でも、ボクには夫が必要だ」

「…………まあ、反対意見が出ること自体は想定内だったんだがなあ」

『はいいろ』は困ったような顔をしていました。

戸惑っていて、それでも嬉しそうな、そんな顔でした。

でも、一瞬きりのことです。

すぐにいつものニヤケ顔に戻って、今度はアレクを見ました。

「おうい、アレク」

「なんだよ」

「つーわけで、そろそろ俺様の修行をしめくくろうか」

「はあ？」

「ん？　なに？　お前さんも俺の話が耳にとどいてなかった系の人？」

「いや、系の人っていうか……今って、あんたが『生き延びる』か、あんたが死んで俺たちが『逃げ延びる』かを選択するのを待つタイミングかと思ってたんだけど」

「いやいや、選ぶのは俺様じゃねーよ」

「じゃあ誰が選ぶんだよ。あんたの命で、あんたのクランだろうが」

「お前だ」

「………どういう意味だ？」

「だから、話聞けよなあ。修行をしめくくるって言ったじゃん」

「……まさか」

アレクの目が、おどろきに見開かれたのを、よく覚えています。

たぶん、『はいいろ』の修行がどう終えられるかを知っていた人たちは、みんな、似たような顔をしていたのではないでしょうか。

父の修行、暗殺者を継ぐということ――それがどういう意味なのか、父は語ります。

「俺様とお前さん、本気で殺し合おう」

「……」

「俺様が生き残っちまったなら、『狐』の言うように逃亡生活をしよう。お前さんが生き残ったら……『狐』と一緒に、このクランの面倒を見てくれ。お前さんならダンジョン制覇で金が稼《かせ》げる。ガキが大人になるまでは、それで養えるだろ」

「……でも」

「実力で決めるのが、たぶん、一番、みんなが納得する。はっはあ！　なんせクランは実力主義な面が否定できないからなあ」

「……でも！」

「まあ、しのごの言わずに表出ようか。こうなることは最初から決まってただろ？　その時になって情で刃《やいば》が鈍《にぶ》らないと、お前さんも言ったはずだ」

「でも…………！」

「ああ、そう、そんな感じ？」

「……あんたと、殺し合いたくない。俺も、死にたいわけじゃない。……その勝負は俺になんの得もない」

「んー……まあ、じゃあ、仕方ないか」

この時、父がため息をついたのは、特に意図してのことではなかったでしょう。

けれど結果的に、アレクは『勝負をしないことになった』と解釈したようです。

だから、そこからの展開は、アレクの心の間隙《かんげき》を突くようなものになってしまいました。

「ここで、殺し合おう」

父は、そう言うと、アレクに向けて飛びかかります。

『はいいろ』の仕事を直接見たことがなく、まだ幼かったので冒険に同行もしていなかった私は、その時初めて、父の得物《えもの》を見ました。

それは、無骨な、ナイフの長さの金属塊《かい》でした。

折れた聖剣、そういう名称らしい、『輝き』の収集品です。

アレクの持っているのとそっくりなその武器で、父は、アレクへと斬りかかりました。

○

後に振り返って、アレクは、この時に逃亡するという選択肢もあったと言っています。

『はいいろ』の襲撃はたしかに唐突でした。

でも、その当時のアレクでも、逃げに徹すれば、逃亡できないというほどではなかったようなのです。

それでも逃げなかったのは、彼に曰《いわ》く『逃げちゃいけないと思った』からだそうです。

ここでアレクが逃げた場合――『はいいろ』は死なず、逃亡生活に移行するでしょう。

でも『輝く灰色の狐団』あらため『銀の狐団』には、わだかまりが残ったように思います。

アレクが勝つか、『はいいろ』が勝つかで、行く末が決まる。直前の会話にてそのような演出をしていた『はいいろ』は、きっと、ここまで考えたうえで勝負をしかけたのでしょう。

だから、勝負は始まりました。

剣と剣が打ち合うすさまじい音が響きます。

二人は剣を合わせながら、酒場跡を縦横無尽《じゅうおうむじん》に動き回っていました。

テーブルを蹴散らし、椅子を蹴り倒し、酒瓶をつかんで投げ、皿を料理ごと相手にぶつけたりもしています。

クランメンバーたちは、巻きこまれるのを恐れて逃げ回り、最終的には酒場跡の壁沿いに落ち着きました。……出ていく人は、誰もいませんでした。

「なんで殺し合う！　あんたが死んで、なんの得があるんだ！」

アレクは大声でたずねました。

彼が防戦一方だったのは、きっと、どうにかして『はいいろ』を説得しようとしていたからだと思います。

一方で、『はいいろ』は受け手が一つでも間違えば死ぬような攻撃を、繰り出し続けていたように思います。

行動で殺意を明らかにしながらも、『はいいろ』はアレクの質問には答えていました。

「俺様の命で、お前さんらの未来が買えるのさ！」

「もっとうまいやり方だってあるはずだ！　誰も死なないような方法も、きっと……！」

「あるかもなあ！」

「どうして探そうとしない!?　俺からは、あんたが死にたがってるようにしか見えない！」

「はっはあ！　最初、俺様に手も足も出なかったボウズが、言うようになったねえ！」

「茶化すな！」

「探そうとしなかったと、思うか？」

短い剣で、つばぜり合いが始まります。

『はいいろ』は、笑っていました。

「本当に、探そうとしなかったと思うか？　いつだって探したさ。まっとうじゃないこいつらをどうにかしてまっとうにしようってな。だから、冒険者として生きていけるヤツは、そうさせてる。ガキには盗みや殺しより先に家事を覚えさせてる。少しずつでも、まっとうになっていけるように、光のもとで全員が歩けるように、手は尽くし続けてきた」

「じゃあ、なんで途中でやめる」

「始まり方を間違えたのさ。……クランの創設者が、犯罪者だったのがいけなかった。俺様が暗殺者だったのが、悪かった。どんなに誰かを助けようとしても、どれほど光を目指しても、俺様は人殺し以外の方法を選ぶことができねえ」

「でも、生きてれば、やり直せる」

「違うな。人は、やり直せない」

「……」

「お前さんにはわからない感覚かもしれねえが、人は、やり直せない。生き方は、生まれた時に決まる。スラムで生まれて盗むしか生き方を知らないヤツは、他の生き方ができない。物心ついた時には知らない山中にいて、暗殺者として育てられたヤツは、暗殺者としてしか生きられない」

「……でも」

「俺様は、俺様の家族のために、知らないヤツらの家族を殺しすぎた」

「……家族が大事なら、なんで続けた。あんたなら、暗殺以外の道も選べた」

「お前さんはどうにも能力の話に偏《かたよ》りがちだなあ。人を殺す強さはモンスターを倒すのにも使えるとか、気配を殺す術は要人警護にも使えるとか、おおかたそんな考えだろ？」

「そうだ。暗殺者をする必要はない。あんたは、冒険者としてもやっていける」

「で、俺様の罪は誰が償《つぐな》う？」

「……」

「身につけた能力は使い方を選べるだろう。未来も自分で選べるさ。いや、選べなきゃならねえんだ。でも、過去だけは変えられない。失敗も、罪も、積もり続けて、もう俺様の一部だ」

「…………」

「わかるな？　俺様の罪を、お前さんらに償わせるわけにはいかねえのさ。今日、暗殺者をやめたって昨日までの俺様は暗殺者だ。そして、俺様がいる限り、お前さんらは暗殺者の手下の犯罪者と、その予備軍だ。俺様がお前さんらを照らす光を、邪魔してる」

「……」

「暗殺以外の生き方を知ってりゃよかったんだがなあ。……もっと早くに、気付ければよかったんだがなあ。やれやれ、まったく、世の中はままならないねえ」

そこからの出来事を、私は一生忘れないでしょう。

『はいいろ』は、アレクから大きく距離をとりました。

アレクほどではありませんが、彼に戦闘のてほどきを受けていた私は、わかります。

きっと、次の一撃で、死ぬか、殺すか、決着をつける気なのだと。

アレクも、わかっていたのだと思います。

だから彼は必死に叫びました。

「いつか、いつかきっと、あんたが死ななくて済む方法が見つかるはずだ！　だから、まだあきらめるな！　終わるにはまだ早い！」

「いつかってのは、いつだ？」

「……それは……でも……！」

「状況は、今、差し迫ってる。努力を怠《おこた》ったつもりはねえが、ちょっとばかし足りなかったようだな。まあ、今はこれが限界ってことで、お前さんも腹くくれよ」

「でも……！」

「もし、誰かが死ななきゃ誰かが幸せにならない世の中が嫌なら、お前さんが変えろ」

「……」

「名を継いでくれ。志《こころざし》を継いでくれ。お前さんは、俺様にない視点を持ってる。だから、俺様みたいに食い詰めたガキどもを引き取るだけじゃなく、もっと有益に、食い詰めるガキ自体をなくすことができるかもしれねえ」

「……」

「生まれた環境で生き方が決まる、俺みたいなヤツを一人でも減らしてやってくれ。……お前さんが無理だったら、お前さんの弟子が、それでも無理なら、そのまた弟子が、少しずつでも世の中をよくしてくれりゃあ、いずれ、みんな幸せになる」

「…………俺には、荷が重い」

「ああ、重い荷だ。背負い続けてきたが、そろそろ、俺様も歳とったしな」

「……」

「受け取っちゃくれねえか。この荷物をさ」

「……っ！」

アレクが思いきり歯をくいしばったのが、わかりました。

剣をかまえる動作は、きっと、覚悟を決めたということでしょう。

あるいは、その時の『はいいろ』が、あんまりにも年齢相応に老《ふ》けて見えたから、楽にしてやりたいと思ってくれたのかもしれません。

決着はすぐにつきました。

アレクと『はいいろ』が交錯して、そして、『はいいろ』の首から、血が噴き出しました。

それでも父は、倒れません。

私は、父のそばによりました。――もう『はいいろ』でもなんでもない、父のそばに。

父はやっぱり笑っていて、私を見下ろしていました。

その手が私の頭をなでるのを、されるがままに、私は黙って、父を見上げています。

「……ひどい人生だった。俺様は子供の泣き顔と女の怒った顔がなにより苦手だっつーのに」

「……」

「最期《さいご》の最後で、両方合わせたもん見せやがって。ああ、まったく——人殺しの末路が、こんなに幸福でいいのかね」

笑ったまま、そして、立ったまま、父は息を引き取りました。

アレクは、父の亡骸《なきがら》をじっと見ていました。

なにも言わないまま、ただ、真剣に、ずっと、ながめ続けていました。

○

「……ずるいなあの人は。最期の瞬間に、ボクをまったく割りこませてくれなかった」

父の亡骸を横たえて、いつも無表情な『狐』が、困ったような顔をしていました。

母の手にはナイフがあります。

父の加勢をするつもりがあったのかもしれません。

でも、それは、けっきょくできなかったようでした。

『狐』は、父を見たまま、私に語りかけます。

私と母の、最後の会話でした。

「……ヨミ、ボクは彼の亡骸を持って領主のもとへ行く。『はいいろ』『輝き』だけじゃなくて、ボクも創設メンバーだ。ボクの首もあった方が、より確実に君たちの無事が保証されるだろう」

「……ママ、いなくなるの？」

「そうしたい。……でも、ボクは君のお母さんの一人だから、君に聞きたいんだ」

「……？」

「母親としてじゃなく、妻として生きることを、許してくれるかい？」

妻として生きるということは、父のあとを追って死ぬことです。

無意味な後追いではないのでしょう。

たしかに『狐』だってクランの創設メンバーであり、名の知れた犯罪者ですから、『はいいろ』の悲願を達成するためには、『狐』の首があった方が確実というのは――わかります。

でも、当時の私は答えられませんでした。

母のお願いを、聞いてあげたい。でも、このうえ母まで失うのは、耐えきれない。

わがままを言うか、良い子にするか、葛藤《かっとう》していたように記憶しています。

だから、アレクが、私に代わって、たずねてくれました。

彼もまた、父のそばにしゃがみこんで、言います。

「『はいいろ』の……先代『はいいろ』の遺言はどうするんだ？　あんたは、『銀の狐団』の指導者になれって言われてたはずだ」

「……そうだね。わかってる。ボクは、夫の遺言通りにするのが、一番いいんだろう。そうするって信じて、夫は君に殺されたんだと思う」

「……」

「ボクは、この人の示したものに、夢を見てきた。……幼いころに、悪さをしてこの人に捕まって、それから、ずっと、この人の見ている光を追い続けてきたんだよ」

「……」

「ボクは優しくなんかない。身勝手なんだ。恋した人のために生きて、恋した人と、一緒に生きて……恋した人と、死にたい」

「そうか」

「アレクはわかってくれるの？」

「わからない。でも、俺が止めることじゃない。……止められる立場でもない」

「ううん。自分を責めないで。君は、ボクの夫の願いを叶《かな》えた。……ボクは、夫の願いを叶えられなかった。この人と一緒にいることがなによりも大事で、この人の願いは、それに比べれば大事にしていなかったように思うよ」

「……」

「この人もね、なにかをする時、ボクにほとんど説明をしない人だったんだ。ボクが言うこと聞くって思ってるんだろうね。……聞くけどさあ。でも、ボクにだって、聞けないこともあるんだよ。……死ぬのは、駄目だって、言ったのにね。なんで、勝手に決めちゃうんだろ」

私は、母のことが好きでした。

特に『狐』の方には、よく懐いていたし、影響だって、大きく受けていたと思います。

今も彼女は、私の中に、強く、色濃く息づいています。

だから、当時の私は、悲しそうな母に笑ってほしかったのです。

彼女のしようとしていることを、無意味だとか愚かだとか言う人も、いると思います。……実際に、今も、私には理解できません。

でも、そういう想いもあるのだなとは、思います。

今考えれば、『狐』は冷静なようで、ずいぶんと情熱的な女性でした。

だから彼女の情熱を消してしまうことを、私は、嫌がったのだと思います。

「ママ」

「……なに？」

「いいよ。行っても」

「……」

「パパといっしょに、行っても、いいよ」

この時、私はすでに、泣いていたと思います。

だからあっさりと言葉は出てきませんでした。つっかえながら、たどたどしく、ゆっくり時間をかけて伝えたと記憶しています。

　母は、笑いました。

あまり表情の動かない母の笑顔を見たのは、それが最後です。

幸せそうに、彼女は言います。

「ありがとう。……どうか君も、君の幸せを見つけて」

その言葉は、今の私の行動指針となっています。

こうして『輝く灰色の狐団』は完全に終わりました。

最後に、そこからの出来事を少しだけ記そうと思います。

○

私たちは今までいた地方都市郊外を離れ、王都を目指すことにしました。

今までは犯罪者クランという負い目があったので、なるべく権力のお膝元《ひざもと》から離れていたのですが、これからは光のもとを歩けるようにするという決意もあり、一番の都市へ移動することになったのです。

でも、名前を変えたぐらいで完全に『輝く灰色の狐団』時代の悪名を消し去ることは不可能でした。

ギルドに監視されたり、クランを解体されかけたり、というかされたりもしました。

拉致《らち》された女王陛下、当時の姫殿下を助け出すなんていうこともありました。

そのあいだにもまだ働けないクランメンバーを養うため、戦える人でダンジョン制覇などを繰り返したりもしました。

また、クランメンバー自体も、全員が残ったわけではありません。

行き場のない人や、まだ子供だった者は残りました。

でも、『はいいろ』の武名や『狐』の伝説を頼ってクランに来た人たちや、更生するつもりのない人たちは、クランを離れていきました。

その結果、クランの規模は全盛期の半分以下になりました。

現在は全盛期の倍ほどというか、関連している人をすべてふくめると、私には把握しきれないほどいます。

未《いま》だに残る謎もあります。

『輝き』の意図などが、その最たるものです。

当時、『輝き』がいきなり逮捕、処刑されたのも、彼女の仕込みだったのでしょう。

彼女がなにを目指し、なにをしようとしているのかは、未だによくわかりません。

でも、着実に捜索網は狭まっているらしいので、近く見つかるでしょう。

ともあれ、『輝く灰色の狐団』にまつわる顛末《てんまつ》は、以上です。

いつか私の記憶が風化した時、この回想録を読み返して、失った記憶を補完できればと思います。

その時には、今はまだ思い出すだけで泣いてしまいそうになることも、笑って受け止められるでしょうか。

このお話は、失敗のお話でした。

大変な苦労と、つらい決断の末に、なにも守れなかったお話です。

でも、この失敗を経《へ》て過ごす現在では、父の理念や、母の想いを守れているかなと、思っています。

私はこの話を誰かに聞かせることは、まだないと思います。

でも、本当は、誰かに話したくてたまらないのだとも、思います。

だから早く、この話が幸福な結末を迎えられるように。

アレクと私の努力がよき実りを迎えるように、文章の最後に祈りを捧《ささ》げて、筆を擱《お》きます。

○

「紙の書き心地はどうだった？」

寝室。

大きなベッドがあるだけの粗末な部屋で、ヨミは双子の娘を寝かしつけていた。

時刻はとっくに夜も遅い。宿泊客も寝静まり、あとはわずかな、家族の時間だ。

部屋に入ってきたアレクは、エプロンを外しながらそんな質問をした。

ヨミは少し悩んでから——

「少し、読んでほしいものがあるかも」

暇《ひま》を見つけてはゆっくりと書いてきた回想録を、彼に見せることにした。

分厚い紙束だ。受け取ったアレクは首をかしげたが、紙をめくる。

そして、笑った。

「……こんなの書いてたのか」

「うん。忘れないうちにと思ってね」

「忘れるんだったら、それはそれでいいことだと思うけど…………うおおお……」

「どうしたの？」

「昔の自分が山盛りで書かれていて、すごくむずがゆい」

「あはは」

ヨミは笑う。

アレクはもだえながらも、回想録を読み進めていった。

そして、読み終えると、大きく息をついて一言。

「……若かった」

「あはは。そうだねえ。ぼくも若かったかも？　っていうか、子供だったかも」

「……そのあたりはやぶ蛇になりそうだしおいておいて……おおむね、俺の記憶とも齟齬《そご》はないと思う。『そんなこと言ったかな』とか『そんなこと言ってないだろ』っていう言葉も大量にあったりするんだけど」

「言ってたよ」

「……まあ、押し問答になりそうだし」

アレクは笑う。

ヨミも笑い——それから、少し真面目《まじめ》な顔になって、たずねる。

「……アレクはさ、どうして『はいいろ』を継ごうと思ったの？」

「いや、あの空気で逃亡はないって」

「そうじゃなくって……うまく言えないけど、もっと根本っていうか」

「修行を続けた理由のことかな？」

「そうかも？」

「……理由の一つは昔も言ったように、スキルがあるなら習得したいと思った。あと、まだ言ってない理由としては……」

「理由としては？」

「……俺は当時、なんにも具体的な夢がなかったんだ。なにをしたいかもわからず、できることなんか、なにもなかった。だから……うん、たぶんだけど、『はいいろ』のおっさんの語る夢に魅《み》せられたのかもしれない。『狐』みたいにさ」

「……」

「まあ、『はいいろ』を継ごうと思ったきっかけはそんな感じだけど、今はこの名前にも色々なものが重なった。『はいいろ』の夢はもう、おっさんだけの夢じゃなくて、俺の夢にもなってる。……いつまでも借り物の夢で生きていけるほど、若くもないしな」

「そうだね」

「なあ。……俺はお前の両親を殺した」

「……どうしたの？　いきなり」

「『はいいろ』は直接的に、『狐』は間接的に、殺した。『輝き』は生きてるっぽいけど、当時はそばにいながらみすみす逮捕させたっていう自責の念はあった」

「それは、気にしないでいいよ。仕方がなかったんだと、思うし」

「違うんだ。実際に、自分を責めてるっていうのも、あるとは思う。でも、その自責の念だって今の俺を創り上げてるものの一つで……継いだ名前に重なった、俺なりの要素の一つだ」

「……」

「だから、お前も、俺が気に病《や》んでるっていうふうに、気に病まないでくれってこと。……いいじゃないか。責任ぐらい感じさせてくれよ。お前から奪ったものも、お前に与えたものも、お前から与えられたものも、全部、今の俺を創り上げてる大事なひとひらなんだから」

「……うん」

「さあ、そろそろ俺たちも眠ろう。……明日もある」

アレクがベッドに入る。

ヨミも、眠ろうと思ったが――ふと、魔が差した。

いつもは二人の娘を挟んで眠る。でも、今日は、アレクの横にもぐりこむ。

彼が、おどろいた顔をした。

「どうした？」

「……昔を思い出したからね」

「回想録にあった時期は、一緒のベッドで寝てはいなかったような」

「うん。でもさ。……まあ、なんか、いいじゃない」

「……まあ、いいけどさ」

アレクがため息をついた。

ヨミは笑って毛布を深くかぶる。

寝て起きれば、また新しい現実が始まる。

大好きな、現実。平和な、日常。

今も昔も――きっと、彼と過ごすこの現実こそが、夢のようなものなのだろうと、ヨミは思った。

『聖剣』を求め、コリーは『銀の狐亭』という宿屋をおとずれた。

そこには、たしかに、彼女の求める折れた聖剣があったのだが、問題も、あった。

折れた聖剣をもとの長さにするための素材が足りないのだ。

聖剣の素材である『いと貴《たか》き鋼』が眠っているのは、入って三歩で死に至るような超高難度のダンジョン。修理は無理かとコリーは思ったのだが……

「あなたは冒険者だ。そして、『いと貴き鋼』が眠っているのは、ダンジョンだ。ならば、あなたが強くなって『いと貴き鋼』を採掘すればいい。違いますか？」

聖剣の持ち主、アレクは言い、修行をつけてくれるという。

アレクに若干危ないものを感じつつも、コリーは修行を受けることにした。

すべては『聖剣』を修理し、頑固者の祖父に自分の腕を認めさせるために……

七章

コリーの聖剣修理

そのぼやけた景色を、空中からながめていた。

不思議な光景だとコリーは思う。

視界に映るのは、どうにも王都の裏路地らしき風景。

建物と建物のあいだの狭い路地を一人の少女が進んでいる。

ドワーフの少女だ。

種族的には犬ともウサギともつかない、垂れた長い耳が特徴だろうか。

他に特徴と言えるのは、体型だ。

よく、『人間やエルフを縦《たて》につぶしたよう』と言われる――つまり、小さくて丸い。

裏路地をおっかなびっくり進んでいく少女も、ドワーフのご多分にもれず小さく丸い。

手足はどことなくぽよぽよしている。

顎《あご》のラインや目、鼻なんかも、なんとなく丸い。

背は低いのに、胸が大きい。ただし――腰はくびれていると、コリーは思いたい。

だからこそ、胸に布を巻いただけ、そのうえに丈夫なオーバーオールを穿《は》いただけ、という体のラインが出やすい格好だってできている。

……そうだ、コリーは、今、俯瞰《ふかん》した景色に映る少女を知っている。

自分だ。

長い茶髪をみつあみにしているところとか、歩くたび腰の後ろでガチャガチャ音を鳴らす、道具満載のポーチとか――あとは、冒険者を始めてからずっと使っている、肘《ひじ》まで覆《おお》う大きな籠手《こて》だとか。

見れば見るほど、路地を歩く少女は自分自身に他ならない。

思えば、景色というか、これから起こる事態も、記憶にあった。

過去を夢で見ている。

状況を把握して、コリーは視界の中の自分を追った。

夢の中のコリーは、どこかを目指して、きょろきょろしながら歩いていた。

そしてようやく、目的の建物を見つけたらしい。

大通りからしばらく入ったところにある、さびれた建物。

『銀の狐亭《きつねてい》』。

過去夢の中のコリーは、建物を見て困惑《こんわく》したような顔になっていた。

予想と違ったのだ。

そもそも、コリーがこんな奥まった場所にある宿屋を目指したのは、『ある噂《うわさ》』を追ってきたからだった。

いわく、『その宿屋には聖剣がある』らしい。

あとから知ったことだと『泊まると死なない』という噂もあったらしい――でも、この当時のコリーは、聖剣だけを追い求めてここに来た。

だから、宿屋があんまりにオンボロなのを見て、違和感を覚えたのだ。

『聖剣』とは、『五百年前に人間の国を創った勇者が持っていた剣』のことだ。つまり骨董品《こっとうひん》であり、コレクターアイテムである。

だいたい建国にたずさわったような過去の偉人の所持品は、マニアのあいだでは高値で取り引きされるものだから、所持者はそれなりの身分と金銭を持っていると予想できた。

だというのに、このボロ宿。――噂は、あくまで噂か。この時のコリーは、そんな落胆を覚えていた。

しかしここまで来たのだ。駄目でもともと。当たって砕けよう――

そう思い、宿屋に踏み入る。

内部に入れば、まずは受付カウンターが目に入った。

そこには一人の男性がいる。

ぼやけた男性だった。

これは過去を夢で見ているから、ということだけが原因ではないだろう。

とにかく記憶に残らない顔立ちなのだ。印象が薄いというか。気配が乏《とぼ》しい、というか。

顔を見る。

目を閉じ、少し別なことを考える。

するともう思い出せない。

そんな、ありとあらゆるものが不鮮明な男性。

彼が笑顔で口を開く。

「いらっしゃいませ。ようこそ『銀の狐亭』へ」

声だけは不思議と耳に残る。

けれど、口上はあまりに普通で、これもすぐに忘れてしまいそうなものだった。

「どうされました？　宿泊でしょうか？」

男性がやや不審そうに首をかしげた。

コリーはハッとする。

「い、いえ、その、すいませんッス。アタシは、ドワーフのコリーっていうもんなんスけど」

「はい」

「……実は、刀剣鍛冶《かじ》をやってたんスよ。それで、その……ある噂を耳にしまして」

「刀剣鍛冶の方が、ウチの噂を耳に？」

「そうッス」

「てっきり冒険者の方かと思いましたが」

「ああ、この籠手ッスね。色々あって今は冒険者をやって生活してるッスから、その見立ても間違いじゃないんスけど……ここに来た理由は、刀剣鍛冶職人としての方なんスよ」

「なるほど。話をさえぎって申し訳ありません。それで、どのようなご用件でしょうか？」

「この宿にいらっしゃる『アレクサンダー』という方が聖剣を持っているという噂を聞いたんスよね。まあ、従業員なのか店主なのか、ただの常連さんなのかはわからないんスけど」

「へえ。それで？」

「……できれば、聖剣をひと目見せてもらえないかなあ、って……まずは、そんなお願いをしに来たんスけど……アレクサンダーさんはいらっしゃるッスかね？」

「申し遅れました。俺が、『銀の狐亭』店主のアレクサンダーです。アレクでもアレックスでもお好きなようにお呼びください」

「あなたがッスか!?　あ、あの、それで、聖剣は……？」

「その前に、聖剣云々《うんぬん》の噂はどこで耳にされたのでしょうか？」

「え？　どこでって……うーんと……詳しい場所とかまでは定かじゃないッスけど、アタシ、ちょっと事情があって聖剣とか勇者とかについて調べてたんスよ。その途中で……あれ、いつ知ったんだろ……？」

「……なるほど。ところで、ご用件は『聖剣を見たい』だけでしょうか？」

「あ、いえ、その……と、とりあえず見せていただけたらなあ、って……本物かどうかも見るまではわかんないッスし」

「つまり見れば本物かどうかわかると？」

「はあ、わかると思うッスよ。聖剣についてはかなり調べてるッスから。それに、聞いたことないッスか？　ドワーフはニオイで鉱物を判別できるんスよ。かいだことない素材でできた剣だったら、それは聖剣の可能性が高いと思うッス」

「なるほど。では、こちらが聖剣です」

ドン、とカウンターに置かれる剣。

……いや、剣と呼んでもいいのだろうか。

長さはナイフほど。

刃に比して無骨に見えるのは、もとの長さがかなりあったものが、折れてしまっているからだろう。

その証拠に、グリップは両手で握ることを想定された長さだ。

ガードだってナイフとは思えないほど立派なものがついている。

あきらかに折れている。

……だが、聖剣が破損していること自体は、おどろかない。むしろ、折れた聖剣が存在するという話だったからこそ、コリーは聖剣を追い求めたのだから。

「……『なかご』、あらためてもいいッスか？」

「どうぞ」

許可を得た。グリップから刃を抜き出す。

……鼻に近づけて刃をかげば、なんとも言えないかぐわしい香りがする。

ただ一枚の金属の板。

だというのに、複数の濃厚な鉱物が溶け合い、混ざり合い、調和している。

香りだけで十二分に芸術品の域に達していた。

古い技術ではあるが、これはこれでいいものだとコリーは思う。

しかも、実用品としても超一流だ。その証拠に、かなり使い込まれたあとが見えるが、刃はまったくくたびれていない。

もし調べた伝承通りの素材でできているのならば、手入れができないはずなのだ――なのに、今なお打ちたてのような輝きを放っている。

極めつけに、抜き出した『なかご』には、文字が彫りこまれていた。

『ダヴィッドより。親友に捧《ささ》ぐ』。

ダヴィッドとは、かつて聖剣の所持者である勇者とともに旅をしたドワーフの名前だ。現在では鍛冶神と同一視され、すべての『金属を扱う職人』に崇《あが》められている。

どこからどう見ても、本物の聖剣――あまり『聖剣』について調べていない人は、そのように思うだろう。

「……申し訳ないッスけど、偽物《にせもの》ッスね、これ」

丁寧《ていねい》に刃をカウンターの上に置く。

アレクは秘蔵の……わりには簡単に出したが……聖剣を偽物扱いされて、笑っていた。

「へえ、偽物ですか。ちなみに、どのような根拠で？」

「……鋼《はがね》があきらかに違うッス。鉱物の調合の技術は、間違いなく鍛冶神ダヴィッド級の技ッスけど、アタシの調べた『聖剣』は、単一の鉱物でできてるはずなんスよ」

「しかしダヴィッド作なのは確実でしょう。ということは、聖剣なのでは？」

「……鍛冶神ダヴィッドは、完成品には銘《めい》を記さなかったらしいんス。『完成度を見れば自分の作品だとわかるはずだ』という自信がそうさせたみたいッスね」

「つまり、この聖剣は、聖剣ではないと？」

「……まあ、その、聖剣ではないッスけど、いい物ではあるッスよ。ダヴィッド作には間違いないと思うから、なんていうか、えっと……歴史的な価値はあるかと……」

フォローする。

聖剣として見せた剣を、聖剣ではないと鑑定してしまった――所持者であるアレクは当然、機嫌を悪くしただろうと思ったのだ。

しかしアレクは、笑っていた。

「なるほど。あなたの意見はわかりました」

「あ、あの、気を悪くしないでほしいッス……」

「いえ。ということで、こちらが本物の聖剣です」

ドン、とカウンターに置かれる二つ目の剣。

先ほど見せられたものと、まったく同じ形状をしている。

折れ方も、一緒だ。

だが――一目でわかる。ひと呼吸で、知識より感覚が理解した。

――本物だ。

今回見せられた方が、間違いなく、伝承で言われる、伝説の聖剣だ。

コリーは興奮した面持《おもも》ちでたずねる。

「あ、あの、これ、『なかご』をあらためてもいいッスか!?」

「どうぞ」

許可を得て、刃を外す。

手が震えてうまくできない。それでもどうにか、『なかご』をあらためれば――

銘が、ない。

鍛冶神ダヴィッドは、完成品には銘を記さない。

「……う、うおおお……ほ、本物……本物じゃないッスか!?」

「五百年前の『勇者アレクサンダー』は豪腕の持ち主で、振るたびに剣を折っていたそうですね。なので、似たような長さの『折れた聖剣』が大量にあるのだと、俺にこの剣を渡した人は言っていました」

「な、なんで偽物なんか……」

「ああ、偽物を持っている理由ですか？　俺の師匠《ししょう》が死んだ時に、師匠の奥さんからいただきまして。言うなれば形見のようなものですね。まあ、師匠の奥さんも師匠の一人なのでややこしいんですけれど」

「そうじゃなくって！　なんで、偽物を最初に見せたんスか!?」

「失礼ながら、本当に偽物を偽物と見抜けるか確認をさせていただきました」

「意外としたたかッスね……」

「知識自体は本物のようですね。試すようなことをして申し訳ありません」

「い、いえ……」

「それで？」

「……それで？」

「聖剣を見るだけが目的ではないのでしょう？」

「あ、は、はい。そうッス……」

わずかにためらう。

この先を話してしまって、身の程知らずだとか、無礼だとか思われないだろうか。

でも、ここまで来たのだ言ってしまおう——そう、コリーは結論した。

「……せ、聖剣、折れてるじゃないッスか」

「そうですねえ。まあ、特に困ってはいませんが」

「こ、困ってなくてもやっぱり完全な状態がいいとは思わないッスか？」

「つまり？」

「その……アタシに、聖剣の修理を任《まか》せてみないッスか⁉」

言ってしまった。

コリーはおそるおそるアレクをうかがう。

彼は変わらず、笑ったままだ。

「なるほど。それがあなたの目的ですか」

「……そうッス。ま、まだ若いッスけど、技術には自信があるッス！　ドワーフの中でもかなりのもんッスよ！　賞ももらってるッス！」

「いいでしょう」

「……え？　いいんスか⁉　本当に⁉　こんな若造が聖剣修理させてほしいって言ってるんスよ？　普通ためらったり渋ったりするもんじゃないッスか？」

「あなたの刀剣鍛冶としての腕は、所持スキルを見ればわかりますし」

「え？　どういう……」

「ですが問題がありますね」

「……あ、修理代金はご心配なく。アタシがしたくて修理させてもらうんスから」

「そうではなく、素材は？」

「へ？」

「折れた聖剣を修理するんですよね。しかし、折れた刃を持っているわけではありません。そうなると、本来あるはずの部分を付け足すために、聖剣と同じ鉱物が必要になりますよね」

「……そうッスね」

「その鉱物はあるのですか？　と俺はうかがっているわけなのですが」

「いやあ、それは、そのお……今は、ないんスけど……あ、でも場所はわかってるッスよ！　調査は万全ッス！」

「なるほど。取ってくることはできそうですか？」

「…………恥ずかしながら、昔、行ったことがあるんスよ」

「ほう」

「その鉱物……『いと貴《たか》き鋼』のあるダンジョンに入ったところッスね、その……どう言ったらいいかわからないんスけど、三歩で死にかけたんスよね……」

「なるほど」

「…………あの、折れた刃の方をお持ちの方とか、お知り合いにいらっしゃらないッスか？」

「どうでしょうねえ。持っていそうな知り合いはいるんですが、目下《もっか》捜索中です」

「そうッスか……」

「ということで、俺から提案があるのですが、よろしいでしょうか？」

「なんスか？」

「あなたは冒険者だ。そして、『いと貴き鋼』が眠っているのは、ダンジョンだ。ならば、あなたが強くなって『いと貴き鋼』を採掘すればいい。違いますか？」

「あの、三歩で死にかけたという話を、たった今したばっかりなんスけど」

「昔のあなたは三歩で死にかけた。しかし、訓練をすれば四歩、五歩と進めるようになっていくかもしれませんよ？」

「ダンジョンの奥にあるっぽいんスよね、『いと貴き鋼』は。四歩とか五歩とかじゃ到達できないっぽいんスけど……」

「まあ、そうですね。三歩で死にかけるようなダンジョンの奥までたどりつくには、途方もない努力が必要になるかと思います」

「そうッスよね」

「ですが、俺に任せてくだされば、あなたをそのレベルまで強くすることは可能です。この宿は冒険者の方に修行をつけてもいますからね」

「…………とても信じられないんスけど」

「断言します。可能です。それなりに時間はいただきますがね」

「そりゃあ、数年とか数十年かければ不可能とまでは言わないッスけど……いや不可能じゃないッスかね」

「所要時間は数カ月ですね」

「はあ!?　いやいやいや……」

「……まあ、信じていただくのはあとに回すとして、あなたの方は、どうでしょうか？　つらく苦しい修行をしてでも、『いと貴き鋼』を回収し聖剣を修理するほどの理由はあるのでしょうか？」

「……」

「あるならば、俺が全力であなたをサポートしますよ。この『銀の狐亭』は、冒険者の支援を目的とした宿屋ですからね」

実際にどうなるかは、まずおいておいて――つらく苦しい修行をしてでも聖剣を打ち直したいかどうか？

その問いに対する答えは、決まっていた。

「……理由は、あるッス。アタシは、なんとしても、聖剣を修理したいんス」

「結構。ならば修行をつけて差し上げましょう。ウチの修行はちょっと画期的ですよ。まずはそうですね、『セーブ』というものをしていただくのですが……」

――意識がぼやける。

いや、現在に引き戻されていく。

そうだ、こんな風に、修行生活は始まってしまったのだ。

この過去が、現在へ続いていく。

……もし、過去を変えることができたならば、自分はアレクの修行を断って聖剣修理をあきらめただろうか？

アレクの修行の尋常《じんじょう》ならざるつらさを知った今から考えても――まあ、せいぜい、修行を断るか受けるかは、半々ぐらいだろう。

コリーはそう思いながら、消えていく過去の景色に別れを告げた。

○

「コリーさん？　大丈夫ですか？」

意識が覚醒する。

コリーは過去に飛んでいた意識を、現在に引き戻した。

ここは――王都南にある絶壁の近くだ。

すぐそばには果ても底も見えない、深い断崖《だんがい》が口を開けている。

何度となく飛び降り自殺をした記憶が甦《よみがえ》ってきた。

コリーは思い出す。この断崖そばで、自分はすでにいくつもの修行を終えていることを。

軽い気持ちで始めた修行ではなかった。でも、覚悟以上のものを常に要求され続けた。

飛び降り自殺とか。

豆とか。

あとは、ここではない場所でも、ダンジョンに何日もこもらされたりした。

アレクサンダーとかいう化け物に一撃を与える、なんていう試練まであったのだ。

記憶はぼんやり現在へとつながる。

コリーは頭を軽く振った。

目の前には、アレクがいる。……どうやら立ったまま過去夢を見ていたようだった。

「……なんか、長い夢を見てたッス」

「立ったまま眠るというのは、なかなか器用ですね。俺も習得まで数週間かかりましたよ。いつの間に修行を?」

「いえ、気絶してたんス。極限状況で心が折れかけていたんスよ。死の淵《ふち》に立った人が、一瞬にして過去を振り返ると言われてるじゃないッスか。それッスよ」

「走馬灯《そうまとう》ですね。……しかし妙ですね」

「なにがッスか。アタシはなんにも妙なこと言ってないッスよ」

「いえ、生き返ったあとで走馬灯を見るというのも、面白いなと思いまして。死ぬ前ならわかるんですが」

「面白くはないッスよ……人が、っていうかアタシが死んでるんスよ？」

「でも、生き返ったでしょう？」

「……まあ、それがアレクさんの修行ッスからね」

コリーは、アレクのそばで浮かぶ球体をチラリと見た。

ほのかに発光する、人間の頭部大の球体。『セーブポイント』と呼ばれる謎の存在だ。

セーブポイント、の設置――とかいう面妖な技術をこの宿屋店主は持っていた。

セーブする。死ぬ。セーブした場所で生き返る。

そんな外法《げほう》だ。

ロードすると元気な状態でセーブ地点に戻る。

装備や状態は持ち越しだ。壊れた装備は、戻らない。

その代わり、獲得した経験や、アイテムなんかは、保たれたままだ。

経験、すなわち記憶と強さの持ち越し。お陰ですべての修行は死亡前提で――どんなつらい目に遭《あ》わされても『でも生き返ったでしょう？』で済まされる。

……もし、修行を始める前に修行内容を知っていたら、『必ず聖剣を修理する』という目的意識は持っていても修行をためらったかもしれない。

いや、これは本当に修行なのだろうか？

もっと違う呼び名があるような気が、コリーにはしていた――たとえば拷問《ごうもん》とか。

アレクは笑って、首をかしげた。

「修行を再開できそうでしょうか？」

「……申し訳ないんスけど、記憶が定かじゃないッス」

「おや、おかしいな？　ロードに伴う記憶障害などというのは、経験したことがないのですけれど……」

「ロードに伴うというか、修行の衝撃に伴うという感じッスけど」

「今回の修行に衝撃はさほどありませんよ」

「アレクさんの修行に衝撃がない？　ハハッ、冗談はよしてほしいッス」

「しかし、今回は別に、崖《がけ》から落ちたり豆を食べたり、ダンジョンで大量のモンスターと休みなしで戦ったり、腹部を貫通されてみたりというようなことはやっていませんので」

「アタシがしてきた大変な修行を簡単にまとめないでもらえないッスか」

「しかし情感たっぷりに並べようが簡単に並べようが、事実は変わりませんので……」

「……さっきも言ったッスけど、記憶が定かじゃないんスよ。それに、衝撃がない修行とか想像がつかないッス。今回、アタシはなにをさせられてたんスか？」

「二秒に一度、絶対に死なない攻撃を受けていただけですよ」

「絶対に死なない攻撃？」

「別な言い方をしますと、絶対に瀕死《ひんし》になる攻撃です」

「その事実だけで充分に衝撃的なんスけど」

絶対に瀕死になる攻撃ってなんだ。ある意味死ぬよりつらいんじゃないか――

アレクの修行はこのように、『いっそ殺してくれ』というケースが珍しくない。

死よりもなお恐ろしい修行。

それを課す立場にある男性は、朗《ほが》らかに笑っている。

「あなたの修行は第二段階に入っています」

「……そういやそんな気もするッス」

「なので修行の際、仮想敵が俺になります」

「………そういや、そんな気も、するッス」

「記憶に混乱があるようなのでもう一度説明させていただきますが、今回の修行は『耐える』訓練です」

「『耐える』？　修行で耐えないのって逆になんだよって感じッスけど……」

「正確に申し上げるのであれば、『継続戦闘能力を鍛える修行』ですね。ほら、あなたは拳闘士でしょう？」

「そうッスね」

コリーは両腕にはめた籠手を見る。

拳闘士。

ようするに、拳《こぶし》で戦う冒険者だ。

コリーが拳闘士を選んだのは、刃のある武器や、鎚《つち》で戦うのに抵抗があったからだ。

刀剣鍛冶が本業のつもりでいる。

もちろん剣や槍《やり》、斧《おの》なんかを打つ理由が『戦いに使うから』というのは、わかっている。

しかし自分的には『商品』なので、それを振り回すのにちょっと違和感があったのだ。

「拳闘士はご存じの通り、間合いが短いですね。モンスターと至近距離で殴り合うというのが主《おも》な役割です。パーティー戦においては『盾《たて》』の役割を持つヘイト職ですね」

「そうッスね」

「『盾』には二種類あります。普通に攻撃をくらいながら耐える『盾』と、『回避盾』です」

「あの、盾が回避したら意味ないッス。後ろの人に攻撃が通るッス」

「まあ個人戦においても、あなたは素早い動作でモンスターの攻撃を回避し、隙《すき》を見て連続攻撃を叩きこむという、スピードファイターではないですよね」

「……そうッスね。殴られても耐えて、耐えながら強い一撃を与えるっていう、どんくさいタイプッスね」

「隣の芝は青いと言いますからね。スピードファイターの人なんかは、あなたみたいなタイプをうらやましがったりしているようですよ。……とまあ、話を戻しますと、そこで、今回やっているのが耐える修行ですよ」

「なるほど。『耐える』っていうのはそういう意味ッスね。物理的にっていうか……」

「はい。ドワーフの方は耐久力の伸びがいいので、パワーファイターに適していると言えます。

……ですが、耐久力が伸びるとはいえ、攻撃を受ければダメージは蓄積されますね」

「……アレクさんに言われると『いやアンタは蓄積されないじゃん』と言いたくなるッス」

「そうですね。しかしあなたは、どちらかと言えばダメージが蓄積されるタイプだ」

「ダメージが蓄積されないタイプをさも二大派閥《はばつ》の一翼みたいに言わないでくれないッスか。そのタイプはアレクさん以下『銀の狐亭』の従業員だけッス」

「そこで、蓄積されたダメージとどう向き合うか、そういう訓練をしておりました」

「……なるほど」

「なのでこれから、二秒に一度、瀕死になっていただきます」

「言ってることはわかるけど、なにを言ってるかわからないっていうのが、いかにもアレクさんらしいッスよね」

これから二秒に一度瀕死になってもらいます。

正気を疑う発言だった。忌憚《きたん》なく述べさせていただくのであれば、発言者の頭はおかしい。

その頭のアレクな人が笑う。

「俺からの攻撃は、『HP最大値の九割を必ず削る魔法』です」

「それを使うアレクさんの正気が九割ほど削れてる感じがするんスけど……えっ、なんスかその魔法？　色々と意味がわからないッスよ」

「『必ず瀕死にする魔法』ですね。修行のために開発しました。同じシリーズでは、他に『半殺し』『六割殺し』『七割殺し』『八割殺し』があります。『全殺し』はただいま絶賛開発中です」

「補足でよりいっそう意味不明にするのが、アレクさんの悪い癖《くせ》ッスね」

「二秒に一度、あなたに『九割殺し』の魔法をかけます」

「……二回目で確実に死ぬ計算ッスね」

「そうですね」

「……」

「……」

「…………………いや、それ修行になってないじゃないッスか！」

「普通にくらえばそうですね。けれど、おっしゃる通り、それでは修行になりません。ですからあなたには、二秒で体力を全快にしてもらいます」

「はあ、つまり？」

「瀕死の状態から二秒で元気になってください」

「ご自分の言葉に不自然さとかは感じたりされないんスか？」

「感じません」

「ほら、たとえば、モンスターにやられて瀕死の重傷を負って、歩くこともしゃべることもできない人がいるとするじゃないッスか」

「はい」

「その人が、二秒後に何事もなく立ち上がったりしたら、それはもう、異常事態どころの騒ぎじゃないんスけど。ホラーッスよね？」

「……ホラーですか？」

「そこで不可解そうな顔をされるのが、アタシにとって一番ホラーッス」

「いえ、でも、考えてみてくださいよ」

「アタシは充分に考えて発言してると思うんスけど」

「修行で瀕死の重傷を負って、歩くこともしゃべることもできないコリーさんがいるとするじゃないですか」

「仮定するまでもなく、幾度となくあったッスよね、そんなこと」

「で、死ぬじゃないですか」

「そうッスね」

「次の瞬間には元気でしょう？」

「…………そうッスね。セーブしてたんでしょうね、たぶん」

「それとだいたい同じですよ。ロードで回復するぶんのＨＰを、自力で、魔力を用いて回復すればいいだけの話です。いつもやっていることとなにも変わりません」

「いや、その、うまく言えないけど、変わるッスよ！　大違いッスよ！　感覚的にはまったく違うことッスよ！」

「感覚というのは、不確かなものです」

「そうッスけど！」

「俺の世界には『案ずるより産むが易《やす》し』ということわざがあります。つまり、いざ実際にやってみたら、心配するほどのことではなかったという物事は、意外に多いということです」

「いや、だいたい心配通りの事態になるッスよ！　『レベル八十のダンジョンかあ。普通に考えたら行けないだろうけど、やってみたら意外とできるかも？』とか言って二度と帰ってこない冒険者とかたくさんいるんスよ!?」

「でも、今のあなたは、レベル八十のダンジョンなら普通に簡単ですよ」

「……」

「目標レベルは百七十です。そして、今、あなたは百三十です。まあ、俺の計測ですが」

「…………そういや、そうッスね」

「最初は『レベル百七十のダンジョン!?　絶対無理ッスよ！』とか言っていたあなたが、休み休みゆっくり修行して、ここまで来ました」

「……ものまね、お上手ッスね」

「不可能と思っていることでも、やってみれば、意外とできそうでしょう？」

「…………」

だんだん、そんな気がしてきた。

いや、むしろ、今までだいたい無茶なことしか言われていないのだ。今回無茶なことを言われたからといって、それはいつものことなのである。

アレクの修行は毎回こうだ。

そして、毎回、修行開始前にさんざんごねているけれど、結果としてのりこえている。

ならば今回もできるのではないだろうか？

コリーは次第にそんな気分になってきた。

……でも、そうだ。だったらなんで自分は、立ったまま過去のことを夢に見るほど追い詰められたのだろう？

……記憶は定かではない。異常な恐怖だけが、重苦しいかたまりとなって胸中に存在する。

アレクは笑う。

「修行、再開しますか？」

「……その前に、いいッスか」

「なんでしょう？　疑問には可能な限りお答えしますよ」

「いえ、疑問っていうか、さっきから言ってるんスけど、アタシ、記憶がいまいち定かじゃないんスよね」

「はあ」

「それで、その……セーブした記憶もないんスよ。こうして生きてるし、すぐそこにセーブポイントがあるってことは、たしかにしたんだとは思うんスけど」

「なるほど」

「だからッスね、念のため……もう一度、セーブさせてもらってもいいッスか？」

覚悟を決めたうえでの、『これから死ぬぞ』という悲痛な宣告。

セーブをするということは死ぬということ。

アレクの修行を受ける者ならば、誰でも当たり前にわかっていることだ。

その覚悟を彼は、笑って受け止める。

「結構。どうぞ、セーブをしてください」

「『セーブする』ッス。……じゃあ、修行ッスね」

「はい。ああ、それと、今回の修行の終了条件ですが」

「そういやそれも、もう一回教えてもらえるッスか？」

「五回、俺の攻撃に耐えてください」

「……五回ッスか。わかったッス。そんぐらいならぎりぎり、魔力も足りるッスね。ほんとにギリギリッスけど……」

「そのあとで」

「……………あと？」

「はい。そのあとで、俺にダメージを与えてください」

「……」

「耐えるだけでは事態は好転しませんからね。耐えたうえで状況を打開しないといけません」

「…………」

「回復にすべての魔力を費やさず、反撃の魔力も残してくださいね」

「………………」

「最後の反撃で俺に有効打を与えられなかった場合、シームレスで最初からやり直します。そうなったら高い確率で死亡するでしょう。なので必死にお願いしますね。では、始めましょうか」

「いやその、やっぱりちょっと待っ——」

「攻撃します」

笑顔で言う。言葉と同時に、攻撃が来る。

本当に容赦《ようしゃ》なく、わずかの『待った』すらなしで——アレクの修行は始まった。

○

衝撃。

全身を叩くのは、痛くもなく、重くもない、そんな衝撃だ。

ただし、受けたあと、ひどく体が重い。まるで生命力そのものを持っていかれているような。

傷を負うよりも根源的な部分に手を触れられているような——痛いよりも恐ろしい衝撃。

それがどうやら、アレクが独自開発した『九割殺し』という魔法らしかった。

「回復を」

異様な虚脱感におどろいていると、アレクから指示が飛ぶ。

そうだ、回復をしなければならない。

今やっているのは、『二秒で瀕死状態から回復する』修行だ。

……もっとも、ただ回復するだけでは不充分だ。二秒で『元気に』ならなければいけない。

そのためには、毎回毎回、かなりの気合いを入れて回復をしなければ――それこそ必死で。

コリーは、ヘソのあたりに魔力を集中する。

魔力による自己回復――これは、いわゆるところの『回復魔法』とは少々違う。

分類的には『自己強化』に入るだろう。

ドワーフは魔法が苦手な種族とされている。反面、自分の体や、装備の強化は得意だ。

難しい言い方だと、『外界への干渉《かんしょう》能力が弱く、内界の把握力が高い』とされるらしい――

まあ、『瀕死状態から二秒で元気になれ』というのが無茶なことに変わりはないのだけれど。

コリーはどうにかやってのける。

体の虚脱感が消え失せた。荒くなりかけていた呼吸を持ち直す。

回復にはかなりの集中が必要だった。一回行っただけで、しばらく休憩をしたくなるほどのコンセントレーション。

だが――時間は止まってくれない。

アレクは正確に時を刻み、次のサイクルへと移行する。

「攻撃します」

宣言と同時に来るのは、また、先ほどと同じ衝撃だ。

『九割殺し』。軽い衝撃からは想像もつかないほど、ごっそりと生命力を削る恐怖の魔法。

「回復を」

……しかし、集中力は切れていない。コリーはすぐさま体力を回復する。

集中さえできていれば、技能的に難しいことは要求されていないのではないか？

そのような疑問というか、余裕が、生まれる。

「攻撃します」

三度目の攻撃。

コリーは早くも身に訪れる虚脱感に慣れ始めていた。

思考する余裕が生まれる。

そういえば、彼はなぜ『九割殺し』なんていうものを編み出したのだろう？

アレクの魔法コントロールはかなりのものである。これは普段、見もせずに魔法で風呂を維持していることからも明らかだ。

また、彼は『ＨＰ』と呼ばれる、人の体力を示すものを数値として認識できるらしい。

その気になれば、わざわざ『九割殺す魔法』なんか編み出さなくとも、魔法コントロールと体力の可視化能力によって、九割殺すことができるのではないだろうか？

「回復を」

三度目の回復。

思考は逸《そ》れていても、集中力は維持できている。——この修行は本当に、意外と簡単に終わるかもしれない。

コリーは『九割殺し』が生まれた背景に思いを馳《は》せる。

修行のために編み出した、と彼は言った。ならば修行ならではの状況が関係しているのだろう。となると――思いつく可能性があった。

ロードしても壊れた装備は戻らない。

つまり、燃やされたり破壊されたりした、鎧《よろい》や武器、衣服なんかは、戻らないのだ。

となると、何度も失敗すること前提の修行を行えば、どうなるか？

修行終了時には、全裸になってしまう。

……まあ、全裸のあたりを彼がわざわざ想定していないとしても、普通に、修行により壊れた装備をいちいち補償してもいられないだろう。そういった金銭的な配慮から、この『九割殺し』は生まれたのかもしれない――そんなふうにコリーは妄想《もうそう》する。

「攻撃します」

四度目の攻撃。もはや親しみさえ覚える虚脱感。

集中力は高い状態をキープできている。

あと二回、このまま回復をするだけで修行はほぼ終わる。

けれど――

「回復を」

四度目の回復を要求されて、ようやく、コリーは違和感に気付いた。

回復、できない。

集中力は依然《いぜん》として高いままだ。だというのに、さっぱり魔力を練ることができない。

――気付く。魔力自体が、尽きかけているのだ。

あまりに迂闊《うかつ》だった。

『瀕死から元気になる』という難行《なんぎょう》にばかり目を奪われていた。

それを、五回行わなければならなかったのに。

……体力を回復するのには、魔力を使う。回復量が多ければ多いほど必要な魔力も多くなるなんて、考えるまでもないことだ。

歯を食いしばる。

限界の限界まで魔力を振り絞る。それでどうにか、体力を工面《くめん》できた。

でも――

「魔力管理を、意識していませんでしたね。なにか別なことでも考えていたのでしょうか」

アレクが、すべて見抜いているように言う。

……実際に見抜いているのだろう。彼は体力と同じように、魔力総量と現在の魔力量だって、可視化できるのだから。

見抜いていながら、容赦《ようしゃ》はない。

コリーの全身を軽い衝撃が叩く。

全身から生命力が抜けていく――九割、殺された。

もう余力なんてない。

体力が減ったせいで体はふらつき、意識がかすむ。

魔力がもうほとんど残っていないせいか、呼吸がうまくできず、意識が落ちそうになる。

五度の攻撃を耐えた。

でも、耐えただけだった。

反撃に移る余力なんて、残っていない。

もし、殴《なぐ》って、それで彼に有効打を与えられなければ？

最初からやり直し。また、九割、殺される。もうすでに九割殺された状態で、また九割。

つまり――死。

「継続戦闘能力を鍛える修行だと、申し上げたはずですが。一回一回きちんと回復できるだけでは不十分ですよ。五回、回復し、反撃する余力がないと」

「ま、待って、待ってほしいッス……次に攻撃されたら、確実に死ぬッス」

「そうですね」

「修行じゃないんスか……？　次に攻撃したら、それはもう、ただの殺人ッスよ……？」

「魔力管理に意識を割かないだけの、余裕があった様子ですね」

「……」

「修行は、必死にやらないと、いけません。必死さが、能力を大きく上昇させ、スキルの習熟を早くします」

「でも……！」

「あなたは現在、体力を九割減らされ、魔力もほぼ底を尽きかけており、回復もできない状況だ。次に攻撃を受けたら死ぬというのは、まったくもって見立ての通りでしょう」

「そうッスよね⁉」

「ですが、あきらめるのはまだ早い」

「……いやいやいやいやいや」

「『絶対死ぬ』という状況で、思わぬ力を発揮するというケースは、充分ありえます。俺もそれで何度か、師匠をおどろかせることがありました」

「でも、普通に死ぬ場合だって少なくないッスよ！」

「そうですねえ。俺が『思わぬ力を発揮した』ケースは、確率的に言うと、千回に一回程度でしょうか。一日百回死ねば、十日に一回はおとずれる計算ですね」

「千回のうち九百九十九回は普通に死んでるってことじゃないッスか！」

「しかし、今回があなたの『千回目』でない保証はない」

「……そうッスけど！　そうッスけど！」

「さあ、必死になりましょう」

「……」

「さもなくば、ただ死ぬだけですよ」

「だからそれは、殺人ッスよ！」

「なにを言ってるんですか。セーブしたでしょう？」

「したッスけど……！」

「だったら、大丈夫。生き返りますからね。生きてる人が、殺されたわけがないでしょう？」

彼はにこりと笑う。

コリーは思い出した。

なんで過去の夢を見るほど自分が追い詰められたのか。

生き返るから殺してもいい。

効率がいいから死ぬほどのことをやる。

……理屈のうえでは正しいのだろう。けれど、普通、わかっていても心が否定する行為。

それを笑顔で行うこの人が、おとずれる死よりも怖い。

だからつい、現実逃避なんかしてしまったのだと、コリーは死の淵《ふち》でようやく思い出した。

ちなみに。

今回は『千回目』ではなかった。

○

修行を終えたころ、とっくに朝になっていた。

……ちなみにコリーが『思わぬ力』を発揮することはなかった。堅実に死に続けた。そのたびに、魔力総量と、回復効率を上げたのみである。

ともあれつらい修行は終わり、愛《いと》しの宿だ。

『銀の狐亭』。

このおんぼろな建物にも、もうずいぶん長いこと居着いている。

修行はつらいが居心地がいい。ベッドに風呂、その他環境にも充分に気を配られている。

人の心がわからない主人が経営しているとは思えないぐらい、人の心を知り尽くしたようなサービスが満載だ。

その中でもコリーが気に入っているのが、風呂だった。

しかし——今日の修行が終わったのは、朝だ。風呂は夕方から夜にかけて設営される。

なので、帰って風呂という贅沢《ぜいたく》を今日は味わうことができないと思っていたのだが……

「モリーンさんが、お風呂を用意してくれるらしいですよ。彼女たちも朝帰りでしたからね」

アレクによれば、そういうことらしい。

嬉しい誤算だった。

コリーはもともと風呂好きだったわけではない——というか職人の工房で生まれ育ったコリーにとって、『風呂』とは『桶《おけ》に汲《く》んだお湯で体を軽く洗うこと』を指す。

好きになりようもない。ただ、体の汚れを落とすだけの作業みたいなものだった。

しかし、『銀の狐亭』で大きな風呂を知って、変わった。

というよりも、修行で疲れた心を癒《い》やしてくれるものは全部好きだ。風呂も、食事も、睡眠も、この宿には全部ある。

修行がなければ最高の環境だった——と思う一方で、修行があるからこそ、この贅沢がよりいっそう身に染《し》みるのだとも思う。こうして人は『銀の狐亭』なしでは生きられなくなるのだ。

少なくとも、コリーよりあとに来たロレッタなんかは、もはや用事もないはずなのに家に帰らず、ずっと宿に泊まっている。

ともあれ、風呂だ。

『銀の狐亭』裏庭には、朝だというのに本当にお風呂が用意されていた。

先客は二人いる。

モリーンとロレッタだ。

モリーンは風呂の角で、目を閉じ意識を集中している。

風呂の用意は最近、もっぱら彼女の仕事だった。なので、風呂に入るとほぼ必ずモリーンがいて、角の方でなにかを念じている。

純白の髪に、純白の肌。

まぶたを開けば、左右で色の違う瞳が見えるはずだ。

顔かたちのみならず、体のラインも美しい。やや細くはあるものの、芸術品のような少女だとコリーは思う。だから、風呂の角でじっとしている彼女は、そういう彫像にも見えた。

一方で、広い風呂の奥に陣取っているのは、ロレッタだ。

赤毛の人間。

貴族ということもあって、育ちがよさそうというか、りんとしている。

彼女も細く、そして背が高い。

つい先日、コリーより年下であることが発覚した時は、その容姿があまりに大人びていることにおどろいたものだった。

……というか——コリーも、ドワーフとしては細い方だという自負がある。

でも、やっぱり、人間や魔族と比べると、『ぽっちゃり』としている感じがしてならない。

種族的特徴だとは、わかっている。だが、世間的に格好いいとか美人だとか言われるのは、エルフみたいに背が高くて細い女性だった。

先日まで宿にいたエルフのソフィは、『細い』のあたりが微妙に、というか一部分、該当《がいとう》しなかったので仲良くできた。

でもやっぱり、こうして実際に細い人たちを見てしまうと、並んで裸で風呂に入るのにためらいが出ないでもない——今さら、という感じもするけれど……

「コリーさん、どうした？　裸でぼうっとしていると病気になるぞ」

ロレッタが首をかしげて言った。

なかなか湯船まで行かないコリーを不審がったのだろう。

コリーはロレッタの裸身をじっとながめる。

「……アタシも人間に生まれてたら、もうちょっと……」

「……どうしたのだ、突然」

「…………いや、なんでもないッス」

肩をすくめて、口の端《は》をゆがめる。

それから、ロレッタのそばまで、泳ぐようにして近寄った。

……このへんは、ドライアドのホーなんかも困っている部分だが、ドワーフやドライアドなどの背が低い種族にとって、この風呂は若干《じゃっかん》深い。

だから――そうだ、よく考えてみれば、風呂番のモリーンはともかく、ロレッタと一緒に湯船につかることは、あんまりなかった気がする。

いつも、同じような身長の、宿屋夫妻の娘たちと同じ時間帯に風呂に入っていたなあ――とか思いながら、コリーは隣へ。

泳いでいったせいでなにかに気付いたのだろう、ロレッタが言う。

「すまない。モリーンさんに言って、もう少し風呂を浅くしてもらおうか」

「……いや、気にしないでほしいッス。っていうか、善意の気遣《きづか》いが胸に刺さって痛いッス」

「胸か」

「……あの、じっくり見ないでほしいッス」

「いや、すまない。ソフィさんがいない今、あなたがナンバーワンだと思っただけだ」

「その思考がすでに『すまない』じゃすまないって感じッスけど……」

「そうだ、お詫《わ》びというわけではないが、私の膝《ひざ》を提供しよう。私の膝に乗れば、多少は高さがかせげるだろう」

「いやいや……成人女性が成人女性の膝に座るってどんな状況ッスか。しかも全裸で」

「しかしホーさんは普通に私の膝を使ったぞ」

「……まあ、あの人は、年齢は成人ッスけど、ドライアド的にはまだ子供ッスから」

「ふむ、そういえばそうか。まあ、いつもソフィさんの膝に乗って湯船につかっている姿などは、はたから見て失礼ながら『親子のようだ』と思ったぐらいだった」

「あの二人はヤバイぐらい仲良かったッスよね……」

「王都において種族の歴史を持ち出すのも愚かかとは思うが、歴史的に見ても、エルフとドライアドは仲のいい種族だとされているものな」

「その論でいくと、アタシらドワーフとエルフは仲悪くなるんスけど」

「そうだったか？」

「そもそも種族同士の仲っていうのは、五百年前の『勇者』の伝説に端を発してるんスよ。勇者パーティー内で誰と誰が仲良しだったかが、今、種族同士の関係になってるっていうか」

「ふむ……そのあたりの歴史は学校で習ったような気もするのだが、あまり関心がなかったのか記憶に残っていない」

「学校？」

「うむ。これでも貴族の子女なのでな。……我が家は王都内で兵役《へいえき》についているタイプの貴族なのもあって、一時期は女王陛下の近衛兵《このえへい》を目指していた」

「……トゥーラさんみたいッスね」

「まあ、貴族の家に生まれた女性は、近衛兵になるか、他の土地持ち貴族に嫁入りするかというのがだいたいだからな。私もご多分にもれず、というわけだ」

「結果として近衛兵にはならなかったんスね」

「教官に逆らって学校をやめさせられた」

「……意外と問題児なんスね」

「少し家柄《いえがら》の悪い、というか、低い、というか、そういう表現は好きではないのだが……そういう子が同級生にいたのだ。その子がなにをしても教官から『悪い見本』扱いされて、時には成績を不正に悪くされていたりしているのを知ってしまった。……我慢ができなくてな」

「はあ、なるほど……それはロレッタさんらしいッスね」

「正面から教官にくってかかったのだが、今思えば、もっといいやり方はいくらでもあったのだろうと思えるよ。まあ、学校をやめさせられる代わりに、一生ものの友人はできたが」

「その子は今、どうしてるんスか？」

「近衛兵になったものの、親が病気になったのでやめて、今は領地経営をしている。月に一度は手紙で近況のやりとりなんかをしている。たまには王都で会ってもいるな」

「仲良しッスね……しかし近衛兵ってことはアレクさんの修行を受けたんスね」

「そうだな。思えば私の知った『死なない宿屋』の噂も、出所の一つはその子だったように思える……今となってはあいまいな記憶だが」

「……噂の出所、ッスか」

　聖剣を探していた。

……『勇者が使った剣』の伝説は数多い。調べるまでもなく、言い伝えや歴史書など、どこにでも記されている。だからこそ興味を持った。いつか自分も聖剣を打ってやろうと、思えた。

ぼんやりした憧《あこが》れを具体的な目標にしてからは、歴史をよく調べた。

その過程で——いつ、『聖剣の持ち主が銀の狐亭にいる』という情報を入手したのか？

資料を読んで知ったわけでは、なかった気がする。風の噂、程度の記憶だ。

誰かが冗談交じりに話していたのを聞いたのかもしれない。あるいは、もっと別の、誰かが
……誰かが、教えてくれた、とか。

どうにも、意識がぼやける。夢でお告げを受けた、とかだったりはさすがにしないだろうが
……それでも、夢のようにふわふわした記憶であることに変わりはない。

コリーが悩んでいると、ロレッタが、心配そうに顔をのぞきこんでくる。

「コリーさん？　大丈夫か？」

「え？　あ、はい、大丈夫ッスよ」

「のぼせたか？」

「いや、たぶん修行がきつかったからぼんやりしただけじゃないッスかね？」

「なるほど。私も眠る前などは、よくアレクさんから受けた修行を思い出すよ。そうすると意識が遠のいてすぐに眠りにつけるものな」

「アタシはそんな用法をしたことはないッスけど」

「不安で眠れない夜などは、やってみるといい」

「ちなみに、不安で眠れない夜っていうのは、なにが不安で眠れないんスか？」

「それはもちろん、翌日のアレクさんの修行だな」

「アレクさんの修行が不安で眠れない夜に、アレクさんの修行を思い出して眠るんスか？」

「……なにかおかしいかな？」

「い、いえ……なんも、ええ、なんも、おかしくないッスよ……ははは」

コリーは『おかしい』と言えなかった。

おかしさをうまく言語化できなかったというのもある。でも、ここで『おかしい』と断じてしまうと、同じ修行を受けた仲間であるロレッタが、次第にアレク化しているのを認めるような気がしたのだ。

人として順調に壊れていっている。

大切な仲間に、その事実を突きつける勇気は、コリーにはなかった。

だからただ一つだけ、進言する。

「……あの、ロレッタさん、そろそろご実家に帰られた方がいいんじゃないッスかね？」

「うむ……まあ、おっしゃる通りなのだが……ここはなにせ、風呂がな」

「気持ちはわかるんスけど、でも、なんていうかこう、取り返しがつかない事態になる前に、一度宿屋を離れて冷静に自分を見つめ直すべきだと思うんスよ」

「取り返しのつかない事態？　それはつまり……ここの風呂に入らないと一日が終わった気がしなくなるという、そういう事態か？」

「いえ、そんな底の浅いものじゃないッス。もっと根深くて深刻っていうか……」

「……すまないが、あなたの言わんとしていることがよくわからない。まあしかし、ご忠告痛み入る。たしかにそろそろ自宅に帰るべきだろう。叔父《おじ》も無事に……無事に？　逮捕拘留《こうりゅう》され刑罰が決まったことだしな」

「ああ、その、なんていうか……」

「気にしないでほしい。まあ、私自身は、周囲から主《おも》に同情的な視線を向けられているよ。よくも悪くも、世間的には『叔父による被害を一番受けた者』という扱いだ」

「……おじさんが、家をめちゃくちゃにしたんスよね」

「そうだな」

「そんな家捨てて、自分だけの人生を始めようとかは、思わないんスか？」

「『自分だけの人生』など存在しない」

「……」

「私の人生は、民《たみ》と、母と、家につらなるすべての先祖を背負っている。まあ、望んだ重責というわけではないし、貴族の中にはそういうものが嫌で家を飛び出す者だっているようだが、私は背負っていこうと思っているよ」

「……ご立派ッスね」

「生き方に立派も立派でないもない。ただ『私はそうする』というだけだ。……ようするに。母に習った『貴族ならではの生き方』を、私は『格好いい』と思って憧れただけなのだ」

「憧れ、ッスか」

「うむ。冒険者に憧れる者が冒険者になるように、貴族に憧れた私は、貴族として生きようと思った。たまたま、貴族になれる立場だったのは幸運というわけだな」

「だったらなおさら早く家に帰った方がいいような」

「それもそうだが、風呂がな。もう最近の私は、モリーンさんを嫁に迎えたいぐらいだ。毎日でも、モリーンさんの風呂に入りたい。私のために毎日風呂を沸かしてもらえないだろうか」

ブクブクッ、と風呂が泡立った。……ロレッタの一言でモリーンが動揺したらしい。

ロレッタは苦笑していた。

「……まあ、半分冗談だ。モリーンさんのお風呂は、女王陛下も週に一度利用されているらしいからな。私が彼女を独占しては、女王陛下に申し訳がない」

「半分本気なんスね……」

「うむ。嫁取りはおいておくにしても、目的を達成した私がまだ修行を続けているのは、このお風呂造りを習得するためだったりもするのだ。私は魔法の才能がそれほどでもないので、だいぶ道のりは長そうだが……」

「……アタシは、風呂に命は懸《か》けられないッス」

「しかしアレクさんの修行だからな。死んでも生き返るだろう？」

「ロレッタさんは一度冷静に自分を見つめ返すべきだと思うッスよ」

「…………なにかおかしなことを言ったか？」

「いえ……あ、アタシはもう出るッス。お二人はごゆっくり」

コリーは逃げるように湯船を出る。
ロレッタが首をかしげたまま、見送ってくれた。

○

風呂と食事と睡眠が、この宿屋における三大楽しみである。
夕刻。
風呂を終え睡眠をとったコリーは、ようやく目覚めた。
お腹《なか》がぺこぺこだ。
コリーは籠手をつけてない以外はそのまま出かけられる格好で、一階へ降りる。
目的地は食堂だった。
広めのスペースに入れば、そこにはすでに宿泊客と従業員が集《つど》っている。
テーブル席を見た。
ロレッタ、モリーン、ホーがいる。
先日までは、あの中にソフィもいた。
もう一人の宿泊客の姿は見えない。きっとまだ眠っているのだろう。
テーブル席は四人掛けだ。だから、一つ席が空《あ》いている。
コリーは、テーブル席に行こうかと足を進めるのだが……

「コリーさん、少しよろしいですか？」

カウンター内部のアレクに呼ばれる。

なので、方向転換。カウンター席に座り、アレクを見上げた。

「どうしたんスか？　修行のことッスか？」

「それもありますが、少し確認したいことがありまして。……ああ、その前に、お食事どうされますか？」

「……ボリュームあるやつをお願いするッス」

「ボリュームのあるやつ、ですか？　セーブされます？」

「死ぬほどはいらないッス」

「わかりました」

アレクが奥へひっこんでいく。

最近はとても軽い気持ちでセーブをすすめられる気がする。……それだけ修行が佳境ということだろうか。あるいは、冗談を言ってもらえるぐらい、アレクからコリーに対する好感度が上がっているということだろうか？

アレクに親しまれることは、悪いことではないが……できれば修行が佳境の方であってほしいなと、コリーは思った。

しばらくして戻ってきたアレクは、なにか大きな器《うつわ》を抱えていた。

抱えていた。

ちなみに、『抱える』というのは、『両腕をいっぱいに使ってそれなりの大きさと重量をもつ代物《しろもの》を支える』という意味で用いる言葉だと、コリーは認識している。

つまり、アレクが持ってきたものは、それなりの大きさと重量があるようだった。

ドシン、とカウンター席に乗せられる大きな器。すり鉢《ばち》状で、深く、どうやら内部にはめいっぱいスープが入っているようだ。

具材は、山のように盛られていた――座ったコリーが見上げなければいけないほどだ。

コリーは頬をひきつらせた。

「……あの、アレクさん、これはなんスか？」

「これはヤサイマシマシメンオオメニクマシです」

「は？」

「ヤサイマシマシメンオオメニクマシです」

「修行以外のところで意味不明なことをするのはやめていただいていいッスか？」

「うちで出そうとしているラーメンの一種で、とてもボリュームがある一品です。俺の世界にあったものを参考に、いわゆるチャレンジメニューとして試作したものですね。時間内に食べきれれば無料、みたいな。異世界フードファイトとかやってみようかなって」

「補足されればされるほど意味が不明になっていくッス」

「ところで、どうでしょう？　この量は食べきれそうですかね？」

「いやあ、アタシはちょっと……工房の若い男ならいけそうッスけど」

「なるほど。……というわけで、このヤサイマシマシメンオオメニクマシを小さくしたのがこちらになります」

トン、と置かれる、先に置かれたものから二回り以上も小さい器。

これでも充分に多いような気がするのだが、もう感覚は麻痺《まひ》している。

どこに持っていたのかは不明だった。

「じゃあ、小さい方をいただくッス。……あ、でもでかい方はどうするんスか？」

「俺が食べますよ」

「一人でッスか？」

「そうですね。最近みなさん強くなってきていて、俺もＨＰがそこそこ減るようになったのでこのぐらいは食べられます」

「……なんかよくわかんないッスけど、アレクさんが大丈夫なら止めはしないッス」

「はい。まあ、寝起きにラーメンはきついかなと思ってもいたので、他のがよければ他のをお出ししますよ。ただ冒険者の方は激しく運動する職業ですからね。みなさん健啖家《けんたんか》でいらっしゃいますし、いけるでしょうか」

「小さい方なら大丈夫ッス。ところで、話っていうのは……」

「ああ、食べながらでいいので。話というのは、工房のことです」

「……工房ッスか？」

そう言われて真っ先に出てくるのが、昔過ごしていた生家のことだ。祖父と、祖父の弟子が複数人いる刀剣鍛治の工房。コリーはそこで生まれ、育ち、修行して――

――じいちゃんは、なんでアタシを、認めないの。

……色々あって、今は、工房を飛び出し、冒険者をやっている。

だからてっきり、生家の工房について言われているかと思ったのだが、アレクはどうやら、もっと普遍的な意味で工房という言葉を用いたらしかった。

「あなたの目的は聖剣の修理ですよね。そろそろ素材を採掘に行けそうなので、素材をゲットしたあと、修理の際に利用する工房はお持ちなのかなと、そういう質問ですよ」

「なるほど。たしかに、工房がないと、材料があっても剣の修理なんかできないッスからね」

「それで、使える工房に心当たりは？」

「…………心当たりは」

生家のことが、どうしても頭をよぎる。

でも、あそこには戻れない――聖剣の修理という偉業を成し遂《と》げるまでは、戻りたくない。

「……申し訳ないッス。考えてなかったッス。心当たりさえもないッス」

「ということは、知らないようですね」

「どういうことッスか？」

「鍛治神ダヴィッドの工房ですよ」

「……いや、まあ、そんなの知ってたら是非とも一度見てみたいッスけど」

「なるほど。どうも調査に偏《かたよ》りがあるようですね」

「申し訳ないッス」

「いえ。コリーさんは、誰かと一緒に聖剣を追っていたわけではないんでしたよね？」

「そうッスね。ほとんど単独だったッス。『本物の聖剣』なんて、そんなの王宮にあるに決まってるってみんな思ってるッスから。それかお金持ちの貴族が持ってるか……だから、普通の人は『聖剣を探そう』だなんて言っても、鼻で笑うッスよ」

「なるほど」

「それがどうしたんスか？」

「いえ。こちらの話です。……まあしかし、ちょうどよかったですよ」

「？」

「『いと貴《たか》き鋼《はがね》』の眠る『青き巨人の洞窟《どうくつ》』に、ダヴィッドの工房はあるようですから」

「そうなんスか!?」

「はい。まあ、『文献《ぶんけん》によると』ですけれどね。実際に『青き巨人の洞窟』に入ったところ、俺にはその部屋を見つけることがかないませんでした。ひょっとしたらダンジョンマスターの部屋にあったのかもしれませんが……俺は制覇されていないダンジョンのダンジョンマスターとは接触しないよう心がけていますので」

「じゃあそうなんじゃないッスか？」

「文献通り存在するなら、たしかにそうでしょう。でも、ダンジョンマスターが倒れていないのに、ダンジョンマスターの部屋に工房というのは違和感がありまして」

「いくらダヴィッドが鍛冶神であると同時に比類なき戦士だとしたって、モンスターがわくダンジョンでのんびり鍛冶なんかできないと思うッスよ。工房があるならダンジョンマスターはすでに倒されてると思うッスけど……」

「だとすると、おかしいんですよね。モンスターがいましたから」

「いたんスか？」

「あなたは以前、入ったことがあるのでは？」

「……その、アタシは開始三歩で死にかけたんで、モンスターと出会ってはいないんスよ」

「そういえばそうでしたね。しかし、よく三歩もちましたね。復路も数えたらあのダンジョンで五歩は歩いたわけでしょう？　当時のあなたのレベルでしたら、普通死にますよ」

「まあ、運がよかったんスよ」

「ともかく、文献によればダヴィッドの工房があるらしいのですが実物を見ていないので、実際には存在しなかった場合に備えて、普通の工房も手配できた方がいいかと思いますよ」

「……ちなみに、アレクさんは工房に心当たりあったりしないんスか？」

「まあ、いくつか所持していますが、刀剣鍛冶には手を出していませんから、造りが違うと思いますよ」

「……工房をいくつか所持してるんスか？」

「意外と手広く商売をしていますので」

「でも、このご時世で刀剣鍛冶に手を出さないんスか」

「そのうち手を出したいですねえ。日本刀とか作りたいとは思っていますよ。ですが鋼や鍛冶に詳しいドワーフとの伝手《つて》がなくて。一瞬だけあった伝手も、切れちゃいましたし」

「そうなんスか？」

「はい。知り合うドワーフは、工房に所属していない、いわゆる『はぐれ』の方々ばかりで。ドワーフというだけで鍛冶ができると世間では思われがちですが、技術は生まれたあとに習得するのが普通ですしね。まったく誰にも習わず剣を打てる人種は存在しませんよね」

「……そうッスね」

「コリーさんも工房で生まれたのでしょう？」

「…………そうッスね。まあ、腕の方は信じてもらっていいッスよ。技術だけなら、たぶん世のドワーフの中でも五指に入るッスから」

「へえ、それはすごい」

「……実は昔、親方に内緒で打った刀剣が、権威ある賞をいただいたこともあるんスよ。……まあその剣は鋳《い》つぶされてしまったんスけど——って、申し訳ないッス。こんなこと言ったって困らせるだけッスよね」

「いえ。気になる話ではありましたが」

「…………『上手な剣』と『いい剣』は別物ってことッスよ。大丈夫ッス。聖剣は『いい剣』にするッスから。ご心配なく」

「俺は、聖剣なんかよりも、あなたのことが心配ですがね」

「……」

「まあ、無理に聞き出す話でもなさそうですから、とりあえず、具体的な工房の手配はどうしましょうか。俺は刀剣工房を持っていませんが、頼める知り合いがいないわけでもないです」

「そうなんスか？」

「しかし他人の工房で『いい剣』が打てるかどうか、俺はそれが心配でした。使い勝手もあるでしょうし。なので、あなたに手配していただくのが一番かと考えていたんですが」

「……いえ。お願いするッス。どこでやっても、変わらないッスから」

「それはそれですごいことですね。わかりました。ダヴィッドの工房が存在しなければ、俺が手配しましょう」

「よろしくッス」

「では今日の修行ですが」

「え」

あんまりに唐突な話題展開。

心の間隙《かんげき》を突くような意外な言葉に、コリーは思わずフォークを落とす。

「……修行ってなんスか？」

「修行というのは、きたるべき本番に備えて己《おのれ》を鍛えることですね」

「いやいやいやいや……そうじゃなくって、もう夕方ッスよね？」

「そうですね。よくお眠りのようで」

「まあ、ここは寝心地いいんで……」

「恐縮です」

「そうじゃなくって、これから修行なんスか？　もう夕方なのに？」

「夕方だろうが、夜だろうが、早朝だろうが、修行は行います。幸いにも、あなたにやっていただく修行は時刻が関係しませんからね」

「時刻が関係する修行とかあるんスか？」

「王宮に侵入する際は、昼だと修行にならないので、夜行うなどはありますね」

「それ修行じゃなくて犯罪行為じゃないッスか。発言するだけでも打ち首ありえるッスよ」

「そうかもしれませんねえ。首を何本用意すればいいやら」

「まったく笑いごとではないと思うんスけど」

「生きていて笑えないことなんかそうそうないですよ。俺の師匠は死んでも笑っていました」

「そういうすさまじい話を日常会話にサラリとまぜないでもらえないッスか。反応に困って仕方がないッス」

「困ったら笑えばいいんですよ。俺もそうしています」

「あなたは常に笑ってるッスけどね……」

「そして修行の話ですが」

「今日は起きて食事して風呂に入るだけの素敵な一日がいいッス」

「そこに修行を加えるともっと素敵になりますよ」

「修行と聞いただけで死んだ気になるッスね」

「結構。いい意気です」

「もう会話になってる気がしないッス。アタシの言葉は違った意味であなたの耳にとどいてるんじゃないッスか？」

「死んだ気になるというのは、いいことですよ。死んだ気になれば、だいたいなんでもできますからね」

「そういう意味じゃないんスけど！」

「まあ、修行自体はさほど難しくないですよ。昨日、というか、今朝方、のりこえたものと同じです」

「あ、そうなんスか。二秒に一回瀕死にされてから、元気になって反撃するアレッスね」

「そうです。ただ、同じ修行をしても仕方ありませんね？」

「仕方ないなら修行はなしでいいんじゃないッスか？　この思いつき、我ながら超素敵に思うんスけど」

「いえ、その『二秒』を『一秒』に減らしたら、もっと素敵ですよね？」

「……ああ、そうか、なるほど」

「わかっていただけましたか」

「アタシはまだ寝てるッスね？　だってこんなにつらい現実があるわけないッスからね。一秒に一回瀕死？　そんで一秒で元気になれ？　瀕死ってどういうことかご存じッスか？　『死に瀕死している』ってことッスよ。普通は全治数週間から数カ月ッスよ？」

「なるほど。そのご意見は、しっかりと受け止めさせていただきます」

「わかってもらえたッスか」

「それで、本日は『一秒に一回瀕死になる攻撃を十回受け、最後に俺に有効打を与える』というものです」

「増えてる増えてる！　『一秒に一回を五回』が『一秒に一回を十回』とか、体感的に修行の難易度は四倍なんスけど!?　意見を受け止めてくれないッスか!?」

「受け止めた上での、カウンター攻撃みたいなものですね」

「アンタのカウンターとか普通の人は死ぬッスから！」

「たしかに死ぬかもしれません。そこで、セーブですよ」

「…………」

「ご理解いただけたでしょうか？」

「あの、困るんスけど。程度がもう、アタシのキャパシティをオーバーしすぎで、反応に、困るんスけど」

「困ったら、笑いましょう。俺はそうしていますよ」

「笑えるかあ！　笑えるわけないッスよ！」

「ここでさらにお得な情報を」

「『さらに』の意味がわかんないッスよ！」

「明日はなんと、『一秒の半分に一回を二十回』です」

「……いやいや無理無理」

「本日の四倍の難易度ということは、本日の四倍強くなれますよ」

「…………」

「お得！」

アレクが親指を立てた。

そのハンドサインの意味はよくわからないけれど……。

たぶん『死ね』という意味なんだろうとコリーは解釈した。

○

けっきょく、その日の修行も朝方までかかってしまった。

「申し訳ありませんが、急用ができてしまいましたので、帰りはお一人でお願いします」

そう言い残してアレクは去っていった。

歩き去ったような気がするのだけれど、なんだかすごい速度だった。

急用なのだろう。いつその用事とやらができたのかは、まるでわからないけれど……

というわけで、帰り道はコリー一人だ。

現在位置は王都南側の絶壁。

別に巻きこむ範囲が広いわけでもない修行なのだから、宿屋でやったたっていい気もする。

しかしアレクにはなんらかの理由があるらしく、修行は今日も絶壁付近で行われた。

なんでも『このあたりなら誰にも監視されないでしょう』ということだ。……監視されたらまずいようなことをやっている自覚があるのだろうか？

まあ、あのアレクのことだ。きっと彼の行動には、コリーに理解できないいくつかの理由があるのだろう。

　というわけで、修行を終えた朝方──

コリーは一人で帰ることになってしまった。

「……ここは王都の南側だから、当然、南門が一番近いんだけどなあ……」

一人で南門から帰るのには、抵抗がある。

なぜならば、王都南門付近には、職人の多く集《つど》う『職人ギルド街』が広がっているからだ。

そこには様々な職人がいる。

革、紙、石、そして金属──刀剣鍛冶なんかも、いる。

なによりコリーの生家があった。

アレクと一緒であれば、まだ知り合いに出会ってもごまかせる。

しかし一人だと、知り合いに見かけられた時、声をかけられる危険性が高い。

生家を飛び出した身だ。少なくとも、聖剣を修理するまでは、帰る気がない。

まだまだ朝早い時間とはいえ、職人はすでに活動をしているはずだった。

工房に勤める者だけではなく職人を客とする薪売《まきう》りなどにも知り合いが多い。

そういう人たちに出会って、『最近なにしてるの？』と聞かれたら。

「死んだり生きたりしてるんスよ。聖剣を修理するために……とか言えないしなあ」

きょとんとされるだろう。

聖剣を修理しようとしているとか言えば、笑われるだろう。

いい加減に現実を見ろ、とか。

親方に謝って工房に帰らせてもらえ、とか。

そういう、まっとうだけれど納得のできないお節介なことを言われるに違いなかった。

憂鬱《ゆううつ》だ。

王都外壁を迂回《うかい》して東門から帰ってやろうか。でも、クタクタで一刻も早く風呂に入って眠りたい。東門まで外壁を回るのは、さすがに時間がもったいなさすぎるし――

「……まあいいか。見つかっても、全速力で走り抜けたら逃げられるっしょ」

最終的に、そのように結論づけた。

そして王都南門を目指す。

しばし歩けば、大きな城壁に囲まれた街にたどりつく。

南門。過去の技術で作られた城壁の、東西南北に四つある出入り口の一つ。

……当時、なにがこの門を通ることを想定されたのか、門は異様に大きい。

人が歩くのには、あまりに高すぎる。

槍《やり》を持った軍隊が歩くにしたって、それでもなお高い。

馬車が通ったって、それでもまだまだ高い。

馬車を数台縦《たて》につらねて、ようやく意味のある高さだろう。

大昔にここまでのものを作り上げた技術は素晴らしい――だが、このむやみやたらな大きさにどのような意味があるのかは、わからない。

きっと、建築を担当した職人が、己の腕を見せつけたかったのだろう、とコリーは思う。

いつの時代にもそういうことはある。

建築職人はやたらと無意味に高い建物を建てたがるものだ。

石材職人はやたらと無意味に精緻《せいち》なレリーフを彫りたがるものだ。

刀剣鍛冶は――やたらと無意味に、美しい刃《やいば》を打ちたがるものだ。

職人という名前の芸術家は、世に多い。

そしてきっと、自分もそういう芸術家に憧れるタイプなのだろうと、コリーは思っていた。

そのあたりが、古いタイプの職人には理解されないのだ。

世間から見てやたらと無意味なことでも、本人には価値があるものだって、あるのに。

考えながら、『職人ギルド街』に到達した。

あたりには石でできた家屋が立ち並ぶ。どこもかしこも、入り口を大きく開け放たれていた。

……懐《なつ》かしいニオイが、丸い鼻にとどく。

薪売りが荷車に積んだ木材のニオイ。

道具売りの運ぶ道具の、金属と油のニオイ。

鋼のニオイ。

炉に入る、炎のニオイ。

音。

澄んだ甲高《かんだか》い音。

ゴウゴウと燃える炎の音。

売り子は朝方だというのに自分の商品を高らかに宣伝する。その声に寄っていく者たちが安くしろと商品にケチをつける。売り子は困ったりしない。文句をつけた者を逆にやりこめてもとより高い値段で売りつけてしまう。

食事処《どころ》がにぎわう気配。職人たちは寝起きだからといって小食になったりはしない。このあたりにある職人向けの食事処は、どこだって朝早くからたくさんのお客をさばいている。

わずかにもやのかかる空気の中、にぎわう街が見えた。

……懐かしい感覚に、胸がしめつけられる。

いつかきっとここに戻ってくるのだと――コリーはそう思っている。

意見の合わなかった祖父を思い出す。

質実剛健な職人。

腕がいい刀剣鍛冶。

……無口で、頑固で、よくも悪くも昔気質《かたぎ》な、古いドワーフ。

ふと、祖父の様子が気になった。

優しいおじいちゃんだった記憶はない。でも、物心ついた時から、ずっと、不器用なりに自分を育ててくれた人だ。

もう、長いあいだ、帰っていない。

まだ帰る気はないけれど――様子を見るぐらいは、いいだろう。

魔が差した。

だからコリーは、生家である工房を目指す。

コリーが生まれ育ったのは、大通りから少し入った場所にある、中規模の工房だ。

弟子の数は、コリーが出ていった時点で三人ほど。若い男のドワーフが二人。それと、もう三十代になろうかという女性のドワーフが一人。

工房の一階は、いつだって広く入り口が開いていたはずだ。

単純に、炎を扱うので閉めきると暑いのだ。

だからこのあたりは、通りを歩くだけで、働く職人の姿を見ることができる。

鎚《つち》をふるって火花をあげる刀剣鍛冶たち。

彼らの仕草一つ一つに、幼いころのコリーは目を輝かせていた。

……憧れはたしかにあった。刀剣鍛冶に憧れ、刀剣鍛冶を目指した。

生家が鍛冶屋でなくとも、きっと自分は刀剣鍛冶を目指したことだろうと、思う。

数多《あまた》いる職人の中で、最も好きだったのが、祖父だった。

無口な頑固者。けれど、肩をはだけて、ぶっとい腕で鎚を振るう姿を見れば、言葉なんかいらなかった。

なにかに打ち込む姿の雄弁《ゆうべん》さ――

それをコリーは、ずっと、小さいころから、ながめ続けてきた。

その、生家である工房。

……開いているはずの入り口が、閉じていた。

とっくに職人は活動を開始しているはずの時間だ。

周囲からは、炎や鉄の音がする。鋼や薪が香る。

だというのに生家の工房だけが、まったくの無音で、なにも、香らなくて――

嫌な胸騒ぎがした。

コリーは、生家の閉じられた扉にふらふらと近付く。

もう少しで、生家の扉に触れる。そんなタイミングで、がしりと背後から肩をつかまれた。

コリーは慌てて振り返る。

すると、そこには女性のドワーフがいた。

……一瞬、誰だかわからない。

でも、それは、祖父の弟子の一人だった女性のドワーフだと、気付けた。

やけに老《ふ》けていて、わからなかったのだ。

コリーは、その人のことを『姉さん』と呼んでいた。

久々すぎてためらいがあったけれど、コリーは意を決して、彼女のことを呼ぶ。

「ね、姉さん……ひ、久しぶりッスね……」

「コリー、どこに行ってたんだい」

なぜだろう、姉さんは泣きそうな声だった。

コリーはよくない予感を覚える。

このまま、なにも見なかったことにして、帰りたいけれど……

「なにかあったんスか？　ずいぶん、その……老けこんでるッスけど……」

「言うじゃないか。……まあ、そうかもねえ」

女性は、ほう、とため息をついた。

……おかしい。あまりにもおとなしい。

コリーのよく知る彼女は、もっと豪快で、元気だったはずだ。

よくある『職人女』のイメージを煮詰めて濃縮したような女性だったはず、なのに。

「コリー、落ち着いて聞いてね」

「なんスかその前振り。怖いッスよ……？」

「ずっと、アンタのこと、捜してたのよ。言わなきゃと思ってねえ。でも、なかなか見つからなくって……」

「なんスか？」

「……ひと月ほど前、師匠がね、倒れたのよ」

予感通り――いや、予感よりは、よほどいい。

なにせ、この空気から『死んだ』と言われるんじゃないかと思っていたぐらいなのだから。

安堵《あんど》してもいいぐらいだ。……でも。

「……ひと月前に倒れたんスか？　それで、今、工房が閉まってるってことは……」

「まだ、臥《ふ》せっているのよ。……ひどい高熱でね。起き上がるのも、つらいみたいで」

「い、医者は……？」

「診《み》てもらったけど、原因が不明だって。だから……」

女性は、口ごもる。

だが、ここで黙りこむほど、ヤワにはなっていなかったらしい。

疲れ切った様子の彼女がはっきりと告げる。

「覚悟は、しておいた方が、いいかもね」

意味はわかった。

祖父は、いつ亡くなってもおかしくない状況で――

自分は、そんなことも知らなかったのだと。

もうすぐ聖剣を修理できるということの状況で、ようやく、思い知った。

○

「高熱、原因不明、意識の混濁《こんだく》。ふむ、俺のクランから医者を出しましょう。対応できるかもしれません」

コリーは走って『銀の狐亭』に帰った。

祖父の状況をどうにかできそうな人が、アレク以外に思いつかなかったのだ。

……祖父に面会は、しなかった。

無口な頑固者。存在自体が鋼のような人――その人の弱った姿を見る勇気が、なかった。

だから、銀の狐亭の食堂で、アレクに相談して……たぶん望外とも言える対応をしてもらえることになったのだろうとは、思う。

でもコリーは、食堂のカウンターごしにアレクへ詰め寄った。

「対応とかじゃなくって……その、セーブをさせてもらうわけにはいかないッスか？　セーブして死んでロードしたら、元気になるじゃないッスか……だから」

「セーブ前の三時間以内に原因がある、部位欠損、毒、麻痺《まひ》などは、ロードでどうにでもなりました。しかし、いつかかったかわからない、人を死の淵《ふち》に追いやる病魔はどうにもなりませんでした。あなたのお話だと、その病気の原因は少なくともひと月以上前ですから、ロードして治るとは考えにくいですね」

「……でも」

「まあ、病気になったのがセーブ後だったら、何カ月経とうとロードすれば元気になるんですけどねえ。……もっとも、そんなに何カ月もセーブポイントを出しっぱなしにすること自体がまれですけれど。つまり、どうしようもないと、そういうことですね」

経験済み、ということらしい。……『どうにもならなかった』ことが昔あったのだろう。

今の発言だけで、そのぐらいは想像できるけれど……

「それでも、どうにかならないッスか……？」

「そうですねえ。不謹慎《ふきんしん》な話をしてもよろしいですか？」

「……必要な話なら、いいッスけど」

「もし、セーブをした状態で、あなたのおじいさんが、亡くなられたとします。原因は、病気ですね」

「……本当に不謹慎ッスね」

「はい。その場合、死んだら自動でロードされますから、擬《ぎ》似《じ》的な延命措置は可能でしょう」

「……だったら」

「俺は、同じ延命措置を、過去に行ったことがあります」

「……」

「結果的に、殺してくれと頼まれました」

「…………なんで、ッスか」

「ずっと死の淵なんですよ。呼吸もままならないほど衰弱し、ただ心臓を動かしているだけでもつらいような、常に全力疾走直後みたいに苦しい状態でずっと、生き返ったり死んだりを繰り返す羽目になります」

「……」

「病気で死の淵にある人は、ロードしたって、ずっと苦しい状態が続きます。……最大HPと最大MPが下がるんですよね、病気。健康時の最大HPまで回復したりは、しませんでした」

「……そう、ッスか」

「それとも、あなたのおじいさんは、苦しみ続けても延命したいというほど、命に執着している方なのですか？」

「それは……違うと思うッス。むしろ、死ぬなら黙って受け入れると思うッス」

「ならば、セーブによる延命はおすすめしません。それに、焦《あせ》ることはないと思いますよ」

「どういう意味ッスか？」

「心が強ければ治りますよ、その病気」

「……また、安心できるようなできないようなことを……」

「実際に診たわけではないので確定したことは言えません。けれど、その病気はきっと、俺のクランで長いこと研究してもらっていたものと同じ可能性が高そうに思えます」

「なんでそんな、特定の病気の研究をしてるんスか？」

「俺の実父の死因が、どうにもその病気と同じものっぽいので」

「そうなんスか」

「はい。まあ、実父の死因の究明というか、実母が『計算外』と言い切ったことの研究という側面が大きいんですが。あいつがなにを予測できてなにを予測できないかを調査しているという感じと言いますか……」

「なんだかよくわからないッスけど……」

「……ともかく、こちらの事情ですね。わかっていただきたいのは、俺の実父と同じ病気だと判明すれば、セーブなしでもしばらくは大丈夫、ということです」

「……」

「根本的な原因がわからないと、麻痺治癒《ちゆ》なのか毒治癒なのかなどの対処が難しいので、病気を治すところまでは、調査の結果を待たないといけませんが」

「……そうッスか」

「まあ、栄養面やその他サポートは、おまかせを。あとは本人の心の問題ですね」

「……アタシのじいちゃんは、心は強いッスよ。すごく硬い鋼みたいな人ッス」

「硬いだけの鋼は砕けやすいとも言いますけどね」

「アレクさんは励ましたいのか落ちこませたいのかどっちッスか」

コリーは力なく笑う。

それから、我慢できずに、ほとんど独り言みたいに、口を開く。

「……じいちゃんの病気の原因の一端は、アタシにあると思うんスよ」

「へえ?」

「黙って、工房を飛び出したから。……いちおう、アタシ、孫娘ッスからね。さすがにそれでなんのショックもなかったとは、思えないっていうか……そこまで人をやめてるじいちゃんではないと思いたいッス」

「なるほど」

「……アタシの両親は早くに亡くなってて、物心ついた時から、じいちゃんがずっと親代わりで……格好いい刀剣鍛冶なんスよ。無口で古くて頑固ッスけど腕は一流なんス」

「古い職人という感じですね」

「そうッス。……でもね、古いんスよ、本当に。『刃を打ってる最中に他のことを考えるな』とか『邪念があると刀身に曇りが出る』とか、精神論ッスか? ほんと、もう……」

「言っていることは、少し、わかりますよ。俺もコリーさんよりは人として古いですから」

「……アタシが打った最高の剣を、じいちゃんは、鋳つぶしたんスよ」

「……」

「技術の限界に挑戦して、なにが悪いんスか。アタシは、アタシにできることをしたかった。たしかに『自分の才能を認めさせよう』って気持ちは、純粋じゃないかもしれない。でも、なにも、鋳つぶしてまで否定することは、ないじゃないッスか」

「……そうかもしれませんね」

「だから、アタシは、聖剣を修理したいんス。アタシは邪念まみれかもしれないッスけど、それでも鍛冶神ダヴィッドに及ぶって……じいちゃんが『邪念』って呼ぶ気持ちだって、突き抜けたらきっと素晴らしいものになるって、聖剣で証明したいんスよ」

「……」

「まあ、あと、聖剣だったら鋳つぶされないだろうっていうのもあるんスけどね。物理的に不可能っていうか……」

「たしかに、伝承通りならば普通の方法では壊れないはずですからね」

「でも、じいちゃんが死んだら、アタシは、なんのために聖剣を修理するのかわからなくなるッス。けっきょく、アタシは、一生じいちゃんに認められないまま……」

「なるほど、わかりました」

「……なにがッスか？」

「あなたの真の目的と、今なすべきことが、わかったのです」

アレクはエプロンを脱ぎ、カウンターに置いた。

それから、カウンターから出てコリーのそばに来る。

「行きますか」

「……どこッスか？　じいちゃんのとこに行っても、アタシにできることはなにも……」

「そうですね。なので、『いと貴き鋼』を回収に行きましょう」

「……え？」

「あなたのおじいさんに、聖剣を見せて差し上げましょう。そうしたらきっと、元気になって飛び起きますよ」

「物事はそんな単純じゃないッスよ」

「そうですね。けれど、お若いのにそんなに悲観することはないと思いますよ」

「いやいや……そりゃあ、アタシの打った聖剣の出来の素晴らしさで、じいちゃんの病気が治れば言うことないッスけど……」

「あなたの視点から見て、そういう奇跡があったっていい」

「……」

「そこにつながるように、俺や他の人が、見えないところから奇跡を演出しますから」

「いやいや……それ言葉にしたら意味ないッスよ」

「でも言葉にしなければ信じられないでしょう？　まあそれに、余計なことを口走るのが、俺の悪い癖《くせ》です。あなたの聖剣が奇跡を起こす直前までは、俺と俺のクランが演出しますから。あなたは最高の聖剣をおじいさんに見せてあげてください」

「……」

「逆に言えば、俺たちができるのは、奇跡の直前までです。最後の一手はあなたにしか打てません」

「………なんで、そこまでしてくれるんスか」

「うーん……『そこまで』と言われるほど、大したことはできませんが……強《し》いて言うなら、よりよい世界のため、ですかね？」

「まーた意味不明なことを……」

「『誰かが死ななきゃ誰かが幸せにならない世の中』は嫌ですね」

「まあ、そうッスね」

「『誰かが死んで誰かが不幸になる世の中』は、もっと嫌ですね」

「……そうッスけど」

「だから俺は、『誰も死なずにみんなが幸せになる世の中』を目指しています。理由としてはそんなところでしょうか？」

意味はわからない。

でも、一つだけわかった。

「……なんか、前にモリーンさんから聞いた時は『まさか』と思ったんスけど」

「はい？」

「アレクさん、根本的には『いい人』なんスね」

「さて、どうでしょうね。見る角度によるのではないでしょうか」

意味不明なことを言いつつ、アレクは笑う。

コリーも――ようやく、笑った。

○

『青き巨人の洞窟』は、王都から北へしばらく進んだところにある。

険《けわ》しい山脈の中腹だ。

普通の人ならば、距離的な問題ではなく、道の険しさのせいで数週間はかかるだろう。

昔コリーが来た時は、往路《おうろ》だけで一週間かかった。

今は、片道、だいたい一日程度ですむ。

……途中で睡眠休憩を挟んでそのぐらいだから、進むだけならば半日と少しぐらいだろう。

険しい山間《やまあい》を抜ける。

時刻は、出発時からほとんどまる一日経っており、すでに次の朝だ。

もやのかかる山中。飛び跳ねるように軽々進むアレクに、どうにかついていく。

すると、不意に景色が開けた。

現れた景色は、青い輝きに満ちていた。

一瞬、湖畔《こはん》にでも出たかと思う――しかし、コリーはかつてここに来た記憶を思い出した。

それは青い鉱物でできた、巨大な洞窟だ。

朝日を受けてきらめく、美しきダンジョン。

だが、その美しさに吸い寄せられ、一歩でも内部に踏みこむと大変なことになる。

「このダンジョンは、天井、壁、床、すべて『触れると切れる』素材でできています」

一歩で、靴底に深い裂傷が走る。

二歩も進めば、両方の靴が使い物にならなくなる。

三歩目を踏み出しかけ、靴が『ばらり』と足からとれて、ようやく事実に気付く。

浮かせた足を、下ろせない。

籠手に包まれた腕を、壁につく。

すると、金属製の丈夫な籠手にさえ、深い裂傷が走る。

おどろいて足を滑らせかけ、ゾッとする。

もし、この洞窟で足を滑らせたら――つるつると滑って、洞窟の深い場所まで、降りていってしまったら、ズタズタにすりおろされる。……人体がペースト状になるだろう。

見た目の美しさとは裏腹に、ダンジョン自体が恐ろしい殺傷能力を持った洞窟。

その名を――

「……『青き巨人の洞窟』……アタシがここに来るのは、二回目ッス」

「そうですねえ。俺もですよ。一回目は奥まで進みましたが、特に発見はありませんでした」

「アタシは一回目、三歩で死にかけたんで、なんの発見もなかったッス」

「ドワーフの嗅覚《きゅうかく》だったら、『いと貴き鋼』を発見できるかもしれませんね。ちなみに、入り口付近に聖剣に使える鉱石はありそうですか？」

「アレクさんの持ってる聖剣と同じ素材の鉱石は、なかったッス。たぶん奥かと……あとは鍛冶神ダヴィッドの工房もッスね」

「モンスターに注意してくださいね」

「……それなんスけど、ほんとにモンスターなんかいるんスか？」

「いましたよ。『青き巨人』がね。……そもそも、『青き巨人の洞窟』という名称は、勇者関連の文献からとったものです。その時代からいたモンスターではないかと思います」

「でも勇者とダヴィッドがこのダンジョンに入ったんスよね？　そして工房まで作ったとなると、ダンジョンマスターは倒したと思うんスけど」

「まあ、そのあたりは入り口で議論するよりも、内部に入って確認してみましょうか。あのモンスターはかつての勇者でも絶対に倒せないと思いますし」

「どういう意味ッスか？」

「実際に出会った際に紹介しますよ」

「そんな友達を紹介するみたいな……ん？　なんか今おかしなこと言わなかったッスか？」

「……なんでしょうか？」

「いや、今、出会った際に紹介するって」

「ふむ？　モンスターを擬人化して表現したのが気に入らないと、そういうことですか？」

「そんなのはどうでもいいんスけど……モンスターはダンジョン内部にいるんスよね？」

「そうですね」

「ダンジョン内部でモンスターに出会った時に、アレクさんが、アタシに紹介するんスか？」

「そうですねえ」

「つまり、アレクさんがダンジョン内部までついてくる?」

「そうですね」

「……そういうことはしない方針じゃなかったんスか?　それとも、アタシのじいちゃんが危ないから大サービスッスか?」

「いいえ。可能な限り宿泊客の方々が目標を達成する際、手を貸さないのが方針ですので。そこは変わりませんよ。事情があるのはみなさん同じですからね」

「……じゃあなんでついてくるんスか?」

「一つは、あなたの目標が『ダンジョン制覇』ではなく『聖剣修理』であることが理由です」

「はあ」

「もう一つの理由は、ここで出るモンスターにあります。先ほど俺が述べた宿の方針に照らし合わせるならば、『可能な限り』の部分ですね。不可能なことはさせないということです」

「まーた、わかるような、わからないような……」

「ああ、セーブポイントはきちんとダンジョンの外に出しますよ。こんな場所ですから、見張りもいらないでしょう。仮に誰か近付いてもロードして確認すればいいだけですし」

なににせよ、アレクがダンジョン内部についてきてくれるらしい。

直接的に手を貸してはくれないかもしれない。しかし、心強いことに変わりはなかった。

これから絶望的なダンジョンに挑むけれど、コリーはなんだか明るい気分になってくる。

一方でアレクはなんら普段と変わりないまま話を続ける。

「わかるようなわからないようなといえば、このダンジョンの進み方は説明した方がよろしいでしょうか?」

「進み方ッスか?」

「ほら、このダンジョン、触れると切れるでしょう」

「ああ……」

「まあ、全身に魔力を行き渡らせて、装備と体を強化して進むだけなんですけどね」

「……そうッスよね。そんなことじゃないかと思ってたッス」

「そのために、魔力の効率的な運用はさんざん修行でやりましたからね。まだ修行は最後までやっていないので多少の不安は残りますけれど」

「……申し訳ないッス。アタシのために」

「今回、急ごうという提案をしたのは俺の方ですよ」

「そりゃそうなんスけど」

「……それにしても、鉱物そのものに『切断』の現象を起こす魔法が秘められているようですね。踏んだり、手をついたりすると、刺激に応じてその魔法が発動する……」

「刺激で魔法が発動するあたりは、普通の魔石と同じッスね」

「はい。ですが、天然で、ちょっとした刺激だけで金属さえ引き裂くというのは、かなり価値が高い……まあ採掘するのも命《いのち》懸《が》け、さらに言えばここに来るだけでもかなり大変、もっと言うと場所が勇者にまつわる文献からしか推測できないので、今まで手つかずだったようですけれど」

「発見されてなくてよかったッスよ。……聖剣の素材は、この魔石のもっといいものっぽいスからね」

「発見はされていたようですよ。奥の方に何体かそれらしいものが転がっていましたから」

「それらしいもの？」

「白骨です」

「……………そ、そうッスか」

「まあ『骨片《こっぺん》のようなもの』という言い方が正しいでしょうか。奥まで探索した結果死んだわけではなく、足を滑らせて奥へ行ってしまった、という感じでしょうねえ」

「…………うひゃあ」

「死に方を分析《ぶんせき》するに、まず足を滑らせ――」

「あの！　……死に方とか分析しないでもらえないッスか」

「……？　しかし、死に方に着目するということは、『どうすれば死ぬか』を理解するということですよ。死なないようにするには、死を見つめなければ」

「そりゃそうなんスけど……」

「まあ、説明がいらないとおっしゃるのであれば、やめましょうか。どうせ死ねばわかりますからね」

彼が片手を横にかざす。

すると、手のひらの向いた方向に、不思議な球体が現れた。

ほのかに発光する、人間の頭部大の、浮遊物体。

セーブポイントだ。

「どうぞ、セーブを」

「『セーブする』ッス」

「俺も『セーブします』」

「……アレクさんぐらい強くっても、やっぱりセーブなしで高レベルダンジョンは怖いもんなんスか?」

「それは怖いですよ。なにがあるかわかりませんからね」

「……意外ッス。恐怖なんていうまともな感情が、アレクさんの中にもあるんスね」

「恐怖を知らなければ、人に恐怖を味わっていただくことはできませんからね」

「…………」

「痛みを知らなければ、人に痛みを味わってもらうこともできませんし」

「……痛みは知ってるんスか。アレクさんぐらいの耐久力でも」

「昔に少しね。まあ、この世界にある痛みという痛みは、だいたい経験したと思います」

「…………どうしてそんな経歴をお持ちなんスか」

「交渉術の修行でちょっとね」

「……交渉？　交渉術で、この世界にある痛みという痛みを？」

「そうですよ。その話は今度機会があればということで、今は一刻も早く『いと貴き鋼』を回収しましょうか」

「……そうッスね。まあ、お話をうかがう機会は、一生ない気がするッスけど」

「生きていればあらゆる機会がありますよ。……さあ、あなたのおじいさんを生かすため、冒険を始めましょう」

アレクに示され、コリーはダンジョンへと歩を進める。

『いと貴き鋼』を求めて。

――聖剣を追い求めて。

○

『青き巨人の洞窟』は、地下深くへと続いていく、かなりの斜度の下り坂ダンジョンだ。

天井、床、壁面は青い鉱物でできており、ほのかに光っているので明るい。

この鉱物が非常に滑りやすい。

ダンジョンそのものの『かなりの斜度の下り坂』という構造もあいまって、一度滑るとなかなか止まることはできなくなっている。

しかも、このダンジョンの天井、壁、床は『衝撃を与えると魔法で切り裂いてくる』という代物《しろもの》だ。少しでも足を滑らせれば体中がズタズタになるだろう。

実際、その方法で死亡したとおぼしき死体、というか骨片も奥で確認されていたらしい。

慎重に慎重を重ね、時間をかけて進むべきだろうと、コリーは思った。

そんな時、アレクが提案した、このダンジョンを進むための方法とは――

「いや、滑って降りるに決まってるじゃないですか」

「そうくると思ったッスよ！」

「急ぎですからね。では行きましょうか」

かくして、滑って降りることになった。

装備と体に魔力を集中する。

ドワーフは魔法が苦手だ。その代わりというわけでもないのだろうが、自己強化は得意だった。籠手や服はもちろん、リュックなどの背負った荷物ぐらいなら、わけなく強化できる。

効率的な魔力運用は、たしかに修行で身につけている。

魔力総量だって、上がっている。

だから可能な限り少ない魔力で、最大限に肉体と装備を強化することができた。

……それはいいのだが。

『衝撃を与えると切ってくるダンジョン内壁』以外にも、問題があった。

ダンジョン内を滑りつつ、たまにデコボコのせいで飛び跳ねつつ、コリーは叫ぶ。

「あの！　アレクさん！」

「どうされました?」

「すっごい速度出てるんスけど!」

「ジェットコースターみたいでいいですよね。いや、ウォータースライダーかな?」

「わけのわからないことを……!　これどうやって止まるんスか!?」

「正面をご覧ください」

「風圧で目を開けてられないんスけど!」

「では解説します。正面方向、もうしばらく進むと、壁です」

「は!?」

「壁です。正しくは、奥にダンジョンマスターのいそうな扉です」

「ぶつかるじゃないッスか!?」

「対ショック姿勢をとりましょう」

「教わってないんスけど!」

「あら」

「『あら』!?」

「まあ教えていないものは仕方ないですよね」

「開き直らないでもらっていいッスか!?」

「ほら、見えてきましたよ」

アレクがのんびりと指し示す。

コリーは風圧に負けそうになりながらも、どうにか片目だけ開いた。

視線の先には、ドアノッカーのついた扉がある。

全体は、ダンジョンと同じく青い鉱石でできている。ただ、ドアノッカーだけが、人工的にとりつけられたかのような、黄金の輝きだ。

……ダンジョンマスターの部屋というものを見た経験は、それなりにある。

しかし『部屋』といっても扉のない空間だったりする場合がほとんどだ。

あそこまで人工的だと、やはり奥にはダヴィッドの工房がある疑いが強くなってくる。

アレクの言っていた『モンスター』も、今まで現れていないし――

そう思っていると――扉の直前。

壁の中から、なにか、太く長いものが、ぬうっ、と伸びてきた。

太さは人間の成人男性の胴回りほど。長さも、人間の成人男性の身長ほどだ。

色はダンジョンの内壁と同じく、きらめく青。形状は――鎧《よろい》の腕部のように、見えた。

「ああ、ご紹介しますね。あれがこのダンジョンに出るモンスターです」

「いやいやいや！　滑ってくるアタシらをものすごい待ち構えてるッスよ!?」

「止まりますか。対ショック姿勢を」

「だから習ってな――」

言葉をさえぎるように、アレクがコリーを抱きあげ、ジャンプする。

滑る勢いは飛ぶ勢いで殺された。

コリーを両腕で支えたまま、アレクが着地する。音すらない、衝撃もない。

アレクが笑い、腕の中のコリーを見下ろした。

「その姿勢です」

「は、はい!?」

「体を丸めて、へそのあたりを見たその姿勢が、対ショック姿勢です。あとは両腕で後頭部を守れば完璧ですね」

「そ、そうッスか……」

「下ろします。足元、気をつけてくださいね」

ゆっくりと地面に下ろされる。

すさまじい速度で滑ったせいか、それともいきなり止まったせいか、コリーは脈拍《みゃくはく》がやけに速くなっているのを感じた。

なんとなく地面を見てしまう。……かなり動揺しているのが自分でもわかった。

それでも魔力による身体、装備の強化を切らさないでいられるのは、修行のお陰か。

そのコリーにアレクが声をかけた。

「コリーさん、正面をご覧ください」

「ちょ、ちょっと待ってほしいッス」

「俺は待ちますが、先方は待ってくださらないかと」

「先方?」

「このダンジョンのモンスターである、『青き巨人』ですよ」

コリーは慌《あわ》てて顔を上げる。

すると、そこには、先ほどまで腕しかなかったはずの巨人が、全身を現していた。

でかい。

高さはアレクの倍ほど。

横幅は、アレクの三倍はあるだろうか。

そう広くもない『青き巨人の洞窟』内壁いっぱいに、みっちりと詰まって見える。

動く余地はいちおうある。左右はぎりぎり人が一人通れる程度だろうか。

上下にはまったく隙《すき》がない。足が短いデザインなので、股《また》のあいだを通ることも、できなさそうだ。

その『青き巨人』がずしんずしんと足音を響かせながら、コリーたちに近付いてくる。

「アレクさん！　なんか、こっち来るッスよ!?」

「そうですねえ。どうやら、後ろの扉を守っているようですよ。扉に近付く者はすべて敵とみなして排除するつもりかもしれませんね」

「和《なご》やかに言ってる場合じゃないんスけど!?」

「しかし考えてみてください。ダンジョン内のモンスターが、ダンジョンに侵入した冒険者を襲ってくるというのは、当たり前のことです。慌てるほどのことは、なにもありませんよ」

「そうッスけど！」

「さて、これからの予定をお話ししますと……」

「のんびりおしゃべりしてる場合じゃないんスけど！」

「ああ、攻撃が来ますね。話は回避しながらでも？」

「倒してからになさらないッスか!?」

「あ、無理なんで」

「無理!?」

『青き巨人』が腕を振るう。

それはコリーにもアレクにも命中こそしなかったが――洞窟内の壁に、当たる。

その結果起こったのはひどいとしか言えない現象だった。

腕を振るという動作の威力を示す、すさまじい震動。

そして、衝撃によりダンジョン構成鉱石が秘めた『斬る』という現象が幾重《いくえ》にも発動する。

コリーは己の身を守る魔力がすさまじい勢いで削られていくのを認識した。

巨人の方は――特にダメージを受けている様子がない。

……ひどい空間だ。こちらは巨人の攻撃を避けようが避けまいがズタズタにされるというのに、巨人はどんなに大ざっぱな動きをしたって、なんの被害もないのだから。

状況は絶望的――にもかかわらず、アレクは笑っていた。

「説明をしても？」

「……もう、なんか、もう……はい、どうぞ！」

「では、説明をさせていただきます。以前来た時に、あのモンスターと一戦交えたのですが、どうにもあいつはＨＰが減らない仕様のようです」

「つまり？」

「倒せません」

「……倒せないっていうのは……」

「俺でも倒せないという意味ですね。加えて言うならば、俺より強い人がいたとして、その人にも倒せません。神のルール、世界の法則、どう置き換えてもらってもかまわないのですが、とにかくあいつはＨＰが減らないのです」

「そんなモンスターいるんスか？」

「正面をご覧ください。あそこにいるのが、『そんなモンスター』です」

「そういう意味じゃなくて！　アレクさん、わざとやってないッスか!?」

「はい？」

「……いえ、もう、なんでも、なんでもないッス……っていうか！　なんで『絶対に倒せないモンスター』を目の前にしてそんなにのんびりしてるんスか!?」

「今日のコリーさんは特に元気がいいですね。さすが、目的を目の前にして気合いが入っていらっしゃる」

「今度会話を横道に逸《そ》らしたらその唇《くちびる》を溶接するッスよ！」

「溶接かあ。あれもねえ、けっこう痛いんですよね」

「本題！　本題に入って！」

「では、絶対に倒せないモンスターの守る扉を抜けて、奥にあるであろう『いと貴き鋼』を回収、あわよくば『ダヴィッドの工房』を使用するにはどうしたらいいでしょうか？」

「質問形式じゃなくて答えを言っていただけないッスか!?」

「しかし、自分で考えることが重要ですよ。人から教えてもらった答えより、自分で導き出したどりついた答えの方がよく身につくと、俺の師匠の一人も言っていました」

「答え！　答えを！　早く！　アタシの命があるうちに！」

「では答えを。――こうするのです」

瞬間。

なんだかよくわからない、いくつもの音が同時に聞こえた。

それは名状しがたい不協和音だった。

叩くような、斬《き》るような、突くような、ねじるような。

燃やすような、凍らせるような、固めるような、しびれさせるような。

コリーは思わず、長い垂れた耳をふさぐ。そのお陰で、続いて響いた轟音《ごうおん》にも対応できた。

それは、『青き巨人』が吹き飛ばされる音。

あの難攻不落としか見えない、実際にアレクをして『絶対に倒せない』と言わしめたモンスターが吹き飛ばされ、背後にある扉にぶつかる音だった。

「なっ……なにしたんスか……？」

「切断して打撃をして刺突をして関節を極《き》めて投げ飛ばして、炎と水と風と土と光と闇と無属性の魔法をたたきこみました」

「……あの一瞬で？」

「そうですね。一応、周辺環境に気を配りながら動いたので、コリーさんに攻撃の余波はいっていないと思うのですが。しかし、やっぱりどんな方法で攻撃してもダメージが入りませんねえ。例の『九割殺し』なんかもやったんですが」

余波っていうか、動いたようにさえ見えない。アレクは『青き巨人』を一瞥《いちべつ》した程度だ。

しかし、たしかに『青き巨人』は吹き飛んで――それにアレクの手には、いつのまにか折れた聖剣が握られている。

「……つくづく化け物ッスね」

「そうですねえ。まったく、倒せないとかアリかよと思います」

「いえ、『青き巨人』じゃなくてアレクさんのことを言ったんスけど」

「俺は、人です。俺ぐらいの強さならば、人はいずれたどりつきます」

「まあそういう冗談を聞いてる場合じゃないんスけど……え、でも倒せないんスよね？　倒してないッスか？」

「『倒す』が『転ばせる』という意味ならば、あのように、倒せます。しかし『倒す』が『HPをゼロにして消滅させる』という意味ならば不可能です。ほら、起き上がりますよ」

「じゃあどうするんスか？」

「ですから、俺が、『青き巨人』を転ばせたりして、隙を作ります」

「はあ」

「その隙に、あなたは扉の中に入ってください。それから、奥で鉱石の採掘および聖剣修理をしてきてください。そのあいだ、俺がモンスターを足止めします」

「……あの、鍛冶ってそんな、数秒とかでできるもんじゃないんスけど」

「一週間か二週間ほどでしょうか？　足止めしておきますよ。あなたの目的は別に、ダンジョン制覇でもモンスター退治でもありませんからね。どうぞ、鍛冶に集中してください」

「一週間か二週間、『倒せないモンスター』を足止めッスか？　休息とかは……？」

「どうでしょう。鍛冶というのは、眠る余裕があるものですか？」

「は？　その……工房がどんなのかにもよるんスけど、一人だと基本は眠れないッスね。それがなんスか？」

「では俺も眠りません。なるべく同じ苦労を分かち合うのが、俺の修行の方針です」

「これも修行なんスかね……？」

「修行という言い方に違和感があるのでしたら、冒険、としましょうか。今、俺とあなたは同じダンジョンに挑むパーティーです。苦労をともにしなくてどうしますか」

「アレクさん……」

「俺の師匠は、俺に食事を禁止しておいて、自分は優雅にランチをとるタイプだったので、俺は『ああはなるまい』と強く思ったものです」

「苦労されてるッスね……」

「意外とね。さて、話もまとまったことですし、次に転ばせたら、モンスターの上を通って奥へどうぞ」

「上？」

「上です」

彼は笑ったままだった。

コリー的には、笑っていられるような状況ではないように思えてならない。

倒せないモンスターを、不眠不休で足止めする。それも、一週間から二週間。

短くまとめると充分に絶望的だ——でも、なぜだろう。アレクが笑っていると不可能なことには、思えなかった。

「……わかったッス。最高の聖剣に仕上げてみせるッスよ」

「ああ、奥にダンジョンマスターがいる危険性も充分に考慮してくださいね。あなたがセーブ地点に戻ったら、俺も戻ります。気配でわかりますのでご心配なく」

「はいッス」

「あと、こちらを」

差し出されるのは、彼が手にした聖剣だ。

……そうだ、受け取らずに鍛冶はできない。

あくまでも修理が今回の目的だ。——『一から打つ』わけではない。

「……たしかに、受け取ったッス」

「では、よろしくお願いしますね。まあ焦らず、自分にとっていいペースで」

「わかったッス」

「俺のことはご心配なく」

「……一瞬心配しそうになったんスけど、アレクさんッスからね」

「まあ、いちおう、鍛えてますので」

「アンタが『いちおう』だったら、世のほとんどはどういうレベルなんスか」

「さて。では、行きますか」

アレクが『青き巨人』を一瞥する。

と、『青き巨人』の下半身が、いきなり地面に沈みこんだ。

まるで、なにかとてつもなく重いものに、上からのしかかられたような——

「今ですよ」

アレクの声に、ハッとする。

少し怖かったが、コリーは下半身を沈めている『青き巨人』の頭上を通った。

足をつかもうと、腕が、伸びてくる。

どうにか回避して——

コリーは青い扉の奥へ、入っていった。

○

これから聖剣を修理する。

いよいよ目標達成の瞬間が近くなり、高揚感《こうよう》がある。

でも――一方で、コリーは、戸惑《とまど》いを覚えてもいた。

――本当に、それでいいのか？

祖父に自分の技術を認めさせるために、聖剣の修理をする――この方法論が間違っているとは思えない。というよりも、考え得る中では『これしかない』とさえ言える。

でもそれはけっきょく、古いものに価値を見出《みいだ》す人に、価値ある古いものを見せるだけだ。

……鋳つぶされた傑作を思い出す。

新しい剣。

古い職人とは違ったアプローチから作られたもの。

装飾や、柄《つか》と一体型の刃が気に入らなかったのだろうか。

それとも美しさと調和のために、単一素材で打ったのを嫌われたのだろうか。

新しい技術。

……古い技術。

やりたいことは、『古い職人に新しいものを認めさせること』のはずなのに、今からやろうとしていることは、『古い職人に古いものを差し出すこと』だ。

それがどうにも違和感や戸惑いとなって、胸の奥に引っかかる。

「……でも、何度も考えて、これぐらいしかないって、そう結論したんだ」

自分の行いは正しいと信じて突き進んできた。……きっと、達成直前で不安になっているだけだろう。

コリーは迷いを横に置く。

そして、入ってきた空間を、あらためて、ながめた。

ダンジョンマスターはいない。

全体としては、天井の高い、半球状の空間だ。

設備を見れば工房に間違いはない。五百年前に使われたであろう、工房——しかし、現代から見ても、かなりの水準だ。

内壁は青く輝く鉱石。

しかし、床は土がかなりの量敷かれていることが、ニオイでわかる。

ここならば魔力による自己強化をしなくとも、体がズタズタになったりはしないだろう。

金属を溶かすための炉は、近付くと勝手に火が入った。

金床《かなとこ》、鎚《つち》、ヤットコにいたるまで、かいだことのない鋼でできている——見たことのない技術によるものだ。

鎚の大きさや設備の配置は女性ドワーフに——というか、自分に近い。

ここが『ダヴィッド』の工房だとすれば、彼《か》の錬鉄《れんてつ》の英雄は男性だったということなので、小柄な男性なのだろうと想像できる。

そうして工房を見回していると——コリーは一つだけ、聖剣鍛冶に使用しないであろう物体を発見した。

それは四角い金属製の台座だ。

道具台というようにも見えない。かたむいていて、道具など乗せようものならば滑って落ちるだろう。

布がかかっている。

なんだろうと思いながら、コリーはその布をはいで——


『ダヴィッドより、未来の聖剣の打ち手へ』


——そんなふうに、台座に刻まれたメッセージを発見した。

「……これ、鍛冶神ダヴィッドの……!?」

コリーは、台座に顔を近づける。

そして、文字を読み上げた。

「……『ダヴィッドより、未来の聖剣の打ち手へ。最初に言っておく。聖剣というものは実在しない』……実在しない!?」

では、この――アレクから受け取ったコレは、なんなのか？

建国の英雄が使用したという、絶対に折れない剣――聖剣ではないのか？

なおも読み進める。

内容は以下の通りだった。


『アレクサンダーとかいうバカが、どんな素材の剣でも振っただけで折りやがる』

『折れない剣を作ることは、今の時点では不可能だった』

『そして、予言者によれば、私が生きているうちは不可能ということらしい』

『みんなしてできないとか言うもんで、もう嫌になった。だから、もうアレクサンダーに剣は作らないことにした』


アレクサンダー。

……それはもちろん、『銀の狐亭』の店主ではない。

五百年前、建国を成し遂げたと言われる英雄の名――の、はずだ。

しかし聖剣が存在せず、この石碑《せきひ》に文字を刻んだあとダヴィッドが英雄アレクサンダーに剣を打たなかったとすれば、本当に聖剣は存在しないのか？

ならば――自分はどうすればいいのか。

コリーのそんな疑問を予測したように、石碑にはこのような文言《もんごん》が記されていた。

『聖剣は、お前が歴史上、初めて打つらしい』

……言葉の意味が、一瞬、理解できなかった。

お前というのは、おそらくこの台座の文字を読んでいる者だろう。

ということは――

「……アタシが、歴史上で初めて、聖剣を打つ？」

どういうことか。

先を読み進める。


『予言とかいうものをうさんくさく感じている私としては、こうして書き置きを残すのをとても面倒に思っているのだが、いちおう予言者には恩もあるし、未来にこのメッセージを見るであろう聖剣の打ち手に、設備と材料、それから、私なりの助言を残しておく』

『そもそも聖剣っていう名称は、なんかすごそうだから私の最高傑作をそう呼ぶことに決めただけで、別に見本とかはない。つまり、お前の最高傑作が槍だろうが鎌《かま》だろうが、聖剣を名乗ればそれが聖剣になる』

『私の剣は最高に素晴らしいものだが、未来にいるお前はもっといいものを作れるはずだ。だから古いかたちにこだわるな』

『一方で、私の技術も、お前にとってはもう古いかもしれない。でも、古いものをバカにしたり、新しいものを盲信するな。技術に貴賤《きせん》はない。古くていいものも新しくて悪いものもある。いいものは、いいものだ。それ以外のなんでもない』

『私の技術は、たくさんの試作品にこめておいた。聖剣を打つまでに私の試作品を発見できなかった場合は知らんけど、発見できてたら、私の時代の技術は全部そこにあるから、せいぜい吸収しろ』

『アレクサンダーが最後まで使っていた剣がきっと聖剣扱いされるだろうけど、あんなのは剣じゃない。だから銘《めい》も記さなかった。もし手元にあるなら冷静に観察しろ。それが刀剣でもなんでもないことが、お前ならわかる。というか、わかれ』

『それから、私の最高傑作の、かしこくてかわいくて従順な青いゴーレムくんを部屋の外に置いておいた。聖剣ができたら試し斬りしていい。予言者の言う本当の聖剣であれば私のゴーレムくんを斬れるはずだ』

『あと、最後に、その時代に聖剣と呼ばれているものの正体と、私はどうやら未来では男と思われているとかいう話なので、女だったということを付け加えておく』


一気に色々詰めこまれたせいで混乱する。

だからコリーは、ひとまず息をついて、とりあえず――

「……ノリが軽いッスね、ダヴィッドさん」

本気で面倒がりながらこの台座に文字を遺《のこ》したせいだろうか。ぶっきらぼうというか、口語体すぎる。

幼いころから鍛冶神ダヴィッドの像に祈りを捧《ささ》げていたコリーは複雑な気持ちだ。

まあ、その像からして『男神《おがみ》』だったので、色々間違いだらけだったのだろうけれど。

「しかし、部屋の外の、ダヴィッドの作なのか……だからダンジョンマスターがいなくても稼《か》働《どう》してるっていうこと……？　っていうか部屋の外に配置とか工房に入れる気ねーだろってい う……いや、そもそも自律《じりつ》稼働するモンスターを作成するってどういう技術……」

疑問は尽きない。

たとえば『自律稼働する存在を作成する』なんていう技術一つにしたって、現代で再現できる職人は皆無だろう――コリーだってできないし、やろうとしたこともない。

だが、やっぱり頭を占める問題は、聖剣のことだ。

『お前が歴史上、初めて打つらしい』

聖剣を打つ。

打つというかもう、『打て』って感じに碑文《ひぶん》で語られている。

「……アレクさんみたいな人ッスね、ダヴィッドさん」

ひどい無茶振りだ。

けれど――この無茶振りは、どちらかと言えば、望むところだった。

コリーは今でも自分の本分は刀剣鍛冶にあると思っている。

だから、冒険者などの『戦う者』として無茶をさせられるよりは、こういう刀剣鍛冶として無茶なことを要求される方が――燃えるのだ。

「わかったッス。アタシが聖剣を打つッスよ。ダヴィッド、アンタがおどろくような、剣を」

気合いを入れる。

邪魔な籠手《こて》を外す。

そうして――コリーの、一世一代の挑戦が、始まった。

○

最大の敵は睡魔だった。

アレクは『青き巨人』と向かい合う――一日、二日、三日、四日。死の危険はない。ただただ単純に眠いという思いが頭を占めていた。

『青き巨人』への対応はそこまで難しいものではなかった。HPをゼロにすることはできないが、吹き飛ばすことは可能なのだ。

しかも、相手は動作が非常にのろい――侵入者を追いかけてまでしとめようという意思がまったく感じられないのだ。

まるでただの的《まと》だ。

攻撃されるために存在しているかのような――

だからアレクは色々と試した。まあ、それで『青き巨人』のHPに変化があったり、自分のスキルに上昇があったりは、ない。カンスト済みなのを寂《さび》しい気持ちで再確認するだけのことだ。

だからアレクの意識からは次第に『青き巨人』が締め出されていく。

睡魔との戦い。朦朧《もうろう》とする意識を手放さぬように自己を律《りつ》する中――

ふと、『聖剣』をもらった時のことを回想する。

『貴様に聖剣をくれてやろう』

語るのは過去の幻影。『青き巨人』の胴部に映る幻――九尾《きゅうび》を持つ、狐《きつね》獣人。

母親。というよりも――師匠の一人、という認識だ。

自称天才のくせに自分と同じような基準を他者にも求める『はいいろ』。

『足音』――『狐』。

そして痛みと恐怖を扱う術を教えてくれたのが、『輝き』だ。

三人とも思い返せばおかしな人たちだった。世間一般に三人の所業を語ったら、誰が一番おかしいと言われそうかと考えれば――きっと『輝き』なのだろうとアレクは思おう。

でも、アレク自身は違うと思っている。なんというか――そう、まともなのだ。うまく言えないけれど、『はいいろ』や『狐』から感じた天才性、異常性みたいなものを、アレクは『輝き』から感じたことがない。

『聖剣とは言うがな、もはや、絞りかすみたいなもんじゃ。機能は失われ、これ以上折れようのないだけの刃《やいば》にすぎん。かつての勇者アレクサンダーが、使い尽くしてしまったのじゃ』

聖剣を与えられた時の記憶、言葉が頭をよぎる。

せっかくもらった物を大したことない扱いされて、アレクは不満に思ったものだ。

『輝き』は――子供のわがままをたしなめるように、笑っていた。

『しかし、ただの剣としては比類ないものじゃぞ。かの鍛冶神ダヴィッドの作じゃ。なに、ダヴィッドを知らんのか？　不勉強じゃのう。武器を扱うなら知っておいて損はない名じゃぞ』

『ダヴィッドはゴーレム作りと刀剣鍛冶にしか興味のないガサツな女じゃ』

『わらわのアレクサンダーよ』

『貴様に渡す聖剣は、数多い試し打ちの偽物《にせもの》ではない。本物の……まあ、ダヴィッド以外は本物と認める聖剣じゃな。わらわがなぜ、そんな物を持っているか、じゃと？』

『それはな、その当時から生きておるからじゃ』

『まあ細かいところは違うが、その当時から生きていると言ってもいいじゃろ。貴様ならば本当に本物の聖剣にたどりつくじゃろう。ゆえに、ばらした』

『秘密にしろ、というのは、貴様には無理な話か。言ってもかまわん。じゃが、今までこの話を信じたのは、『はいいろ』と『狐』だけじゃ』

『だから、あの二人はこのクランきっての奇人変人だと言ったじゃろ？　……わらわも奇人変人じゃと？　ならば、似たもの同士ということじゃろう。愛すべき夫と、大事な友人じゃな』なら。

なら——なぜ、壊した。

アレクは疑問に思う。ずしんずしん、という音を伴って『輝き』の顔が近付いてくる。

いや、これは『輝き』の顔ではなくって——

——今、自分はなにをしていたところだったのか？

アレクは現在に立ち返る。

だがまだ状況の再確認がすんでいない。今はいつだ。何日経った。目の前には『青き巨人』がいた。そいつは両腕を組みながら振り上げ、今にもアレクを叩きつぶそうとしていて——

「アレクさん！　聖剣ができたッスよ！」

——背後から聞こえた声で、ようやく、現在へと帰還した。

○

コリーはアレクに剣を放り投げた。

珍しくぼんやりしていた彼は、ハッとした様子になって、剣を受け取る。

直後――アレクの眼前に迫っていた、青き巨人の腕が振り下ろされる。

彼は渡された剣の刃で、青き巨人の腕を受け止めた。

止まった、だけだ。――斬れたりは、しない。

アレクは手にした剣を見て、不可解そうな声を出す。

「これが聖剣、ですか？」

彼の疑問はもっともだろう。

だって――なにも、変わっていない。

ナイフの長さの、無骨な刃。折れた両手剣といった様子のそれは、コリーにあずける前と、今とで、なにも変化がない――けれどコリーは堂々と言う。

「それでいいんス！」

「どういう意味で？」

「かつての勇者アレクサンダーは、どんな素材の剣でも振るだけで折ったらしいんスよ。だから最終的に、ダヴィッドは刃を打たないことにしたんス！」

「はあ」

「機能だけ復活させたッスから、剣に魔力をこめてみてほしいッス！」

言われるがまま、アレクは剣に魔力をこめる。

すると、刃が伸びた。

……いや、そのように錯覚しただけ。伸びたのは、非実体の刃だ。

つまり、今に伝わる『聖剣』の正体とは――

「魔法剣、魔力を刃《やいば》にする装置、ですか」

「そうッス。それが、伝説に記されていた聖剣ッス」

「しかし……」

アレクが、伸びた刃で青き巨人の腕をはじく。

……それからの動作を、コリーは目で捉《とら》えることができなかった。

いくつかの音が、圧縮されて耳にとどく。

すさまじい金属音。同時に、青き巨人が吹き飛んで、壁に叩きつけられた。

だが、それだけだ。青き巨人の、丈夫そうな体には、傷一つない。

アレクが、『聖剣』を見る。

刃の長さはロングソードなみになっている。それにしては幅が広い。地面に突き立てれば盾《たて》にもなるだろう。

ほのかに燐光を放つ刃は、たしかに『聖剣』と呼べる貫禄《かんろく》がある――だが、アレクは美しい刃とは別な部分を見ているようだった。

「この剣の威力は、持ち主の魔力依存みたいですね。誰が持っても強い剣、というわけではなさそうです。まあ、たしかに魔法剣は見たことがありませんでしたし、勇者は強かったでしょうから、実体の刃よりはこういうものの方がいいのでしょうが……」

「それが、今の世の中に『聖剣』として伝わっているもので間違いはないッス」

「なるほど。……とりあえず、おめでとうございます、ですかね？」

「いえ、まだッス」

「……と、おっしゃいますと？」

「それが伝承にある聖剣で……こっちが、アタシの作った、生まれたての聖剣ッス！」

言葉と同時、するり――と、鉱石でできているはずの地面に、まるで抵抗なんてないかのように突き立てられた刃。

息を呑む。

ほのかに青い光を放つ刃は、たしかに実体があるのに、幻想的な空気をまとっていた。

それは刀身が半透明だからという理由も大きいだろう。

たとえば清流をそのまま剣のかたちにしたならば、このような見た目になるかもしれない。

大きさは、やや小ぶりだ。

刃の幅は狭く、平たい。長さはアレクの腕とだいたい同じ程度だ。――にもかかわらずその剣のまとう存在感はあまりに強大だった。

見ているだけで吸い込まれそうになる。

美しさだけで人を制することが、この剣ならば可能かもしれない。――そう思わせるほどの不可思議な魅力が、その剣にはあった。

アレクはその剣を手にとる。

大した力をこめてもいないのに、ふわりと浮かぶように地面から抜ける。すさまじい軽さ。

なにより、『地面に刺さっていた』ことを感じさせない、優れた切れ味。

剣に顔を近づけ、じっくりと見る。

透けた青い刀身からは、向こう側が見える。

視線を下げる。

柄と刃が一体化したデザイン。

丈夫さに優れるだけでなく、見た目の美しさにも寄与している。

柄は片手で持つことを想定された長さ。ただ軽いだけではなく、重量バランスもいい。

『振って叩く』ではなく『突いて刺す』ことが主な用途だろう。

アレクは生まれたての聖剣をひとしきりながめる。

そうして、今まで忘れていた呼吸を思い出した。

「……素晴らしい」

「どうもッス！」

「透けた刃というのは、初めて見ました」

「それはこのダンジョンの鉱石を磨いてたら、透けていったんスよ。完全に透明じゃないのは色々な鋼を混ぜてるからッス。……たくさんの鋼を混ぜて、粘りと硬度を両立させるのは、刀剣鍛冶として伝統の技術ッスからね」

「……古い職人が得意とする技術、ですね」

「そうッス。でも、柄と刃を一体化させたのは、新しい技術ッス。古い職人は銘を刻んだり、他にも『柄は柄の職人が作るべきだ』とかの理由から、あんまり一体型はやらないんスよ。でもアタシは、一体型の方がいいと思ってるッス」

「……」

「他にも色々やってるッスよ。……古いものも新しいものも、全部こめたッス。いいものは、いいものッスから。それが、今のアタシにできる限界ッス」

コリーの顔は炭で汚れていた。体は汗まみれで、息は荒い。

それでも誇らしげにコリーは言った。

「その剣が『聖剣』かどうかは、『青き巨人』を倒せるかどうかで決まるッス。ダヴィッドの作ったそのゴーレムは聖剣なら倒せるって、そういうメッセージが遺されてたッス」

「……へえ、これが、ダヴィッド作のゴーレムなのか。意外と普通にゴーレムしてるな」

「はい？」

「伝承でやけに『かわいい』と連呼されていたもので……ところで、どうされます？　あなたが打った剣ですから、あなたが試し斬りをなさるのがいいかと、俺は思いますが」

「いや。アレクさんに頼むッス」

「なぜ？」

「……アタシは、刀剣鍛冶ッスよ。剣を打つところまでが、仕事ッス」

「……」

「それに、アレクさん以上の使い手はいないッス。いい使い手に使ってもらうことが、剣にとっての喜びだと思うッス」

「……そうですか。では、ありがたく。……いや、実はね、俺も、この剣を使ってみたいとそう思ってしまったんですよ。新しい装備を使う時は、わくわくしますよね。それがこれほどの剣ならば、なおさらだ」

青き巨人が立ち上がる。

アレクは、青く透き通った剣を片手に、そちらへ向き直る。

一瞬の静止。――その後の動作を、コリーの目で捉えることができたのは、アレクのサービスだろう。

あまりに静かな踏み込み。すべるような動作で、青き巨人までの距離を詰めていく。

接近、間合いに捉え、剣を突き出す。その動作はすべてがよどみなく、流れるように続いた。

剣の放つほのかな光が、青い軌跡《きせき》を残す。

切っ先が巨人の胴部に吸い込まれる様が、コリーにはやけにゆっくりに感じた。

あとはもう、あらかじめ決められていたかのように、剣は青き巨人の――聖剣でしか斬れないと言われたゴーレムの胴体に、突き刺さった。

「……やった……！」

つぶやきながら、コリーは膝《ひざ》をついた。

疲労と達成感で気絶しそうだ。

危うく魔力による自己強化を切らせかけて、慌てて意識を取り戻す。

視線の先では、青き巨人が、関節部から光を放っているところだった。

……どうやら『聖剣』が完成したことを認め、あのゴーレムの役目も終わったらしい。

……古い時代から、ただ一つの役割のために、今まで動き続けた。

ダヴィッドが作ったという作品。どういうことをすれば自律稼働するモンスターを作れるのかはやっぱりわからないが――でも、コリーは、そこに、ダヴィッドの魂を見た気がした。

一つの目的のため、一心に動き続ける。

それは優れた職人の姿と重なる部分があると、そう思ったのだ。

青き巨人が、首を動かして、コリーを見る。

表情などない存在。でも、最後になぜか、微笑みかけられたような気がして――

青き巨人はバラバラと崩れ落ちた。

アレクが剣を振る。

そして、ゆったりとコリーを振り返った。

「では、帰りますか」

「……あの、もうちょっと余韻《よいん》とか、ないんスか」

「しかし、あなたの目的はまだ達成されていませんよね。聖剣をおじいさんに見せて、元気にして差し上げなければならない」

「……そうッスね。あんまりの達成感に、忘れかけてたッス」

「ですが、さすがにこれから寝ずに急いで帰るというのも、きついでしょう。休みながら帰って……そうですね、明後日ぐらいにおじいさんと面会ということでいかがですか？」

「……大丈夫ッスかね、じいちゃんの体調は」

「おじいさんの様子を診ているクランメンバーからの連絡だと、まだ余裕はありそうです」

「あの、そういった連絡はいつ受け取っていらっしゃるんスか？　実はアタシが奥で剣を打ってるあいだに、王都に戻ったりしたんスか？」

「スマホで」

「……は？」

「まあ、スマホは冗談にしても、通信機器のようなものですね。さすがに簡単な会話を数秒できる程度ですけれど、そういう魔導具を作成しています。回数制限があったり、大量生産できなかったりと、問題は山積みですが……」

「離れた相手と連絡とれるんスか？」

「そうです。でも、距離制限もねえ。きつくって。やっぱり基地局を作るべきかもしれませんね。今だと電池が三秒で切れるうえに充電できないトランシーバーみたいなものですし。おまけに作るまでとにかく時間とマンパワーがかかるという。そして作るための人材育成も間に合っていない」

「疲れてる時にアレクさんと会話するのは、なかなか苦行《くぎょう》ッスね……」

「俺も、もう少し説明して差し上げたいところなのですが、さすがに限界です」

「帰るッスか」

「そうですね。帰りましょうか。休み休み、王都までね。入り口までは、ロードしましょう」

「……結果的には、王都でセーブしとけばよかったッスね」

「そうですね。まさかコリーさんが死なないとは、意外でした。俺の修行は安全マージンをとりすぎているのかもしれませんね」

「安全……?」

「なんでしょう?」

「いえ、なんでもないッス……眠いッス……空腹ッス……帰るッス……」

これ以上の会話はやめた方が心身のためだろうとコリーは判断する。

……とにかく、疲れた。

ロードをする前に、コリーは背後を振り返る。

そこには、ダヴィッドの用意した工房がある。……聖剣を作った、場所がある。

素晴らしい設備だった。でもきっと、もう来ることはないだろう——だって、生まれ育った工房があるから。

これからの刀剣鍛冶としての人生は、きっと、そこで過ごすのだと決意して、コリーは帰路に就《つ》く。

王都への帰路。そして、長らく空《あ》けていた、生家へ帰るための、道を、歩き出す。

○

「こんばんは。お邪魔していますよ」

そこは、王都の南西部にある、スラム街だった。

ボロボロの家屋がたくさん立ち並んでいる。

酒場や宿屋だったらしき建物もあるが、そのすべてが営業していない。

代わりに、そういった家屋に住み着く者がいた。

食い詰めた者。犯罪者。逃亡奴隷――いずれもまっとうに生活できない者どもだ。

人の成れの果て。栄えし人間の都、王都の暗部。

……けれど、とスザンナは思う。最近、このあたりも人が減ったな、と。

スザンナがスラムに身を潜《ひそ》めたのは、もう十年以上も前、二十年もこえているかもしれないほど、昔のことだ。

その当時、スラム街はもっとにぎやかだった。

悲鳴、怒号。嬌声《きょうせい》。弱者が強者に搾取《さくしゅ》される声。

スザンナは年老いた女だった。

古びたぼろぼろのワンピースに、ショールを身につけている。

安楽椅子に座る老女。その姿はあまりに弱々しい。

力がすべてというようなスラム街では、生きにくい。

だから、身を潜め、じっとしていた。目立つことを嫌った。

けれど、スラムは彼女にとって居心地のいい場所だった。

ここには色々な生き様があって——色々な、死に様があったから。

年老いた女は安心を求めていた。それ以上に、優越感にひたるのが好きだった。

だから、自分より若い者がスラム街なんていう場所に落ちてくると安心する。未来や名誉というもののない人を見ると、胸をなでおろす。

……だというのに、最近のスラム街は、人が減っている。

見下すべき若者があまりにいなさすぎる。

だから——

「我慢しきれなかったようですね」

当たり前のような顔をして、いつの間にか部屋にいた男は、言う。

年齢がうまく判別できない顔立ち。

窓から差しこむ夜の光を受け輝く、銀の毛皮のマント。

不気味な意匠《いしょう》の仮面を、顔の横にかぶっている。

そいつがゆったりと近付いてくる。

古びた床がきしむ音。

スザンナは——まっとうに生き、まっとうに年老いた者のように、男性を迎える。

「おやおや……おうちを間違えてるんじゃないかい？　盗みに入るにしたって、なにもこんなばあさんの家に入ることは、ないだろうに」

「残念ながら、盗みに入ったわけではありませんし、家も間違えていません。あなたに用事があったんですよ、スザンナさん」

「おや、嬉しいねえ。こんなばあさんに用事かい。あんたみたいな若い知り合いはいないはずなんだけどねえ」

「まあ、あなたは覚えていないでしょうね」

「……おや、本当に知り合いなのかい？」

「ええ。でも、無理もないかもしれませんね。俺は当時、赤ん坊でしたから」

「……？」

「あなたが昔、毒殺した貴族の息子ですよ。アレクサンダーと申します。当時のあなたは侍女《じじょ》の一人だったでしょうか。メイド服を着たあなたの姿を、俺は記憶していますよ」

　ギチッ、と床がきしむ。

　スザンナは動揺したけれど、そんな様子は見せない。――年季が違うのだ。

　目の前の若造がなにを知っているかは知らないけれど、やりこめることなど、造作もない。

「最近、耳が遠くてねえ……アレクサンダーさん、だったかい？　もう少し、近くでしゃべってはくれないかねえ」

「俺は――高熱、意識の混濁、体の衰弱。これらを引き起こす毒物を偶然見つけたあなたの実騎台にされた男の、息子です」

「……」

「あなたを発見してから、ずっと監視していましたよ。最近はずいぶん、おとなしかったようじゃありませんか。てっきり改心したのかと思い放置していましたが……刀剣鍛冶の男性に、最近また毒を使いましたね？　なぜです？」

「なんのことやら」

「まあ、証拠はそろっているので、今の質問は興味本位みたいなものです」

「……ああ、ごめんなさいねえ。言ったかしら？　耳が、遠くてねえ。もう少し、近くでしゃべってくれないかい？」

「そうですか？　では、失礼しますよ」

床がまた、きしむ。

アレクサンダーが、近付いてくる。

スザンナは柔らかい笑みを浮かべ、近付いてくる彼を迎え入れ——

「バカが！　ひっかかったねえ！」

シワだらけの手が、老婆とは思えない速度で動く。

殴ろうとした——わけではない。手の中には、針を握りこんでいる。

毒針だ。薄めれば、高熱と意識混濁のすえに、死に至る毒。

薄めなければすぐにでも全身が激痛にさいなまれ、踊るようにしながら死んでいく、猛毒。

老女は、優越感にひたるのが、好きだった。反対に見下されるのが、好きではなかった。貴族とか。頑固な職人とか——生まれつき偉い者。若いころから真面目《まじめ》にやって、結果、偉くなった者。どちらも等しく嫌いで、そういった者が苦しんで死ぬのが最高の喜びだった。

毒針はアレクサンダーの首筋に命中した。

スザンナは、しわくちゃの顔で醜《みにく》く笑う。

「質問に答えてやるよ！　あの鍛冶屋はねえ、鍛冶屋のくせに、あたしを見下したのさ！　盗みに入ったあたしに、『その剣はやれないから、代わりに金を持っていけ』って金銭を恵もうとしやがった！　そういう余裕のある態度、気にくわないんだよ！　だからじっくり苦しめて死ぬように、毒針を突き刺してやったのさ！　こんな風にねえ！」

何度も何度も、スザンナはアレクサンダーの首筋に針を突き立てる。

……でもなんだか——刺さっている感触とは、違うような？

スザンナは針を見る。

……映ったのは、先のつぶれた、針のような、ただの細い金属のかたまりで。

「場当たり的な犯行ですか。なるほどこれは読めない」

苦しんで、全身の痛みにのたうちまわるはずの男が、笑う。

毒が効かない。……いや、それ以前に、針が刺さっていないのだ。

「『計算外』というのは、そういうものですよね。意図のない犯行。瞬間的な凶行。誰かの気まぐれが一番予測困難だ。予想通りの回答でした。……おどろくべきことはなにもなかった。

さて、本題に入りますか。まあ、こちらも『いちおう聞いておく』程度のことなのですが」

「……」

「あなたの毒の、解毒剤《げどくざい》は、ありますか?」

「……はん、なるほどね。あの鍛冶屋に頼まれたのかい。貴族のオヤジの復讐《ふくしゅう》にしては、やけにのんびりしてると思ったよ」

「いいえ、半ば勝手に動いているようなものですよ。それで、どうでしょう? 解毒剤の用意があるのでしたら、いただきたいのですが。いちおうこちらでも用意はしましたが、あなたが用意した解毒剤があるならば、そちらの方がきっと正しい。俺たちの作った解毒剤は、俺の記憶を頼りに毒の成分を予想したものですからね」

「渡すと思うかい?」

「そうですね。渡してくださると思いますよ。結果的にね」

「拷問《ごうもん》でもする気かい?」

「いいえ。交渉します。その前に、セーブをしてください」

男が手を横にかざす。

すると、ほのかに光る、人の頭部大の球体が現れた。

「これに向けて『セーブする』とおっしゃってくださいね。それから、交渉をしましょう」

「はん、誰がするか!」

スザンナは、言葉と同時に、口からなにかを吐く。

含み針――口中に隠した、相手の隙を突く暗器《あんき》だ。

先ほど、首筋にはなぜか針が刺さらなかったが、眼球ならば刺さるだろう。

だって人は鍛えようのない部分がどうしてもある。喉《のど》。首筋。脇の下。そして――眼球。中には皮膚《ひふ》を鍛えているという例もあるが、そういう場合だって眼球だけは鍛えようがない。

果たして、毒針はまっすぐに男の左目に迫り――

当たり前のように、男の指につままれた。

「毒針を含むとか、危ないことをなさいますね」

「…………!」

ここで初めて、スザンナは動揺を表に出してしまう。

完全に隙を突いた含み針のはずだった。だというのに、この男に隙はないのか？

――勝てない。殺すことが、できない。

そう悟ったスザンナは、第二の武器を使うことにした。それは針のような、人の体を傷つける武器ではない。

『老女』という、立場。

かわいそうな年寄りという武器を、最大限に使う。そのために、大げさに椅子から降り、男の眼前にひざまずく。

「許しておくれ……許しておくれよ……！　しかたなかったんだ。若いころから、なにをやっても駄目で……！　あたしだって、貴族に生まれてたら、あるいは、きちんと職人として修行をできてたら、こんな風にならなかった！　でも、そんなことさえ、できなかったんだ。だから、つい、幸福そうなやつらを見て、魔が差しちまったんだよ……！　だって、だって、今さら、どうしようもないだろう!?　真面目に生きようと、変わろうとしたって、人はそう簡単に変われないいんだからさ！」

演技をする。

人は、弱いものへの攻撃や追及をためらうものだ。たとえば哀《あわ》れな老女。つばを飛ばし、涙を浮かべ、その長い人生の不遇を語る年寄り。

そんな相手に厳しく接することのできる者は、もう人ではない、のだが……

「人は、変われます」

「……え？」

「人は、変わることができますよ。俺の師匠も、人はやり直せないと言っていましたが、あれから何年も経って、やっぱり俺は、人は変われるしやり直せるものだと、そういう結論に至りました」

「……」

「実際に、俺は変われた。この世界に転生した時よりも、師匠たちの修行によって、変わったのです。ようするに――」

男が右手を差し出す。

そこには、いつのまにかすめとったのか、スザンナが全身にしこんでいた、毒針が、山のように、積まれていて――

「――死ぬような経験が、人を変えます」

スザンナは、呼吸ができなくなった。

毒針を刺されたわけではない。

目の前の男の、あまりに人と違う雰囲気に、呼吸が止まった。

……厳しいとか、優しいとか。追及とか、攻撃とか。哀れな老女という仮面は、そういうものに対し、無敵だ。

でも。哀れな老女という仮面で、助長されてしまうものがある。

――善意。くもりのない善意こそ、スザンナがもっとも苦手とする天敵だった。

男は善意に満ちた笑みを浮かべる。

「あなたの人生を、俺が変えて差し上げますよ」

「む、無理だよ……あたしは、も、もう、若く、ない……」

「なにを言っているんですか。人が変わるのに、年齢は関係ありませんよ。変わるのは、たしかに、怖いことです」

何気ない動作で男は、スザンナの目のあたりに、指をおいた。

まぶたを上下からはさみこむように、人差し指と中指を、置いている。

その状態で男は、笑う。

「でも、人生を『切り拓《ひら》く』のは、いつだって、自分の意思一つです」

男の指が、わずかに開かれる。

無理矢理に、まぶたが上下に引き延ばされる。ミリミリと、目尻《めじり》あたりから、してはいけない音がした。肌が、引き裂かれるような。そんな音が。

「それとも、障害を排除して『突き進む』と表現した方が、いいでしょうか」

男の中指が、まぶたから離される。

そして、スザンナの眼球に、ぴたりと狙《ねら》いを定めた。

……わずかにでも前に『突き進め』ば、その指が目を突くことは、想像にかたくない。

「どちらがいいでしょうか。でも、どちらにせよ、痛みを伴うとは、思います。だから、俺は人に変わっていただく前にセーブをお願いしているのですよ。どうでしょう？　試しに『突き進んで』みる前に、セーブなど、おすすめしますが」

「ひっ、い、いや、いやだ……こんな、哀れな、老婆に……」

「ご自分を哀れだとおっしゃるのであれば、是非、変わってみましょうよ。そうすれば新しい景色が見えるかもしれませんし——見えないかも、しれませんね」

にこり、と男は笑った。

その顔に残虐なところはいっさいなく、その瞳に悪意のくもりは、まったくない。

もう、スザンナの目には、この男が、人として映らなかった。

「セーブする！　……セーブ、する！」

「結構。では、人生の矯正《きょうせい》を始めましょうか」

男が半歩離れる。

そして、無骨な、ナイフのようでもあり、なにか大きな剣が折れた根元でもあるようなものを、大きく振りかぶった。

スザンナはガタガタと震えた。

――刃の輝き。

そして、そこに映り込む、芝居ではない、本当に哀れな老婆を、目撃した。

○

「聖剣見せたら本当にじいちゃんが元気になったッス！」

コリーは生家である工房から、『銀の狐亭』に走ってきていた。

祖父の容態《ようだい》をアレクに説明するためだ。

まだまだ時間は深夜から早朝のあいだという感じだったが――アレクはいつものように、食堂のカウンター内部にいた。

豆を、炒《い》っている。

修行の第一段階で使うもので、今宿にいるメンバーは、みんなご無沙汰《ぶさた》だろう。

……また新しい犠牲者の気配でも感じたのかもしれない。

新しく来る人の冥福《めいふく》を祈りつつ、コリーはカウンター越しにアレクへつめよった。

「あ、それで、聖剣をお返ししようと、来たんスよ！」

「そうですか。とりあえず、おめでとうございます」

「ありがとうッス！」

「興奮していらっしゃるのはわかるのですが、しかし、今は眠っているお客様もいらっしゃいますので、少し声をおさえていただけるとありがたいのですが」

「…………あ、申し訳ないッス」

垂れた耳をますます垂れさせる。

アレクは笑って、調理の手を止めた。

「……あらためまして。おじいさんの件、おめでとうございます」

「ありがとうッス！」

「お静かに」

「……申し訳ないッス。……あ、でも、ほんとに、嘘みたいに元気になったッスよ」

「それはよかった」

「病気を治療したっていうか、毒を解毒したって感じに見えるんスけど……アレクさんが持ってきてくれた薬って、本当にただの治療薬なんスか？」

「考えてみてください」

「答えを言ってほしいんスけど……」

「『おじいさんが毒を盛られました』と『おじいさんが病気になりました』だと、どちらの方が深刻そうに聞こえますか？」

「……そりゃあ、毒の方がいくぶんか深刻そうッスけど……」

「そういうことですよ」

「……つまり、毒だったんスか？」

「さて。ところで和解はされたので？」

「それがッスね！」

「声」

「……それがッスね。じいちゃん、アタシが昔打った剣を、実は鋳つぶしてなかったみたいなんスよ」

「へえ？」

「……なんか、大事にしまってたらしいッス」

「なるほど。たとえば価値があるものと同じように、金庫などに、でしょうかね」

「そうッスね。いやあ、そのせいで泥棒に入られて、アタシの剣を盗まれそうになったところで、意識が薄れたみたいで……」

「なるほど」

「ずっとうわごとで『孫の剣』『孫の剣』って言ってたみたいッスよ。いやあ、素直じゃないジジイッスねえ。そんなにアタシの剣、気に入ってたなら素直に言えばいいのに！」

「声は、おさえめで」

「……すいませんッス。……じいちゃんはね、アタシが才能におぼれてつぶれるのが、怖かったらしいんスよ」

「……」

「若い時にすごい賞をもらった職人には、けっこうそういうの、あるらしいッスね。……だから『鋳つぶした』なんて嘘つくことなかったのに。どんだけ不器用なんだっつーのあのジジイ」

「どうでしょう、あなたは、ご自分のことを、どう思うでしょうか？　才能におぼれてつぶれるタイプだと思いますか？　それとも、おじいさんのなさったことはまったくの無駄だと思いますか？」

「じいちゃんの心配は、正しかったと思うッス。アタシ、自分の才能に自信を持ってた方ッスからね。認められて、やったって思って……」

「……」

「剣を鋳つぶされて……本当は鋳つぶされてなかったけど、そう思って出ていったのが『才能におぼれるタイプ』の証明みたいなもんッスよね」

「と、おっしゃいますと？」

「自分を認めないあのジジイはおかしい。だから、なんとしても納得させてやる——アタシの才能なら、工房を飛び出してもそれができるはずだ、って。そういうことッスもんね」

「……なるほど」

「実際は偶然ダヴィッドの工房が見つかったからよかったものの、どこで剣を打つ気だったんだよって感じッスもん……いやほんと、夢中になると色々気にするべきところを失念するのがアタシの悪い癖ッス」

「優れた職人は、みなさん、そういう『夢中になる才能』をお持ちかと思いますけれどね」

「……優れた職人なんて……まだまだッスよ。アタシも」

「聖剣を打ったのに？」

「他の職人に、腕で負けてるつもりはないッス。……でも、この世には、まだまだ発見するべき技術も、知るべき技術も、山ほどあるッスから。……聖剣を打ったことで自分の中の基準が上がったっていうか……とにかく、まだまだッス。死ぬまで勉強ッス」

「……なるほど。とても感銘を受ける考え方ですね」

「いやあ、アレクさんはもう限界いっぱいだと思うッスけど……」

「まだたどりつけない目標が、ありますから。まあ、あなたは俺の目標と接触しているっぽいですけれどね」

「どういう意味ッスか？」

「あなたは冒険のどこかで俺の母に会っています。そして、その人から聖剣のことを聞いた可能性が高いかと。……けっきょく、明確にはできませんでしたが」

　アレクは笑う。

　普段とどこか違う笑顔だと、コリーには思えた。

　さびしそうな、遠くを見るような、鋼よりなお強い、人を逸脱してあまりある、彼らしくない、弱い笑顔——でも、そう感じられたのは一瞬だ。アレクはいつもの、強い笑顔に戻る。

「冒険者は、もうしないので？」

「そうッスね。まあ、じいちゃんと和解もしたことだし、これからは本業に戻るッス。さっそく今日から工房で下働きッス……なぜ今さら下働き……あのジジイ……」

「では、この宿もチェックアウトになりますね」

「……たまに風呂に入ったり飯食ったりしに来るッスよ。みんなにも会いに来るッス」

「ええ、いつでも、歓迎しますよ。ああ、それと」

　アレクがカウンターの下をさぐる。

　そして、なにかをコリーに差し出した。

「これを、どうぞ」

「お、噂の『狐面』ッスね？」

「噂になっているのですか？」

「ロレッタさんがもらってて、ホーさんがまだのやつッスよね。ホーさんが『なんであたしにはくれねーんだ』って愚痴《ぐち》ってたッスよ」

「まあ、別にあげてもいいんですけど、ホーはまだ目標を達成していませんので。今あげてしまうと身内びいきみたいに思われるかなあって」

「……アレクさんも、そんな人らしいことを気にするんスね」

「いや、俺の杞憂《きゆう》や懸念《けねん》は極めて健全に人らしいですよ」

「その冗談もしばらくは聞けなくなるッスね」

「冗談……？」

「……あっ、そうそう。忘れないうちに、聖剣をお返しするッス」

コリーが背中のあたりに背負っていた剣を、カウンターに置いた。

彼女が作った青く透き通った刀身を持つ聖剣だ。

鞘《さや》に収まり、柄《つか》には滑り止めの布が巻かれている。

「鞘作製と柄加工もアタシがしたッス。……あ、旧聖剣はお返ししたッスよね？」

「そちらは返却されましたね。刃が伸びるので、高いところの枝を切る時など、非常に重宝《ちょうほう》していますよ」

「……………あの、そんな使い方をされたくはないんスけど」

「しかし俺の仕事は、レプリカの方の剣でことたりますからねえ」

「……ま、いいッスけど。どんな風に使われるかは、持ち手次第ッスからね。打ち手はただ、いいと思った人に、子供も同然の刀剣をとどけるだけッスよ。子供も同然ッスからね。そこんとこよく覚えててほしいッス」

「はい。しかし、新聖剣の方は、俺が受け取ってもいいものなのですか？」

「どういう意味ッスか？」

「あなたがいちから作ったものだ。旧聖剣は俺の持ち物を修理したから、俺に返ってくるのはわかるのですが、新聖剣を受け取ってしまっていいものかどうか」

「アタシが、アレクさんが持ち手としてふさわしいと判断したんス。だから、アレクさんが持つのが正しいッス」

「……そうですか。では、相応の代金をお支払いしないとですね」

「いやあ、別にいいッスけど。すげえ手伝ってもらったッスし、じいちゃんの病気だって治療してもらったッスからね……」

「そうはいきません。仕事には対価が必要です。あとで工房にとどけさせますので」

「……とどけさせるって、どんだけ払うつもりッスか」

「設備投資費ぐらいにはなりますよ。また利用させていただくとも思いますしね」

「……なるほど。先行投資ってやつッスね？　アレクさんもなかなか商売をわかっていらっしゃるんスね」

「まあ、縁はできただけでは意味がありませんからね。たとえお姫様を助けても、こまめに会話をしたり、人材を派遣したりしないと、それは縁になりません。いわゆる好感度システムというやつですね」

「途中までうなずいてたんスけど、最後で意味不明ッス」

「人の輪はそうして広がり、この世は少しずつ、よくなるのですよ」

「……なんか壮大ッスね」

「俺が生涯かけて達成するべき目標です」

「…………っと、そろそろ帰らないと。じいちゃんに怒られるかな。……じゃあアレクさん、悪いッスけど、アタシはこれで。宿泊代金は昨日お支払いしたので足りるッスよね？」

「はい。お気をつけて」

「けっしてまた会話がわけわからない方向に転がりそうで疲れそうだから、逃げるわけじゃないッスよ。本当に仕事があるんスよ」

「別に疑ってはいませんが」

「というわけで、また！」

コリーが慌ただしく去っていく。

それを見つめて、アレクは息をついた。

卒業生が、また一人。……きっと、どれだけレベルやステータスを上げても、この胸を打つような、寂しさと嬉しさが入り交じった気持ちには、耐性がつかないだろう。

そう思いながら、アレクは仕事に戻った。

また新しく来る、今は名前も知らない誰かのために。

金銭目的でダンジョンを探索していたオッタは、
狙っていた宝をある男性に先取りされてしまった。
それが縁で知り合った男性、アレクに、オッタは『金が必要な事情』を話すことになる。

「オッタは、奴隷出身。仲間を、助けたい。そのために、金がいる」

剣闘という違法な興行で、常に命の危険にさらされている仲間を助けたい。
この想いを汲んだアレクは、オッタの代わりにとりあえず奴隷を買ってくれるという。
早くも目標は達成された。オッタは彼のもとで修行をしつつ、
立て替えてもらうことになる奴隷の代金を返すことになったが、
とりあえず剣闘という世界から仲間を救うことはできる。
そう思っていたオッタを待ち受けていたのは、想像だにしない、残酷な真実だった。

八章

オッタの『奴隷』購入

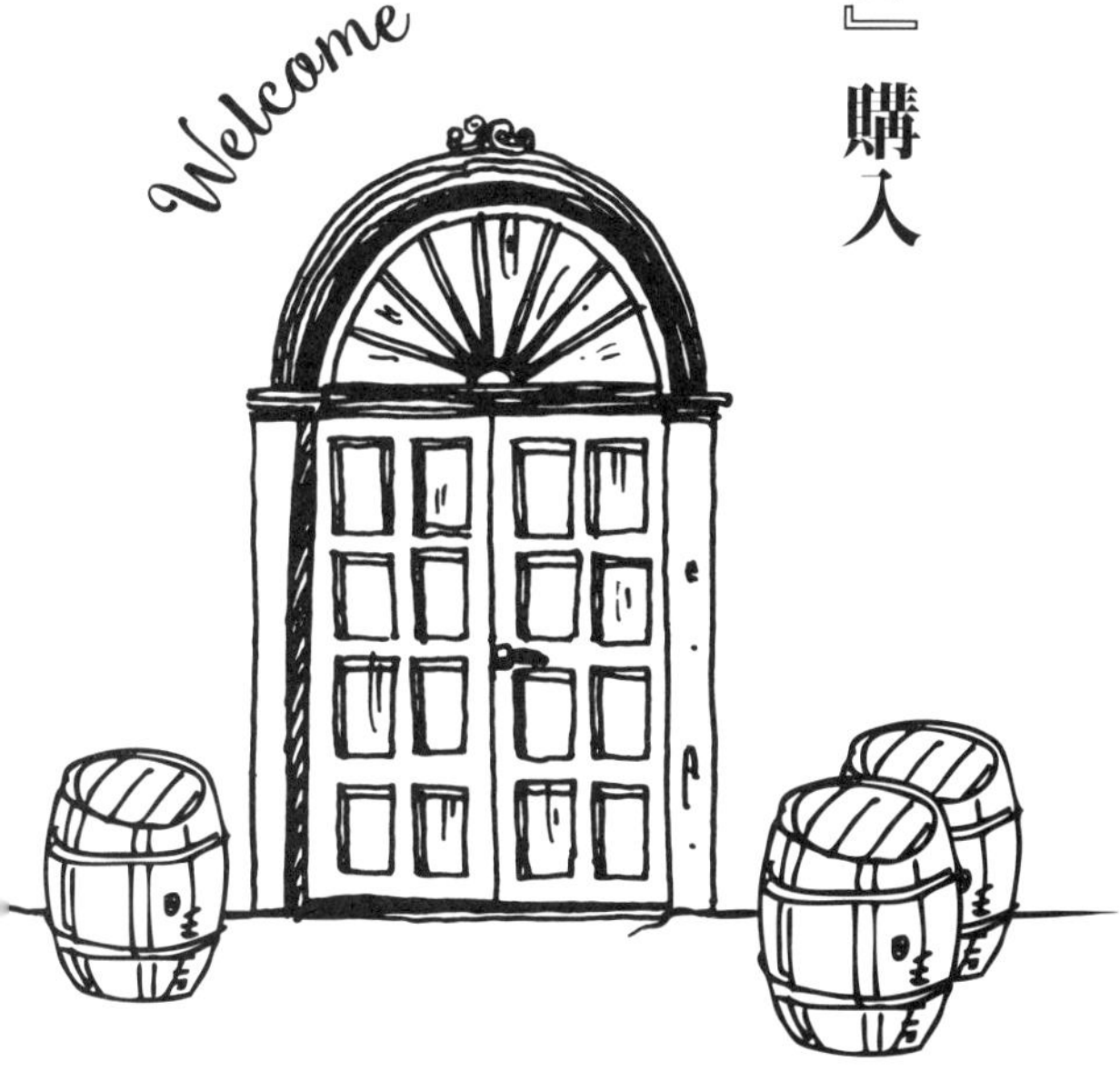

オッタが彼と出会ったのは、もうだいぶ前のことになる。

とあるダンジョンの最上階で、金銭目的で戦いを挑むことになったのだ。

一攫千金《いっかくせんきん》なんていうのは誰でも夢見るおとぎ話で、ようするにオッタもそういうものに憧《あこが》れた少年少女の一人だった。

ダンジョンに挑む。

草原地帯に突き立った金属製の塔。数々の悪辣《あくらつ》なトラップが冒険者の行く手を遮《さえぎ》る、その名も『拒絶の塔』――レベルは八十。

自殺志願者御用達《ごようたし》とも言われるそのダンジョンに、オッタは満を持《じ》して突入した。

ダンジョンマスターの部屋にあると言われる『カグヤの予言書』を得るためだ。

五百年前の英雄、アレクサンダーとともに旅をしたと言われる獣人カグヤの記した書――そこには、今後起こること、かつて起こったことのすべてが記されているという。

もちろん、予言なんてあるわけがないとオッタは思っている。

しかし、伝説の勇者パーティーにいたメンバーのしたためた書物だ。好事家《こうずか》には大金で売れるだろう。

オッタには金が必要だった。……それも、途方もない額が。

普通に生きていたら望みようもないほどの大金――それを求めて、彼女はダンジョン内部を進んでいく。

トラップを避けつつ進む。階段はもう何段のぼったか知れない。

外観もそうだったが、内装も、全面、銀色の金属でできていた。

ピカピカと光る内壁は、整備や清掃をしている人がいるはずもないのに濡れたように輝く。

あたりには自分の姿があちこちに映っていた。

青い毛並みの猫獣人。とがった耳と、細長い尻尾には、自信があった。

無論、見た目の美しさにではない。その危機察知機能、第六感とも言える鋭敏な感覚に、オッタは大きな信頼を置いている。

装備は探索用の、肌にぴったりとはりついた、衣擦《きぬず》れ音の出にくいもの。

腰には太いベルトを巻いている。そこに道具を入れるポーチや、回収したお宝を詰める袋、それから短剣を装備していた。

武器があるとはいえ、オッタは冒険者を始めてから今まで、戦闘を可能な限り避けてきた。

戦闘をするには、それなりの装備がいる。そして、怪我《けが》もしやすい。お金稼《かせ》ぎには探索がいいと、数々の失敗で学んでいたのだ。

学ぶことは大事だと、オッタは思う。

ここ、『拒絶の塔』のことも、少ない情報しかなかったが、事前に学んでいた。

モンスターはほとんど出ない。ダンジョンレベル八十とは、トラップの多さ、殺意の高さからついたものだ――だから、引っかからなければいい話なのである。

腕力はないけれど、身のこなしには自信がある。

頭を使うのは苦手だけれど、尻尾や耳が、危険に反応してくれる。

だからこそ、誰も挑まない自殺者御用達のダンジョンに挑むことができて、この『拒絶の塔』の最上階に、この世の誰より早くたどり着くことができる。

――そんな風に思っていたのに。

「おや、王都の冒険者でここまでたどり着かれるとは、珍しいですね」

先客が、いた。

予想外の事態に、オッタは戸惑《とまど》う。

相手は、年齢不詳の男性だ。まずは無気味な意匠《いしょう》の仮面が目を惹《ひ》く。次いで目を奪われるのは、銀色の毛皮のマントだろうか。

腰の後ろに、柄《つか》が見える。剣を装備しているのかもしれない。

男性はなにかを持っていた。

それはかなり分厚い、古い本だ。きちんと装丁《そうてい》され、街で見る書物のようになっている。

古そうだが、ページが朽《く》ちている様子もない。

分厚く硬そうな表紙――オッタは、そこにある本のタイトルに気付いてしまった。

『カグヤの書』。

それこそオッタが目指していた、唯一無二《ゆいいつむに》の宝だった。

男性は、微笑んで、言った。

「おや、あなたも『コレ』が目的で？」

「……そうだ。オッタは、その本が必要だ」

「しかし、ひと足先に俺が獲得してしまいましたからねえ。冒険者をしていると、狙《ねら》った財宝を誰かに先取りされるというのは、よくあることです。冒険者のならいに従い、あきらめてください……と、いうのも少々酷な話か。少なくとも、納得はできないでしょう」

男性はなにかに納得したようにうなずく。

そして、おもむろに、大事そうに、『カグヤの書』を足元に置いた。

捨てたわけではないだろう。男性の意図がまったく読めずに、オッタは首をかしげる。

「オマエ、なにがしたい？」

「納得というものは大事だと、俺は考えています。まあ、冒険者のならいで言えば、先に『カグヤの書』を獲得した俺に、所有権はあるのでしょう。けれど、そもそも、今の俺の職業は冒険者ではありません。——そこで、あなたにチャンスを差し上げましょう」

「……つまり？」

オッタがたずねる。

すると、男性が一歩前に出た。

それは、床に置いた『カグヤの書』を背にかばうような位置変更だ。

「『カグヤの書』は俺の後ろにありますね。どのような手段でもいいので、俺の横か、上か、あるいは下か、とにかく、俺をすり抜けて、背後に回ってみてください。そうしたら、あなたに『カグヤの書』を差し上げましょう」

「……」

「まあ、俺も『カグヤの書』が必要なので、手加減はあまりできません。しかし、どのような結果に終わったとしても、挑戦さえできずに目の前で目的の宝を奪い去られるより、納得できるかと思いますよ」

「……オッタは、速い」

「そのようですね。俺から見て、なるべくあなたに勝ち目のある勝負を選んだつもりです。何度挑戦していただいてもかまいません。ただし、挑戦前にお願いが――」

男性がなにかを言おうとした。

しかし、オッタは言葉を待たずに動き出す。

先手必勝。

男性の意図はさっぱりわからない。でも、またとないチャンスなのはたしかだ。この好機を逃してはならないと、オッタの直観は告げていた。――だからこその全速力。

戦闘能力は高くないオッタだが、足の速さと身のこなしには自信があった。

本気で走り出すオッタの体は、停止状態からすぐさま最高速に到達する。

隙《すき》を突いたこともあり、常人では反応さえ不可能な加速――けれど。

「――お願いがあるのですが」

男性は、脇を通り抜けようとするオッタを、片手で止めた。

ただ肩を押さえられただけなのに、全身が動かない。……すさまじい力なのもそうだが、耳のてっぺんから足の先にいたるまで、見えない針で縫い付けられたように、動いてくれない。

男性は、オッタをおさえていない方の手をかざす。

すると、手のひらの向いている方に、謎の物体が現れた。

人間の頭と同じぐらいの大きさの、球体だ。

ほのかに発光し、ふよふよと宙に浮いている。

不可思議な物体――それを、男性はこのように紹介した。

「これは、『セーブポイント』です。ここに向かって『セーブする』と発言してください」

「……」

「していただけないのならまあ、それはそれで、やりようがあるのですが……俺としては強くおすすめしますよ。だって、セーブしないと、死ぬかもしれませんからね」

オッタは、つかまれている肩が軋《きし》む音を聞いた。――握りつぶすぐらいの力は、ある。

みしり。

この男は、強い。そしてこれから始まるのは、相手を倒さなくても勝てるとはいえ、戦いに違いないのだ。

オッタは、敵対した男性を見る。

それから自分の尻尾を見た。

危機を感知し、ふくらむ、優れた感覚器官。何度も命を救った、信頼できる自分の肉体――

なのに、確実にこちらを殺せる男性を目の前にして、尻尾はなんの反応も見せていなかった。

男性は、敵意のない表情で微笑む。

「このまま、俺の提案したゲームを続けるのでしたら、セーブを」

労《いたわ》るように優しい声音で言った。

その宣言になんの意味があるのか、オッタにはわからない。

ただ、した方がいい、と――直観が告げていた。

「……わかった。『セーブする』」

「結構。それでは始めますか」

オッタは直観する。

この人は、危険人物ではない。オッタを殺そうとしてはいない。むしろ、敵対しているつもりでさえ、ない。ただ――誤って殺してしまうのを恐れているだけだ、と。

思想を直観し実力差を理解し、それでも。

「『カグヤの書』はもらう」

「いい意気です。では、始めましょうか」

オッタは、勝ち目のないとわかる戦いへ、挑んだ。

○

骨が軋む。

全身に妙なうずきを覚えて、オッタは目を覚ました。

周囲を見回す。ここは——知らない場所だ。

板が打ち付けられた室内。

自分が寝ていた場所はどうやらベッドのようだ。

他に家具は化粧台だけという、どこか殺風景で、なんとなく異様な部屋。

部屋には小窓があり、入り口は一つきり。

手足を見る。拘束されていたりは——しない。

体の芯《しん》に残る痛痒《つうよう》。しかし傷はなく、ケガも見当たらない。

「おや、お目覚めですか」

男性の声。

オッタはベッドから飛び退《の》き、部屋の隅に背中をぴったりつける。

服装は記憶にある自分の服だ。

しかし、反射的に手を伸ばした場所に、武器は、なかった。

警戒を露《あらわ》にした視線で、声の主《ぬし》を見る。

それは年齢不詳な男性だ。

……過去と現在が、頭の中でつながる。

そうだ、ダンジョンの最上階で、この男性から『カグヤの書』を奪おうとした。

それで——手も足も、出ず、気を失った自分を、この男性がダンジョンから連れ帰ってくれたのだろうと、オッタは思った。

状況を理解して、オッタは警戒を解く。

「オマエが、オッタを助けたのか」

「助けたというか……まあ、そうですね。途中で気を失ってしまわれたので、俺がここまで運ばせていただきました」

「ここは？」

「俺の経営している『銀の狐亭《きつねてい》』という宿屋ですよ。この部屋は、客室です」

そう言われて、男性の服装を見る。

ダンジョン内部で身につけていた、銀の毛皮のマントと、仮面は装備していない。

代わりに厚手のシャツにエプロンという、商店の主人みたいな格好だ。

武装もしていないのだろう。

……そうだ、こうして向かい合っていても、なんら危険を感じない。

まったく強そうに見えない。

足音どころか、扉の開閉音すらなく部屋に入ったのに。声をかけるまで、気配をまったく悟らせなかったのに——男性に対して、オッタの感覚器官はまったく反応してくれない。

耳も、尻尾も、平静をたもっている。

「……オッタは負けた」

「そうですねえ。まあ、そもそも勝負だったかというと、俺の方はそんなつもりはなかったのですが……」

「なんで、オッタを助けた？　放っておけばよかったのに」

「まあ、俺の提案したゲームが原因での気絶のようですし。あと、レベル八十のダンジョンから帰るのは、なかなか手間ですからね。トラップの多いダンジョンは特に、帰り道が憂鬱《ゆううつ》でしょう？　あなたの狙っていたお宝は、俺が先にもらってしまったわけですし、この程度のサービスはね」

「……『カグヤの書』」

「まあ、抵抗はしましたが、事情によっては、『カグヤの書』を譲ってもいいですよ。俺は中身の閲覧《えつらん》が目的なので、それさえ済んだら用済みですからね」

「……事情」

「ちなみに、『過去と未来のすべてを記した予言』が目的だったのならば、残念ながら、『カグヤの書』はそういうたぐいのものではありませんでしたね。ただの日記帳でした」

「……」

「だからタイトルが『予言書』ではなく『カグヤの書』だったんでしょうね。『予言』のあたりは伝説に尾ひれがついた結果でしょう。まあ、事実は当たらずとも遠からずという感じでしたが」

「？」

「……いえ。とにかく、内容に興味があるのでしたら、あとで貸し出しますよ。それ以外が目的であれば、その都度《つど》判断しますが」

「オッタは、金がほしい」

　隠しても仕方ない。オッタは素直に目的を告げることにした。

　男性は苦笑し、頬を掻《か》いた。

「これはまた、ストレートな」

「……ほしいものがある」

「なんでしょう」

「奴隷。七人」

「……なんでまた、そんな数を。どこか大店《おおだな》の経営者で、従業員がほしい――というようにも見えませんが」

「オッタは、奴隷出身。仲間を、助けたい。そのために、金がいる」

「……なるほど。しかし、ご自分を買い戻したならばおわかりかとは思いますが……奴隷は一人購入あるいは解放するだけでも、結構な金額ですよ。俺の感覚だと、わりといい自動車ぐらいの買い物です」

「……？」

「……失礼、俺の世界の言葉です。とにかく安い買い物ではない。『カグヤの書』一冊で何人購入できるかはその奴隷たちの値段によりますが、七人全員ぶんの金額はまかなえないかと」

「……とりあえず、早く、少しでも、全員でなくても、買わなければいけない。いつまでも剣闘なんかに、みんなをかかわらせておくわけにはいかないから」

「剣闘？」

男性が首をかしげる。

オッタは、うなずいた。

「剣闘。武器を持って、奴隷同士とか、奴隷とモンスターとかを戦わせて、それを観客が見る興行《こうぎょう》のこと。オッタは解放前、剣闘奴隷だった」

「剣闘奴隷ですか。剣闘という興行は法律で禁じられていますね。死者が出やすいので……まあ武器なしで殴《なぐ》り合う競技はありますけれど。奴隷を無理矢理戦わせるというのは、存在しませんねえ」

「オッタは、バルトロメオっていう、闇商人のところにいた。バルトロメオは、剣闘大会に使うための奴隷を育てて興行に出すことで金を稼いでる」

「……剣闘大会、ねえ……そんな催《もよお》し、気付かないわけがないのに、気付けなかった。……隠《いん》蔽《ぺい》方法があいつと近いのかな」

「？」

「いえ。あなたの事情に興味が出てきました。俺の追っているものに近付けるかも。ということでどうでしょう、提案があるのですが」

「なんだ？」

「その奴隷七人、俺が購入しましょう」

「……？」

「そのバルトロメオさんのところにいる限り、あなたの大事なお知り合いたちは、剣闘大会に出され、命を落とすかもしれない毎日を過ごすのでしょう？　ですから、俺が、あなたの助けたい奴隷を全員買います。まあ、出会ったばかりで信用しろというのも無理な話かもしれませんが、少なくとも剣闘奴隷よりはマシな扱いを約束させていただきますよ」

「………………」

「あなたは、ゆっくりお金を稼いで、俺のもとから、奴隷たちを購入ないし解放すればいい」

「……でも、オッタじゃ、奴隷七人ぶんなんて、稼げるかどうか」

「なるほど。では、修行をつけましょう。ダンジョン制覇をできるぐらいの実力がつけば、稼げる金額が上がる」

「そうなのか」

「はい。助けたい奴隷の安全は保障されるし、あなたも安定した金策手段を手に入れることができるし、悪い話ではないと思うのですが」

「わかった」

「……やけにすんなり応じますね。もっと説得が必要かと思っていたのですが」

「？」

「あんまりにも得な話を持ち掛けられたら普通、警戒しませんか？　嘘なんじゃないかって」

「嘘なのか？」

「いいえ、本当ですけど」

「……よくわからない。オッタは、オマエは危なくないと思う。オマエと話してても、尻尾がふくらまない。きっと、オマエはオッタに悪いことはしない。そう感じる」

「直観、ですか。……冒険者の中には験《げん》や感覚を知識、常識よりも優先する人は珍しくありませんが……あなたは特別、ご自身の直観を信じているのですね」

「オッタは何度も尻尾がふくらむのに助けられた。オッタの尻尾は優秀。何度も助けられた。オマエと話してても、尻尾はふくらまない。バルトロメオと話してると、よくふくらんだ」

「バルトロメオさんは、あなたにとって危険な方なので？」

「……バルトロメオは危ない。修行の時も、興行に出るのを嫌がった時も、鞭《むち》で叩いた。みんなのためってアイツは言ったけど、オッタには嘘だってわかる」

「……なるほど。なんとなく、バルトロメオさんのひととなりが想像できますねぇ」

「オマエは危なくないと、オッタの尻尾が言ってる。だから、オッタはオマエを信じる」

「わかりました。では、俺が奴隷を買って、あなたは俺の修行を受け、強くなって、お金を稼ぐ。これでいきましょう」

「わかった」

「早速行きますか」

男性がきびすを返す。

オッタは首をかしげた。

「もう金はあるのか？」

「手付け金ぐらいなら。今日の今日、全額支払うという展開にはならないと思いますよ。金額の大きい売買契約は、総じて時間がかかるものです」

「……それは、オッタにも、わかるぞ。オッタも、自分を買う時に時間かかった」

「そういえば、ご自身を買われた時のお金は、どのように稼がれたので？　剣闘ですか？」

「オッタは弱かったから、稼げなかった。だから、みんなで稼いだお金で……オッタは解放できる中で一番年下だったし」

「まあ、奴隷解放は色々決まりがあって面倒くさいですからね。大きな障害は、ほぼ三つでしょうか。『自分を買い戻す資金があること』『犯罪歴がないこと』『成人していること』」

「……子供の方が、早く自由になるべきだと、オッタは思う」

「あなたはどうにも、前時代的な奴隷制度の中で生きてきたようですねえ。最近の奴隷契約はむしろ、主人の側《がわ》を縛《しば》るためのものなのに」

「……？」

「身寄りがない子供に、仕事と住居、食事を与える保護制度が、現在の奴隷制度です。なので途中で放り出されないように『成人まで解放されない』という決まりがあるんですよ」

「……よくわからない」

「あなたにとって『奴隷』とは？」

「……戦わないと、鞭で叩かれる。修行しないと、鞭で叩かれる。戦っても、実力が足りないと死ぬ。実力をつけるための修行でも死ぬ。……でもみんな、主《あるじ》しか知らないから、主のために、命懸《いのちが》けでがんばる。オッタはそれが、なんか怖かった」

「古い時代そのままの奴隷ですねえ。……早く解放しなければ」

「？」

「こちらの話です。では、行きますか。俺はバルトロメオさんの居場所を知らないので、案内をお願いしますよ」

「わかった。でも、一ついいか」

「なんなりと」

「オッタは、オマエの名前を知らない」

そう言われて男性は、初めて、まだ名乗っていないことに気付いたようだった。

苦笑を浮かべつつ――

「これは申し訳ありません。俺の名前はアレクサンダーです。アレクでもアレックスでも、お好きなようにお呼びください」

五百年前の勇者――予言書の書き手たるカグヤとも縁の深い人物と、同じ名前を名乗った。

○

オッタがやってきたのは、王都中央部だった。

バルトロメオの隠れ家はこのあたりにある。

オッタは周囲を見回す。

建っている家々は四階建て以上の高層物件ばかりだ。

八角錐《すい》の屋根を持つ、赤や焦《こ》げ茶《ちゃ》色のレンガで作られた家屋は、いかにも高級そうだった。

家々は王城と壕《ほり》を中心として、周囲を取り囲むように並んでいる。そのせいで建つ家屋自体が、城を守る城壁めいて見えた。

様々な色の石が並べられた、モザイク調の石畳を踏みながら、歩いていく。

オッタの横には、アレクもいた。

彼は特に荷物を持っていない。

エプロンを脱いだだけという、宿で働く格好のままだ。これから奴隷七人という買い物をするのに、お金を持っている様子もなかった。

オッタは妙に注目されている気がして、周囲を見る。

すると、いい身なりをした通行人が、オッタをうかがうようにチラチラ見ていた。

……人間ばかりだ。

人間の王都だけあって、王城付近はそれなりの身分の人間が多い。

だからたぶん、いかにも冒険者という風体《ふうてい》の猫獣人は目立つのだろう。

オッタは隣を歩くアレクに、言った。

「……このあたりは、苦手」

「そのようですね。悪目立ちなさっているご様子で」

「なんで、アレクは平気？」

「俺はみなさんに知覚されないように歩いているので」

「……？」

「見えていても、見えていないかのように扱われるように、歩いています。最初から俺を認識しているあなたには普通に見えるでしょうけれど」

「すごい」

「あなたもいずれできるようになりますよ」

「がんばる」

「ええ、がんばってください。……ところで、バルトロメオさんの根城はどの建物で？」

「もうすぐ見える。ちょっと入り組んだところ」

「なるほど」

「……もうすぐエンに会える」

「エン？　人名ですか？」

「そう。エンは、オッタより年上の剣闘奴隷。すごく強い。オッタが解放されるための金も、だいたいエンが稼いだ。すごい数の大会に出て、すごい数優勝してる。たぶん百ぐらい」

「そうなのですか。剣闘というものの平均レベルは知りませんが……聞くだに『いつ死ぬかもわからない』催しですからね。百もの大会に出られるという時点で、そもそもすごいことだ」

「エンはすごい」

「しかし、気になることをおっしゃっていましたね」

「エンのことか。おっぱいは大きいぞ」

「……俺は、そんなことに興味があるように見えましたか」

「だいたいみんなそこばっかり見てる。オッタも好きだぞ、エンのおっぱい」

「……まあ、その話はどうでもいいとして、エンさんは百ぐらい大会に出てるんですよね？　そして優勝をしている」

「そう。あ、でも、百は言い過ぎかもしれない……えっと、でも、五十は出てる」

「五十以上はだいたい全部誤差ですからね。なににせよ、おかしい。剣闘大会というのは、五十以上も優勝して、それでやっと奴隷一人解放できる程度の儲《もう》けにしかならないのですか？」

「奴隷は高い」

「それはそうなんですが……少し、イメージと違うというか。思うほど大規模な催しではないのでしょうかね」

「……？」

「いえ。確認すれば済む話ですから、お気になさらず。……ところで、バルトロメオさんの根城はまだでしょうか？」

「見えた。あれ」

　オッタが指差す先には、周囲にある建造物となんら変わらない、八角錐の屋根の、レンガ造りの家があった。

三階建てで、細長い印象を受ける。だが、実際はそう狭くないことを、内部で生活していたこともあるオッタは知っていた。

アレクは首をかしげ、オッタに問いかけた。

「バルトロメオさんは、自分の事務所と奴隷の訓練場を分けていらっしゃったので?」

「……?」

「奴隷とは一緒にいないことが多かったのですか?」

「言葉の意味はわかる。でも、なんで聞かれたのかわからない。バルトロメオは、いつも、奴隷のそばにいた。訓練をサボったり、成果が出なかったりしたら、鞭で叩いた」

「……『飴《あめ》と鞭』とは言いますが、本当に鞭で叩いていたんですねえ。今そんなことしたとばれたら、憲兵《けんぺい》に指導を受けますよ」

「そうなのか?」

「あくまでも指導ですけれどね。現在、奴隷関係の扱いは五十年ほど前とかなり変わってきているようですよ。『個人の財産』ではなく『公共の財産』というのが、今の風潮でしょうか」

「つまり?」

「……ええと、まあ、とにかく、奴隷を大事にしないと世間が黙っていないということです」

「みんな奴隷に優しいのか」

「優しい……うーん……個人の主義ではなく、法律というか、社会の風潮というか」

「……………」

「……あなたと話していると、娘が今より幼かったころを思い出します」

「なぜ？」

「なぜと言われると答えにくいのですが。……ああ、ちなみに確認ですけど、オッタさんは成人していらっしゃいますよね？」

「してる。奴隷解放の条件は『自分を買い戻す資金を支払うこと』『犯罪歴がないこと』『成人していること』だから。オッタより子供もいたけど、色々あって、エンがオッタを解放するのがいいって……みんなでためたお金を」

「なるほど。まあ、剣闘を行っていたのはグレーって感じですけれど……『犯罪歴』はほとんどの場合が『逮捕歴』ですからね。ばれなきゃ犯罪じゃないのはどの世界も同じだ」

「オッタは悪いことをしていた？」

「いえ……まあ、あとで奴隷時代の犯罪が発覚すると、市民権を剝奪《はくだつ》される場合もありますが……そういう打算もあったのでしょうね」

「……誰に？」

「バルトロメオさんに、ですよ。あなたがたとえば彼を告発したとすると、あなたが剣闘をやっていたこともばれてしまう。拒否権はなかったでしょうから情状酌量《じょうじょうしゃくりょう》の余地はあるでしょうが、犯罪は犯罪だ。あなたの市民権は剝奪されるでしょう。つまり、あなたの自由を人質にバルトロメオさんはご自身の無事を担保《たんぽ》されていると、そういうことですね」

「……アレクの話は難しい」

「まあ、この話は俺が把握していればいいでしょう。……ところで、バルトロメオさんは奴隷と一緒にいることが多かったんですよね？」

「そう」

「だったら妙だな。……バルトロメオさんの根城と思《おぼ》しき場所に、人の気配が一つしかない」

「……バルトロメオしか、いない？」

「どうでしょう。俺は、知ってる気配なら個人まで特定できますが、知らない気配だと、『そこにいる』ことぐらいしかわかりませんので。バルトロメオさんかどうかは」

「……急ぐ」

オッタは駆け出す。

どういうことなのかわからないなら、直接確かめた方が早いと判断したのだ。

木製のドアを乱暴に蹴り壊す。

腰の後ろの短剣を抜く。

一階には、誰もいない。石積みの螺旋《らせん》階段をのぼって、二階へ。

階段の先は、木材で補強されてさえいない、内壁むき出しの空間だ。

ここで行った修行の日々を――仲間と過ごした時間を思い出す。

……そして、戻ってこなかった仲間たちを、思い出す。

石造りの、妙に広い、物のない寂《さび》しい空間――オッタは、その中央にたたずむ、見慣れた背中を発見した。

女性だ。

軽装か、重装か、判断の難しい格好だった。革に金属を打ち付けた鎧《よろい》は、要所だけを守り、体の多くを露出させている。

短い薄紅《うすべに》色の髪。手足は細いけれど、そこに秘められた強い力を、オッタは知っていた。

「エン！」

オッタは、彼女に呼びかける。

呼びかけに応じて、エンは振り返った。

勝ち気そうな顔つき。ただし、表情には弱々しさが目立った。

白くしなやかな腹部。包容力のあるバスト。

……それらはみんな、赤い液体で汚れていた。

彼女は右手に大きな剣を持っている。

そこにも、べったりと、赤い液体がついていた。

……オッタは、エンの向こうに、ちらりとなにかが見えたように思えた。

立ち位置をずらして、たしかめる。

するとそこには、奴隷商人バルトロメオが、倒れていて――

……エンが振り返る。

彼女は笑って――顔を青ざめさせて。

「……なんで、今、戻っちゃったの」

苦しそうな声。

だから、オッタにも、わかってしまった。

――エンはバルトロメオを殺した。

その事実を前に、オッタは、言葉がまったく出てこなかった。

○

「っ、ぐ、う」

エンが苦しげにうめく。

オッタは、反射的に駆け寄ろうとした。

「エン！」

「来るな！」

彼女の手にした大剣が振るわれる。

風圧だけで吹き飛ばされそうな威力――オッタの足は、思わず止まった。

エンは荒く浅く、呼吸を繰り返す。

よく見れば顔には脂汗《あぶらあせ》がにじんでいた。

血と汗でつやめく、エンの肌――オッタは、妙に美しいと思ってしまう。

彼女は片手で顔をおさえる。

そして、鬼気迫る表情で言った。

「……なにをしに来た。もう、お前は奴隷じゃないでしょう」

「エンたちみんなを買いに来た」

「……馬鹿をおっしゃい。奴隷七人を解放する資金だなんて、そんな簡単に用意できるわけがないでしょう。誰かに騙《だま》されてるんじゃなくて？」

「……オッタにはよくわからない。でも、アレクは信用できる気がする」

「またそれ？　……お前はいつも『気がする』ばっかりねえ。ま、だいたい間違ってないのがすごいところだけれど。直観力かしら？　お前の危機察知能力は本当にすごいわね」

「だから、エンだって、もう自由。……もう、剣闘をやらなくてもいい」

「お前が馬鹿なのは相変わらずね。目の前、ご覧なさい？　バルトロメオは私が殺したわ。所有者が死んでいるのに、誰と私を買うための売買契約を結ぶっていうの？」

「……オッタにはわからない」

「そうね。ともかく、お前の求めるものは、ここにはないわ。……帰りなさい」

「エンは？」

「……」

「エンは、どこに帰る？」

「…………」

「バルトロメオはいない。エンの帰る場所は、どこだ？」

「……本当に」

「……」

「本当に、なんで、今、お前と会ってしまったのかしら」

エンが笑う。

ずっと険《けわ》しい顔をしていた彼女の笑顔に、オッタは安堵《あんど》を覚えた。

でも、それも一瞬だ。エンはすぐに、苦しげに顔をしかめ、

「とにかく、もう、お前には関係ない。……消えなさい。さもないと、怒るわよ」

「怒られるのは、いやだ」

「だったら」

「……でも、どうしても、聞かなきゃいけないことがある。そのぐらい、オッタにもわかる」

「………」

「みんなは、どこだ」

「……」

「エッタは？　トレは？　フェム、ティオ、シューゲ、オッティ……みんな、どこだ」

「もういないわ」

「………いない？」

「ええ、いないのよ。だから、お前が奴隷を買おうとしたって、もう、なにもない」

「いないって、なんだ。オッタにもわかるように、言ってほしい」

「……」

「エン、答えろ」

「私が、殺したから」

「…………うそだ」

「もう、いない。この世のどこにも」

「なんで、そんなこと、するんだ。エンは、みんなと、仲良しだったのに」

「お前には理解できないわ」

「それでも、教えろ」

「……言う気はない――っ、う」

エンの形相《ぎょうそう》が歪《ゆが》む。

痛がるような――あるいは、怒るような。

歯を食いしばり、拳《こぶし》を握りしめる。目に力を入れ、オッタではないなにかをにらみつける。

オッタは心配になって駆け寄ろうとする。

でも、エンは、オッタを近付けようとは、してくれなかった。

「来るなって、言ってるでしょう」

「……でも、エン、苦しそうだ。オッタはエンを放っておけない」

「もう関係ないんだから、放っておきなさい。……お前には、お前の人生があるでしょう」

「……でもオッタは、エンを放っておくつもりはない」

「聞き分けのない子」

「頑固者」

「……いいわ。わかった。こういう時、私たちはいつも、ケンカで決めたわね」

「…………決めた」

「そして、いつも私の勝ちだった」

「……」

「今回だって、いつもと同じ。お前は納得できないかもしれないけど、覚えなさい。世の中はね、納得できないことばっかりなのよ。……大人になりなさい。お前はもう、奴隷ではないのだから」

エンが大剣を、片手でかまえる。

オッタは、短剣を持った腕をあげた。

緊張で胸が苦しくなるのを、オッタは感じた。

ここで負けてはいけない気がする。もし、エンに負けて、なにも聞かないままエンと別れたら、もう全部終わってしまう気がする。

でも——勝てないだろう。

ぞくぞくと逆立つ毛が。ぶわりとふくらむ尻尾が。敗北の未来を予知させる。

「行くわよ」

エンの声。

そして、輪郭《りんかく》をかすませる速度で斬《き》りかかってくる。

オッタも慌《あわ》てて、短剣を手に、前へ進んだ。——一秒後の敗北を予感しながら。

でも、敗北はおとずれなかった。

「ちょっとよろしいでしょうか」

あいだに割りこむ人影があった。

いつからいたのか。いつの間に来たのか。

オッタの主観で言えば、『急になにもないところから浮き出た』ように——アレクが、エンの大剣と、オッタの短剣を、素手で止めていた。

エンが素早い動作で飛び退いた。

それから、大剣を両手でかまえなおし、言う。

「お前、何者？　邪魔するなら斬り捨てるわよ」

「それは可能ですか？」

「……チッ」

「お二人のあいだに割って入ったのは申し訳ありませんでした。しかし、こちらとしては、オッタさんに協力する腹づもりでいますので、今、勝負をされては困るのですよ。確実に負けてしまいますからねえ、オッタさん」

「……だったら、なに？　お前がオッタの代わりに、私の相手をするの？」

「あなたがしたいのは、勝負ではないんですか？　俺とあなたでは、勝負になりません」

「……」

「ああ、挑発のつもりではないですよ。ただ、『確実に負ける勝負』では納得できないでしょうと、申し上げたかっただけです。……オッタさんだって、このまま戦って負けても、納得はできないかと思いますよ」

「……だったら、どうしろっていうのよ」

「そこでお二人に提案なのですが、オッタさんに、これから俺が修行をつけます。あなたは修行後、オッタさんと勝負して、お互いに納得いくようにしていただきたい」

「…………」

「どうでしょう?」

アレクが、オッタを見た。

オッタはうなずく。

「……それでいい。エンが、いいなら」

アレクの視線がエンの方を向く。

彼女はため息をついた。

「……いいわ。いつまでもしつこくされても、困るもの。——納得してもらいましょう」

「ありがとうございます。それで、どのぐらいお時間いただけるでしょうか?」

「……なんで、私に聞くわけ?」

「この場で一番時間に余裕がないのが、あなただからですよ」

「……」

「最低三日はほしいのですが、さすがに、それは無茶だと思うので――」

「今日から数えて、七日あげる」

「……大丈夫なのですか？」

「………お前、なにが見えているの？」

「あなたのＨＰですね」

「……意味のわからないことを。とにかく、七日あげるわ。今日が一日目、明日が二日目。そして、七日目の夜、剣闘場で勝負をしてあげる。それでいいわね」

「…………あなたがいいとおっしゃるのであれば、その意思は尊重しますが」

「だったら、余計なことを聞かないで。……だいたい何者よ、お前。突然出てきて……ひょっとして、オッタに出資したの、お前かしら」

「そうですねえ。順当に事が運べば、しばらくあなたの主人をやるつもりでしたよ」

「……目的はなにかしら？　『自分はいいことをしている』っていう満足感？　それとも使い道に困ったお金にあかせた道楽？　あるいは――オッタの体と人生？」

「ご安心を。俺はオッタさんに危害を加える気はありません。だいたい、妻帯者ですからね。体が目当てだなんて、妻に怒られます。ウチの妻は、怒ると怖い」

「じゃあ、なんでそんな、得のないことを？　お前がその子をどう思ったかは知らないけど、奴隷七人分の金額なんて、その子は何十年かけても稼げないわよ」

「稼げますよ。まあそれはおいておいて……俺の目的自体は『ほんの少し世界をよくしたい』ですかね」

「……」

「あとはバルトロメオさんの情報操作技術に興味がありました。俺もがんばってはいますが、まだまだこの世界に暗い場所は多い。目的のために、少しでも情報の操作方法を知っておきたいと、そういうことですよ」

「……お前もバルトロメオ側の人間なのね」

「表か裏か、で言えばそうでしょうねえ。正義か悪か、で言っても、同じく悪の側と見られることはあるかもしれませんねえ。まあ、裏にいるけれど裏ではなく、表の顔はあっても表でなし。白でもなく黒でもない。……そんな感じかと」

「…………うさんくさい男。どうしてオッタは、お前なんかを信じたのかしら」

「うさんくさいでしょうか？　これでも正直に生きているつもりなのですが」

「……ふん」

「まあ、ともかく。七日、いただきます。あなたのご厚意に甘えましょう」

「かまわないわ。その程度で埋まるほど、私とオッタの実力は近くないもの。……せいぜい、オッタが納得できるようにしてあげてちょうだい。お前にそれができるなら」

「できますよ。一週間あれば、あなたに勝てる確率は半々ぐらいにできるでしょう」

「……強気ね。いいわ。じゃあ——今は、去らせてくれるんでしょう？」

「行くあては？　よろしければウチの宿に来ます？」

「結構よ。私はこれ以上、オッタの人生にかかわるつもりはない。……七日目の夜、戦って、勝って、それでお別れ。そこから先はもう、私とオッタは無関係よ」

「……はあ、すごいですね」

「なにが」

「……いえ。その状態でそこまで元気に振る舞えるというのは、すさまじいと思いまして。なるほど、これが命懸けの修行を乗り越えた猛者《もさ》か」

「…………お前と会話していると疲れるわ。そういう意味では、オッタとよく似てる。それじゃあ――また会いましょう。さよならをする日にね」

言い残して――

後を追われないことを確信しているように、ゆっくりと、歩き去っていった。

オッタはエンを見送って、アレクへ向き直った。

「アレク、修行をつけてほしい」

「おや、あなたはせっかちな方ですね」

「強くなりたい。強くなって、エンから、色々、聞かないといけない」

「……」

「エンは、なんか、すごく痛そうだった。……強いけど、弱々しかった。だから、オッタが助けなきゃ」

「なるほど。……いい意気です。それでは早速、修行を始めましょうか。まずは街の南にある絶壁へ向かいましょう」

「わかった。オッタはそこでなにをする？」

「崖《がけ》から飛び降りてから、豆を食べましょう」

「……？」

「やればわかりますよ」

「わかった。オッタはやる」

オッタは拳を握りしめた。

そして――修行の日々が、始まる。

○

オッタはその日の夕方から、早速修行を開始した。

やった修行は二つだ。

崖から何度も落ちて死ぬ。

お腹《なか》がぱんぱんになってはち切れるまで豆を食べる。

どちらも死にそうな修行だった――というか、死んだ。

それでも生きているのは、『セーブ＆ロード』のお陰だった。

アレクの出す不思議な球体に『セーブする』と宣言すると、死んでも生き返る。

色々注意点を言われたが、とにかく、『セーブする』さえしていれば、球体があるあいだは死なないということだけ覚えた。

獲得した記憶や経験、お宝なんかも失わないようだというのも、有用だから覚えておく。

なお、エンと勝負するまでのあいだ、オッタが過ごすのは、アレクの宿屋だ。

だから――修行から、宿への帰り道。

あたりはすっかり暗くなっていて、魔導具による街灯の明かりだけが、ポツポツと道を照らしていた。

オッタは、街の中央部よりいくらか手抜き、というか安っぽい感じの石畳を見ながら歩く。

大きな四角がたくさん並んだ、灰色の道。色々な人の足が、せわしなく視界に飛び込み、消えていく。

オッタは人混みが好きではなかったはずだ。でも、今はなんだか、妙に楽しい。

……今日の昼間。

エンと戦わなければならなくなったばかりなのに、まったく、気分は沈んでいなかった。

むしろ高揚《こうよう》している。

どんなかたちにせよ大好きな人と言葉を交わしたり、拳を交わしたりするのは、楽しい。

オッタは気付く。……自分はきっと、誰かと一緒にいるのが好きなのだろう。

奴隷から上がって以降、ずっと一人だった。

でも、今は、エンとの約束がある。

それに、隣を歩く人もいた。

オッタは顔をあげて、隣を歩くアレクへ質問した。

「アレクの宿は誰かいるか？」

「……ええと、宿泊客はいるか、という話でしょうか？」

「そう」

「今は一人ですねえ。それも身内です。まあ、料金を払うと本人が言っているので、お客様ということで間違いはないのでしょうが」

「……つまり？」

「お客様は一人です」

「アレク、実は貧乏か？」

「貧乏……まあ、宿は流行《はや》っていませんけど、貧乏というほどではないですよ」

「でもアレクは宿屋。宿屋が、繁盛《はんじょう》してないのに、宿屋のアレクは、貧乏ではない？」

「俺の仕事は宿屋だけではありませんから。むしろ儲けの面では宿屋は趣味と言いますか」

「……宿屋さんが仕事なのに、趣味なのか？」

「ええと、まあ、はい。好きでやっているんですよ。宿屋」

「なるほど。好きなことをやるのは、いいこと。オッタも奴隷じゃなくなったら好きなことをやった方がいいようだ」

「……受け売りみたいな話し方ですねえ。それは、エンさんに言われたので？」

「そう。でも、オッタは困る。みんなといるのが好きだから、それは奴隷に戻らないといけなくなる。奴隷じゃなくなったら好きなことをやると、奴隷に戻ることになって、でも奴隷が好きなことなら……」

「あなたと話していると、『一足す一がなぜ二になるの？』と質問する子供の相手をしているような気分になります」

「オッタは馬鹿丸出しか？」

「そうですねえ。悪いこととは思いませんが、世間に出て不利にはなりそうですね。あなたの無垢《むく》な好奇心は間違いなく美徳なので、俺としてはそのままでいいと思うのですが」

「…………つまり？」

「たとえば、オッタさんが『一足す一はなぜ二になるの？』と聞かれたら、どうします？」

「…………オッタはそんなの知らない。わりと困る」

「でしょう？　俺も、困ります。ですから、話題を切り出す前に、話をされた相手が困りそうかどうか、自分で予測しながら話してみてはいかがですか？」

「……なるほど。人を困らせるのはよくない。オッタはがんばる」

「はい。失敗しながら、覚えていけばいいと思いますよ。まあ、でも、困らせてもいい相手には、考えないでしゃべってもいいとは思います」

「……困らせてもいい相手？　嫌いなやつか？」

「違いますよ。好きな人です。信用する相手は、困らせてもいい」

「なんでだ？」

「困らせても、あなたを見捨てないから」

「……」

「そもそも、あなたが嫌う相手は、あなたのために困ってくれそうな人ですか？」

「……違う。たぶん」

「だったら、困らせるのは、好きな人だけに。あなたを置いてどこかへ行かない人だけにしましょうね」

「わかった」

「ただし、相手を困らせたぶん、自分も相手のために困る覚悟は必要ですよ」

「………」

「だから、まあ、『この人のためなら困ってもいい』という相手には、遠慮せず話しても、いいかと思います」

「……アレクは？」

「俺ですか？」

「アレクは、オッタのために困ってもいいのか？　オッタは、アレクへの恩を忘れない。だからアレクのために困ってもいい」

「そうですねえ。まあ、社会に出る修行ということで。俺のことは、実験台として使っていただければと思いますよ」

「……つまり？」

「困らせても、いいですよ」

「わかった」

オッタは笑って、アレクの周囲をぴょんぴょんと跳ね回る。

妙に嬉しかった。でも、その気持ちを上手に表現できなかった。だから、跳ねる。

そんな会話をしているあいだに、目的地にたどりついた。

――『銀の狐亭』。アレクが経営する宿屋。

石造りのボロい建物だ。

奴隷時代のオッタはそれなりにいい場所に住んでいたことを、最近知った。

一度、気絶中に運び込まれた場所だが、あらためて見て、オッタは素直な感想を漏《も》らす。

「アレク、貧乏だな」

「おや、確信をもたれてしまいましたか」

「……オッタはとても悪いことをしたのかもしれないと、思う。アレクはひょっとして、奴隷七人を買う金を出すのに、とても無理をするはずだったのか？　使わないで本当によかった」

「楽に捻出《ねんしゅつ》できるお金ではありませんが……ご心配なく」

「エンとの話し合いが終わったら、オッタがこの宿で働いてもいい。タダでいい」

「いえ、そこまでは困っていませんので……あと、従業員は今のところ足りています。ああ、でも、風呂番が足りない感じはしますねえ。出張を頼まれることも多いですし……あと一人くらいいればいいのですが」

「風呂番？」

「はい。俺と、妻と、娘の一人、合計三人です。まあ、特殊なスキルなので、今まで修行をつけた方の中にも、風呂番ができる人はいらっしゃいませんでしたねえ」

「いないのか」

「皆無です」

「なら、オッタがやる」

「あなたでは無理ですね。魔法の適性がない。先ほどの修行であなたのステータスの傾向はだいたいわかりましたし」

「………むう。しかしオッタはアレクの役に立ちたい」

「そういうのはすべて終わったあとでいいですよ。さあ、中へどうぞ。俺はちょっと用事があるので、ここまでですが」

「そうなのか」

「あなたは大丈夫と言いましたけど、エンさんの行方《ゆくえ》について、ちょっと。それから――」

「それから？」

「――こっちはエンさんの意思を尊重して、黙っておきましょうか。とにかく、色々とやることがありまして。今日はもう修行はありませんので、ゆっくりお休みください」

「ご飯はあるのか」

「食事代は宿泊料金とは別途でいただきますが、食堂で食べられますよ」

「ご飯あるのか。オッタは食べるの好きだ」

「そうですか。ウチは、食事には自信がありますよ。あと、お風呂とベッドにも」

「でも流行ってないのか……」

「……宣伝が足りないんでしょうねえ。ともあれ、ここでいったんお別れです。それでは」

アレクが軽く頭を下げてから、去っていく。

オッタは彼を見送ってから、『銀の狐亭』へと入った。

気絶中にここに運ばれたので中に入るのは初めてではないが、自分の意思で中に入るのは、これが初めてだ。

やや緊張しつつ、木製のドアを開けて中に入る。

すると、受付カウンターらしき場所に、人がいるのが見えた。

真っ白い猫獣人の少女だ。

どこか眠たげな目をしており、表情もどこか夢見がちに、力が抜けたものだ。

その少女が入ってきたオッタを見て、言う。

「……いらっしゃいませ。『銀の狐亭』へようこそ」

物静かな声だ。

眠そうというか、感情がうかがえない。

でも、オッタは彼女を見て、妙に嬉しい気分になる。

その少女とオッタには共通点が二つもあったからだ。

まずは、人種。毛色こそ違うが、獣人族で、しかも同じ猫獣人だ。

そして——こちらは、もう共通点とは言えないのかもしれないが、オッタは、少女の左手首に、あるものを発見する。

よく目をこらさなければわからないほどうっすらとだが、黒い線のようなものが見えた。

それは手首をぐるりと一周するように、肌に直接描かれていた。

それを見てオッタは、言う。

「オマエも奴隷か？」

左手首にある黒い紋様。

それは、奴隷契約の際に刻まれる魔法の刻印だった。

○

オッタの『奴隷か？』という問いかけに、少女はうなずく。

そして、眠そうな声で、言った。

「そう、奴隷です。パパの」

「奴隷か。オッタもだ。あ、ううんと、オッタは、前まで奴隷で、でも、今は違くて……でも仲間みたいなものだ」

「そうなんですか」

反応が薄い。

オッタは、『相手を困らせる話』をしてしまったかなと不安になった。

「……ええと、オッタは失礼なことを言ったか？」

「いえ」

「そ、そうか。でも、奴隷を見るとオッタは嬉しくなる。仲間を見つけたような気分だ」

「あの、あんまり元奴隷とか言わない方がいいと思います。世の中には偏見を持っている人も少なくないので。だから今、奴隷はものものしい首輪とかじゃなく、目立たない紋様での魔法的拘束になったぐらいですし」

「……オマエ、難しいことをよく知っている」

「勉強してますから」

「まだちっちゃいのに、オッタより賢いな。オマエ、名前は？」

「ブランです」

「アレクの奴隷か？」

「はい」

「でもアレクはパパなのか？」

「はい」

「……奴隷なのに、主人をパパと呼ぶのか？」

「お客さん、細かいところが気になる人ですか？」

「そうかもしれない。オッタはなんにも知らないから、わからないことがあると、色々聞いてみたくなる」

「なるほど」

「それで……」

「奴隷ですけど、パパは私が成人したら、私を解放するつもりみたいです」

「ブランは、解放がイヤなのか？　なんかイヤそうに聞こえた」

「お客さん、直観が鋭い人ですか？」

「自信はある。オッタの取り柄《とりえ》はそれだけだ」

「なるほど」

「それで……」

「こういう時、パパならこう言うでしょう『考えてみてください』」

「オッタの苦手なやつだな」

「パパは、私が奴隷じゃなくなると同時に、正式に養子縁組するみたいです。つまり、十五歳の誕生日、私は正式に、パパとママの娘になります」

「……いいことに聞こえる」

「しかし世間的に『いい』と言われることと、各人の幸福とは、違うものです」

「……なんだかアレクと話してる気分だ」

「それは私がパパと似ているということでしょうか？」

「そうだな。オッタはオマエとアレクに似たものを感じる」

「なるほど。いいことです」

「アレクと似るのはいいことなのか？」

「私にとってはいいことです」

「よかったな」

「はい。……話を続けますけど、正式に養子にされるのを、私は望んでいません」

「なんでだ？　今もアレクはパパのはず」

「養子になったらパパと結婚できないじゃないですか」

ブランは表情を変えずに言い切った。口調も無感情というか、淡々としている。

なにかおかしな発言のように、オッタには感じられたが――こうまで堂々と宣言するということは、おかしくないのかもしれない。

オッタは考えてから――

「……普通、パパとは結婚しないものだと、オッタは思う……オッタはパパがいなかったからわからないけど」

「普通とか、普通じゃないとか、そういうのは些細《ささい》な問題です。大事なのは気持ちでしょう」

「オッタには意味不明だが、なんだか深いことを言われた気がする」

「私は、私の気持ちのためにパパと結婚します」

「……でも、アレクには妻がいるはず」

「倒します」

「……オマエのママじゃないのか」

「些細な問題です」

「わかったぞ。オマエ、けっこう危ないヤツだな？」

「ノワと同じことを言わないでください」

「……ノワ？」

「妹です。……向こうは、自分が姉だって言いますけど」

「なるほど。そういうのわかる。オッタもそういうのあった。姉の方がいっぱいご飯を食べていいんだ。だからオッタは姉になりたかった」

「まあ、そういう即物的な話ではなくて、誇りの問題ですけど」

「オマエの話は難しい」

「……とにかく、あんななにも考えていないお馬鹿の妹に見られるのは心外という話です」

「オッタ、オマエと話してて思った。オッタはたぶん、ノワの方が仲良しになれそうだ」

「とにかく、このことは、ママには言わないでください。今、ママを倒す計画を練っているところです。ばれたら倒せません。ママは強いから」

「そうなのか。アレクとどっちが強い？」

「パパの方が強いけど、パパはママに勝てないって言ってます」

「……よくわからない。勝てる方が強い方じゃないのか。弱いのに勝てるのか」

「相性の問題だと思います。私も、ママとは相性悪いですから。ちょっと悪いことをすると一週間ぐらい精神世界に閉じこめられます。怖いです」

「よくわからない。でも、一週間閉じこめられるのはひどい」

「ちょっと即死トラップ仕掛けただけなのに」

「オマエ、危ない。オマエのママは正しい」

「でも、ご飯も抜きですよ」

「ご飯抜きはつらいな……」

「私がママを倒そうとしていることがばれたら、ご飯抜きにされます」

「わかった。オッタは黙っている。絶対に言わない」

「結構。……ママの『心に働きかける魔法』、私も覚えたいんですけどねー……」

「覚えられないのか？」

「魔法の適性がないんです」

「自分にできることでがんばればいいと、オッタは思う」

「でも、パパの精神を魔法で閉じこめることができたら、ずっとパパは私のものですし……」

「オッタにはよくわからないけど、オマエは危ない。見ろ。オッタの尻尾は、オマエがなにか言うたびにふくらむ。これは、オマエが危ないヤツだと感じているということだ」

「危なくないです。人よりちょっと想いが深いだけです。人を好きになるだけで危ないと思われるだなんて、心外です」

「オッタもエンのことは好きだけど、オマエの言う好きとはなんか違う気がする」

「エンさんというのは？」

「オッタの姉みたいなものだ」

「それは、違うに決まってますよ。だって、あなたの好きは、家族に対する好きですからね」

「……オッタは頭が混乱してきた。アレクはオマエのパパじゃないのか？」

「今はね」

ブランがかすかに笑う。

眠たげな顔をしていた彼女の笑顔は、可憐《かれん》で美しい――なのに、オッタは背筋に冷たい予感が走った。

この子はなにか、危ない。

「……オッタはとりあえず、ご飯を食べたい」

「あ、はい。今は食堂にママとノワがいますから、注文してくだされば食事ができますよー」

「そうか。アレクの修行はきつい。お腹が減る」

「今日が修行初日ですよね？」

「そうだ」

「崖から飛び降りたり、豆を食べたり？」

「そうだ」

「お腹が空《す》くんですか?」

「修行が終わったらお腹が空く。当たり前」

「……食べられるんですね。みなさん、精神的にお腹いっぱいになって、食事もままならないということが珍しくないようですけど」

「……精神的にお腹いっぱい?　精神にお腹があるのか?」

「比喩《ひゆ》表現といいますか……修行、大丈夫だったんですか?　パパの修行はちょっと、あんまり評判よくないっていうか」

「そうなのか?」

「はい。効果は出るけど二度とやりたくないという方が多いですね」

「そうなのか。でも、オッタは思う。修行が二度とやりたくないものなのは当たり前。サボると本番で死ぬ。だから死ぬほどやる。それが修行」

「……なるほど。お客さんは若干《じゃっかん》変わってますね」

「そうかもしれない。オッタは頭がよくないから」

「そういう意味ではなくって……パパの修行を経験してまともな精神状態の人を初めて見たので感動しました」

「……?　アレクの修行を経験すると、なんでまともな精神状態じゃなくなる?」

「つらくて、でしょうか?　私はもう慣れてますけど」

「そうか？　アレクの修行はいいぞ。なにをやるかはっきり言ってくれる。それから、今やってることがどんな効果が出るのかも教えてくれる。優しい。なにより、死なない。普通は『やれ』しか言われない。しかも場合によっては死ぬ」

「オッタさんも大変な環境で生きてこられたんですね」

「よくわからない。でも、アレクの修行に比べれば理不尽《りふじん》だった気がする」

「でも、パパの修行を褒《ほ》める人には好感がもてます。あなたと仲良くなれそうな気がします」

「そうか。オッタはちょっと遠慮したい」

「遠慮なさらずに」

「……言葉は難しい。オッタはどう言っていいか、他の言い方を知らない」

「二人で力を合わせて、ママを倒しましょう」

「なんでそういう話になったのか、オッタでは理解ができない」

「あなたに隠し事はしにくそうだから、いっそ秘密を共有しようかと。とにかく、ママを倒すことは内緒ですよ。内緒ですからね。もし誰かに話したら、怒りますからね」

「わかった。それは約束する」

「あと、もしパパに惚《ほ》れたら殺しますからね」

「オマエが本気で言ってることは、オッタの尻尾がふくらんだからわかる。オマエはやっぱり危ない」

「危なくないです」

「……とにかく、ご飯だ」

「はい。食堂はお客様から見て左手側になってます」

ブランがかすかに微笑む。

可憐で、儚《はかな》く、美しい少女。

顔立ちも体もまだ幼いのに、雰囲気にどこか大人びたところがある。

でも、なるべく遠くから見ているだけにしよう。

そう決意して、オッタは食堂へと足を踏み入れた。

○

「おや、ホーとも仲良くしていただいているようですね」

オッタが食事を終えたころ、アレクも『銀の狐亭』に帰ってきた。

まだ食堂にいる。

四人がけのテーブル席で、アレクは座らず、横に立っていた。

オッタの正面には、現在この宿唯一の宿泊客がいた。

ホーという名前の少女だ。ドライアドという種族らしい。

彼女は、つい先日、アレクの修行を終えたということだった。――ようするに、今日から修行を始めたオッタにとって、先輩にあたる。

それにしても珍しい容姿だった。

小さいのに、なんだか静かな力強さを感じる。

褐色《かっしょく》の肌はつい触ってみたくなる不思議な魅力があった。

そもそも数の少ない種族らしく、オッタは初めて見た。

子供のような体格。樹皮を思わせる褐色肌。それから、白く、量が多く、長い髪。

着ているものがゆるそうな布一枚ということもあって、小さな体はますます小さく見える。

けれどこの国の基準だと成人なのだそうだ。

……ということを、食事中の会話で、オッタは知っていた。

オッタは、ホーを見る。

彼女が、アレクの言葉に対応した。

「仲良くってほどじゃねーよ。今、少し話したぐらいだ」

「おや」

「……なんだよ」

「いや。ところで、オッタさんを借りても？」

「別にあたしのじゃねーよ。オッタに聞け」

「……お前は人見知りなのかと思ったけれど、意外と人と打ち解けるのは得意なのかな」

「さっきからなんだ。なにが言いてーんだ」

「いや、助かると思ってね。そういうわけで――」

アレクがオッタへと視線を転じた。

それから、いつも浮かべている笑顔で言う。

「――少しお話、よろしいでしょうか」

「大丈夫」

「では、あちらへ」

「……ここじゃいけないのか？」

「はあ。別にいいんですけれど、ホーには関係ない話ですし、会話の中で、あなたの、人に聞かれたくない事情に触れるかもしれませんが」

「オッタには人に聞かれたくない事情はないぞ。……あ、でも、元奴隷っていうのは隠した方がいいんだったな」

「おや？　その話は誰からされたので？」

「ブラン」

「……なるほど。まあ、そうですね。隠した方がいい場合は多いでしょう。俺としては、あとでバレるぐらいなら最初から言ってしまった方がいいとは、思いますけど」

「……言うのと、隠すのと、どっちが正しい？」

「結果的に正しかった方が正しい、というのが答えでしょうかねえ」

「……よくわからない」

「『絶対にどっちがいい』というのはないということですよ。状況による、というのが、ずるいように聞こえるかもしれませんが、唯一の答えですね。だから失敗しながら覚えていくしかない」

「難しい」

「そうですねえ。まあ、最終的には、あなたの好きなようにするのが一番ですよ。隠し事が得意なら隠せばいい。苦手なら隠さない方がいい」

「オッタは隠し事が苦手だ」

「なら、言ってしまってもいいのでは？　まあ、聞かれるまでわざわざ答えることはないとも思いますけど」

「むむむ……難しい。でも、がんばる」

「はい。ところで、お話を始めても？」

「すまなかった。オッタは話を聞く。なんの話だ？」

「明日からの修行の話です」

アレクがそう言うと——ホーから「げっ」という声が上がった。

オッタとアレク、二人で同時にそちらを見る。

ホーは気まずそうに視線を泳がせた。

「……いや、悪い。邪魔はしねーよ。続けてくれ」

アレクとオッタは、お互いへと視線を戻す。

それから、アレクは説明を始めた。

「本日の修行で、丈夫さとHPを伸ばしていただきました。本来ですと、このあともステータスアップをメインに据えて修行をしていくのですが、あなたの場合、事情が事情なので、先にスキルを覚えていただこうかなと思っていますよ」

「オッタにわかるように言ってほしい」

「スキル……特技……ええと……」

「……」

「そうですね、必殺技を、覚えましょう」

「必殺技か！　オッタはそういうの、わりと好きだ！」

「気に入っていただけたのならば、なによりです。では詳しい修行の内容ですが……今回ははっきりした目標がありますね。『エンさんに勝つ』という」

「そうだ。オッタはエンに勝つ」

「エンさんは優れた大剣使いですね。大型武器を使っているのに、隙《すき》がない」

「強い」

「はい。世間的な基準から逸脱《いつだつ》した強さの持ち主です。きっと命懸けの修行と実戦を繰り返したのでしょう。もっとも、才能や天運もあったのでしょうが」

「エンはすごい」

「そうですね。では、あなたが勝てるようになるには、どうしたらいいでしょうか」

「どうしたらいい？」

「……二種類の方法が考えられます。一つ、エンさんが疲れるまで攻撃を受け続け、一気に斬りこむ。長期戦の方向ですね」

「エンが疲れるところが想像できない」

「そうですねえ。それに、長期戦で大剣を受け続けるというのも、かなりストレスがかかります。間違うと一瞬で死ぬような攻撃を、長いあいだ避け続けるというのは、精神的にきつい」

「つまり、きついのか」

「そうですね。そして、第二の方法は、短期決戦です。戦いが始まった途端、エンさんの大剣をくぐり抜けて、一撃を与えて勝負を決める方法です」

「エンの剣は速い」

「そうですねえ。それに、一撃で決められなかった時、高い確率で負けとなる。奇襲めいた戦法なので二度目はないでしょう。たった一回きりしか挑戦できず、しかも駄目なら負けるというのは、かなり精神的にきついでしょう」

「つまり、きついのか」

「そうですね。そもそもエンさんは強い。総合力で見れば、あなたもそこそこですが、戦闘能力で言えばあなたはエンさんの足元にも及ばない。それを一週間でどうにかするのですから、どちらの修行もつらいものになるでしょう」

「それならオッタはどうしたらいい？」

「今挙げた二つの方法には両方とも、いい点、悪い点がありますね。それを考えたうえで、あなたならどうしますか？」

「オッタはそういうの苦手だ。頭で考えてもよくわからない。こういう時、オッタはいつも、直観で選ぶ」

「では、直観でいきますと？」

「両方やればいい」

「そうですね」

アレクとオッタがうなずき合う。

あんまりな結論に、ホーはガタン！　と派手な音を立てて立ち上がる。

「いやいやいやいや……あんたらおかしいって。どっちもきついって言ってるじゃんか。なんでそこで『両方』っていう発想になるんだよ」

「しかし、ホー、考えてみましょう」

「だから考えた結果おかしいって言ってんだろ」

「とあるダンジョンに挑む際に、弓でいこうか、剣でいこうか、迷ったとしましょう」

「あたしらは髪で戦うからそういう迷いはねーよ」

「ともかく、迷ったとしましょう。そういう時、こうは思わないかな？」

「どう思うんだ」

「『そうだ、弓も剣も両方持っていけばいい』」

「……冒険者ってさあ、普通、武器は一種類しか持っていかないもんだぞ。モンスターを見てから使う武器選んでるヒマなんてねーし。武器が増えれば荷物も増えるから、お宝持ち帰れなくなるし。それに、いざという時頼るのは使い慣れた武器だしさ」

「そうだね」

「だから、両方持っていくなんてありえねーって言ってんだよ！」

「つまり二つの武器を両方使い慣れれば、『いざという時』でも適切な使い分けができるということだね」

「でもその、使い慣れるための、修行、めちゃくちゃきついじゃねーかよ！　おいオッタ！あんたはいいのか!?」

　ホーが叫ぶ。

　オッタは首をかしげた。

「修行がきついのは当たり前。たまに死ぬぐらいじゃないものを修行と言わない」

「アレクさんの修行はいつも死ぬだろ！」

「死んでも生きるから、安全」

「……そういうことじゃなく……！　くそ、あんたもそっち側か！」

「……？」

「アレクさん側のやつだったってことだよ！」

「……オッタはたしかに、ホーの正面に座っている。どちらかというと、アレクの近く」

「物理的な距離の話じゃねーよ！」

「距離は、距離。オマエとオッタが近くにいるか、遠くにいるか、そういう意味でしかない。それとも別な意味があるのか？」

「……わかった」

「オッタはなにがなんだかわからない。オマエはなにを言いたい」

「もう口出ししねーから、話を続けてくれ」

「……そうか？」

オッタは、アレクに視線を戻した。

アレクもまたオッタを見て、話を続ける。

「えー、それでは、両方覚えようという方針で修行を行うわけですが……どちらの作戦にも重要なのは『回避力』ですね」

「攻撃を避けるのは得意だ。オッタには直観と素早さがある」

「はい。あなたの適性はまさにそれですね。なので、明日の修行では回避力を鍛え、自己客観視の力を養いましょう。スキル的には『見切り』でしょうか」

「わかった。オッタはなにをする？」

「やること自体はそう難しくはないですよ。ただ、攻撃を避け続けていただくだけですから」

「簡単だな」

「はい。修行に使うダンジョンは『殺意の洞窟《どうくつ》』と呼ばれる場所ですね。こちらのダンジョンですが、難易度は『立ち入り禁止』となっております」

「立ち入り禁止なのに入っていいのか？」

「許可は先ほど、とってきました。ギルドマスターからは『好きにしろ』と」

「好きにしていいのか」

「はい。ダンジョンの説明をしても？」

「今されても忘れる気がする」

「では現地でいいでしょうかね？」

「いい」

オッタはうなずく。

話を聞いていたホーは「いやいやいやいや」と慌《あわ》てて突っこむ。

「聞いとけって。悪いこと言わねーから」

「でも、どうせ、やる。今聞いても、あとで聞いても、変わらない。そしたら忘れにくいように、あとで聞く方がいい。オッタにしては完璧な理論だと、自分で自分を褒めたいぐらい」

「……わかった。あたしが聞きたい。だから聞かせてくれ」

「ホーも同じ修行をするのか？」

「しねーけど……」

「でも、オッタは誰かと一緒になにかをやるのが好きだ。よかったらホーもどうだ？」

「あんたらは常識が欠如《けつじょ》してるから、ついていくのは面白そうなんだが、ちょっとした興味のために心を破壊されるのはごめんだな……」

「ホーも難しいことを言う。まだ小さいのに」

「あたしは大人だ」

「そうだった。……難しい。子供みたいな大人もいる。大人みたいな子供もいる」

「大人みたいな子供？」

「ブラン」

「ああ、まあ、たしかに、歳のわりにしっかりしてるよな。ちょっと人見知りするけど」

「危険人物として完成されている」

「……危険人物？」

「………秘密だった。オッタはなにも知らない。なにも言わない」

「気になることを……」

「ところでホーは修行に興味があるのか？」

「……先に聞いておいた方が、あんたのためだと思うんだが……覚悟を決める時間とかさ」

「覚悟ならもう決まっている」

「あたしもな、実際に修行内容を聞くまでは、いつもそう思ってるよ」

「……よくわからない。つまりホーは、オッタの修行に興味がすごいのか？」

「……なんつーか、あんたは、見てて危なっかしくて放っておけねーんだよなあ……ああ、もう、そうだよ。そういうことでいいから、修行内容を聞いておけ」

「わかった。アレク、教えてほしいって、ホーが」

　オッタがアレクを見る。

　彼は微笑んでうなずいた。

「では。『殺意の洞窟』は、その名の通り、殺意の高い罠《わな》が複数仕掛けられているダンジョンですね」

「罠回避は得意」

「はい。あなたはレベル八十のダンジョンにレベル四十相当のステータスで挑んで、最上階までたどりついたお方です。罠回避や探索における適性の高さは、かなりのものだと思います」

「そうだろう。オッタの自慢だ。危ないことがあると、尻尾がふくらむ。ブランと話してる時みたいに」

「……なぜ、ウチの娘と会話中に尻尾がふくらむのでしょうか」

「あいつヤバイ」

「はあ……よくわかりませんが。ええと、まあ、あなたが罠回避を得意としているのは充分に承知しています。ですので『立ち入り禁止』のダンジョンを選ばせていただきました」

「わかった」

「修行場所は、『殺意の洞窟』の中でももっとも罠密度が濃い大広間です。そこの広間は、入った途端に四方八方から矢が飛んできます」

「そういう罠は別に珍しくない」

「そうですね。でも、その広間の矢のトラップは回避が不可能なんです」

「……がんばってもだめか？」

「そうですねえ。俺の動体視力で確認したところ、その広間はどこに立っていても、同時に十八方向から矢が飛んできます。奇跡的に回避できたとしても、三十秒間、高速、高密度で矢が降り注ぎますから、回避しきるのは不可能かと思いますよ」

「すごい」

「はい。罠が発動した光景は、ちょっと圧巻ですよ。青白い光の筋が、四方八方から、豪雨のような音を立てつつ降り注ぐ……ある種幻想的な美しささえ感じます」

「青白い？」

「つまり物質的な矢ではなく魔法の矢ですね。広場に冒険者が踏み入った衝撃で発生する矢の魔法と申し上げましょうか。なので、実は魔力吸着率を極限までカットした装備であれば無傷で抜けることも可能なんです」

「対策ができるのか」

「理論上ね。現実には不可能です。そこの矢を無効化できるほど魔力吸着率が低い装備となると、この世界には俺の使っているマントぐらいでしょう」

「すごい装備だ」

「師匠《ししょう》から受け継いだものですけれどね。まあ、師匠はうっかり魔法を使わないように、拘束具として用いていたようですが。実際、あれをつけて魔法を使うのはかなりきつい」

「うっかり魔法を使う？」

「魔法は色々派手なので暗殺向きではありませんから」

「暗殺するのか」

「ああ、申し訳ない。すぐに話が逸《そ》れるのが、俺の悪い癖《くせ》です。……話を戻しても？」

「そうだった。修行の話をホーが知りたがっている」

「では、ホーのために話を戻しますか。修行内容は、その広間で矢を回避することです。すべて回避し終えたら、修行は終了となります」

——いや、それはおかしい。

横で話を聞いていたホーは、突っこまざるを得なかった。

「いや、無理って言っただろ⁉ 『その広間の矢のトラップは回避が不可能』って、あんた、さっきしっかり言ってたよな⁉」

「ああ、失礼。『回避が不可能とギルドマスターは判断したようです』というのが、正しい表現かな。つまるところ、このダンジョンが『立ち入り禁止』にされている理由の説明だね。言葉が足りずに申し訳ない」

「ギルドマスターの判断は正しいって！　あのババア、ああ見えてダンジョンを見る目はたしかだからな⁉」

「そういえば、ホー。お前の今の仕事は、『特殊構造物ダンジョン専門調査員』だね」

「……なんだ唐突に。すげー嫌な予感がするんだが」

「四方八方から矢が三十秒間降り注ぐダンジョンというのは、髪の扱いの習熟にとても役に立ちそうに思わないか？」

「やだやだやだ」

「オッタさんも誰かと一緒にやりたがっているようだし、明日の修行は、一緒にやろうか。明日からしばらく予定もなかったはずだろう？」

「もう、おわったもん……修行、もうおわったんだもん……」

「修行に終わりはないよ。生きるということは、それそのものが修行みたいなものさ」

「そんな人生やだあ……！」

「それじゃあ、明日、オッタさんと一緒に修行でいいかな？」

アレクが笑う。

ホーが泣きそうな目でオッタを見た。

彼女は、ぷるぷると体を震わせ、懇願《こんがん》するような目で、オッタを見ている。

――オッタはふと懐かしい記憶を思い出す。

それは、剣闘奴隷時代。試合に出されることを怖がる年下の奴隷――その子が震えて、怖がって、今にも泣きそうな顔の時、自分はどう言ってあげただろう？

オッタは思い出す。

そして、当時と同じ言葉を、ホーにかけた。

「大丈夫。オッタも一緒だ」

その言葉は救いにならず。

ホーは、「やだあ！」と叫んだ。

◯

「かえれる……かえれる……かえって……しゅぎょう……またしゅぎょう……？」

ホーがなにごとかをぶつぶつとつぶやいている。

オッタは、彼女の手を握って、今までいた修行場をながめていた。

時刻は朝だ。

山間《やまあい》に差し込む朝の光が、あたりを白く照らしている。

先ほどまでいた『殺意の洞窟』は王都北部の山脈地帯にあるダンジョンだった。

険《けわ》しい山々に擬態《ぎたい》するように口を開けた鍾乳洞《しょうにゅうどう》。内部はほのかに青白く発光しており、一歩でも踏み入ればひんやりした空気を感じ取れる。

――ここでの修行は、アレクによれば、四日続いたらしい。

青白い光の矢は、見て避けることはかなわない。

また、覚えて避けることも、不可能だった。――常に矢の軌道《きどう》が変わるのだ。

だから『直観力』と『感じた通りに体を動かす力』を身につける必要があって、その習得に四日もかかってしまったのだ。

オッタは、きつい修行には慣れていた……が、それでも不眠不休で四日間ぶっ通し、一瞬でも気を抜けば死ぬという状況にさらされ続けるのはさすがにつらい。

へとへとで——でも、オッタは修行を振り返って、笑った。

「オッタががんばれたのは、ホーのおかげだ」

彼女の頭を優しくなでる。

ホーは反応しない。どこか遠くを見ながら指をしゃぶっていた。

代わりにセーブポイントを消したアレクが、問いかけてきた。

「ホーのおかげ、ですか？」

「そうだ。ホーが子供っぽいから、情けない姿は見せられないと思った。奴隷時代、年下の子の前では情けない姿を見せないようにがんばっていた」

「なるほど。まあ、ホーは見た目よりは歳をとっていますが……修行中はなんだか幼くなるんですよねえ」

「極限状態で嘘はつけない。たぶん、ふだん、ホーは無理して乱暴にしてる」

「悪そうなものに憧《あこが》れる年頃なのでしょう」

「……だから、極限状態でも、いつもオッタたちを気遣《きづか》っていたエンは、本当に優しい」

「……そうですね」

「…………………」

「早く会いたい。会って、昔みたいに、一緒に遊びたい」

「アレク、どうした？」

「うっかりと口をすべらせそうになるのが、俺の悪い癖ですね……ともあれ、あなたはエンさんに勝たねばならない。勝負はもう、明日の夜です」

「そうなのか。オッタは計算が苦手だ。えっと、エンに会った日の夕方、崖《がけ》から落ちるやつをやって……その次の日の朝、この修行場に来た。それで……」

「四日四晩、洞窟にこもっていましたね。なので、エンさんと約束した期日は、明日の夜になります」

「……間に合うのか？」

「今のところ計算通りです。むしろ、あなたがまったく疲弊《ひへい》した様子がないので、おどろいているぐらいです」

「オッタは疲れてる。でも、ホーの前だから、がんばれた。誰かと一緒だと、がんばれる。特に子供の前だと、『やらなきゃ』っていう気分になる」

「なるほど」

「小さい子の世話はオッタの仕事だった。オッタは弱いけど、子供の世話は得意だったから」

「エンさんは？　あなたは彼女を慕《した》っている様子でしたから、てっきりエンさんが奴隷たちの世話役みたいなものだと思っていたのですが」

「……エンは、途中まで、たしかにそうだった。でも……」

「……聞かれたら困ることだったでしょうか」

「少し。でも、アレクならいい。……エンの下に、もう一人、オッタと同い年の奴隷がいた。

そいつは凶暴なモンスターと戦わせられて死んだ」

「……なるほど」

「それから、エンは、あんまり子供の世話をしなくなった。代わりに、誰よりも修行して、誰よりも興行《こうぎょう》に出た。……たぶん、解放のための資金稼《かせ》ぎだったんだと思う」

「鬼気迫る感じだったのですね」

「たぶんそう。……そのころのエンは、優しかったけど、怖かった。すごく必死で……まるで死んでもいいみたいだった……そうやって稼いだお金で、オッタは解放された」

「エンさんご自身が助かるためのお金ではなかったのですね」

「たぶんそう。最初から、エンは、自分のためにがんばってなかった気がする。全部、オッタや、オッタより小さい子たちのためにやってたと、思う」

「それで今、あの状態ですか。『まったく、世の中はままならないねえ』という感じですね」

アレクが苦笑する。

なんだか、妙な言い回しだとオッタには思えた。……誰かの言葉を借りたような。

オッタが首をかしげていると、アレクは思い出したように口を開く。

「そういえば、エンさんをどうするおつもりで？」

「……どうする？」

「すでに確定している事実だけ申し上げますと、彼女は殺人犯です」

「……」

「事情には同情するべきところが多々あるかと思いますが、憲兵《けんぺい》に突き出し、法の裁きを受けさせることは、避けられない。まあ、かばいたい気持ちはあるでしょうが……憲兵は優秀ですよ。すでにバルトロメオさん殺害の犯人が、エンさんだとあたりをつけ、居所を絞り込んでいます」

「ええと……」

「すぐにでも捕まるかもしれない、ということです」

「……そうなのか」

「はい。まあ、捜査は少々手こずっていただいていますが、こちらも法を犯《おか》すつもりはないので、いずれエンさんは捕まるでしょう。そういったこともあり、彼女は一週間という期限を切ったのでしょうけれど」

「……困る。だって、捕まったら……」

「奴隷から解放できませんね。『自分を買い戻す資金』『成人していること』、それから『犯罪歴がないこと』が奴隷解放の条件ですから。そして『犯罪歴』は『逮捕歴』だ。別に奴隷の印が自動で罪を感知するわけではないですからね」

「…………なんとか、ならないのか」

「つまり、あなたの目的は『エンさんを奴隷から解放すること』だと？」

「……そこまで、考えてなかった。でも、オッタがエンに受けた恩を返すには、エンを解放するのが一番だと思う」

「しかしそれは無理になってしまった」

「…………困る」

「状況を整理しましょうか」

「頼む」

「あなたは『エンさんの真意を知りたい』。エンさんは『なにもしゃべるつもりはない』。だからあなたは、エンさんから話を聞くため、彼女との勝負に勝つ必要がある……まあ、話を聞いた結果『実は犯罪などやっていない』という真相が待ち受けていれば、それが一番ですね」

「そうなったら、いいことだと、思う」

「俺の立場からはなんとも言えませんが、バルトロメオさん殺害にかんしてだけ言えば事実でしょうねえ」

「……そんな気はしてた。でも、他の奴隷を殺したのは、きっと、嘘。エンはそんなことするはずない」

「……まあ、考えてみてください。真相を聞いたあと、あなたがエンさんをどうしたいのか。今はとりあえず、やるべきことをやりましょうか」

「？」

「修行ですよ。明日の夜の本番のためにね」

「そうだった」

オッタはうなずく。

アレクは陰りのない微笑を浮かべて、言葉を続けた。

「先ほどまでの修行では『見切り』を習得していただきました。もともと優れた直観力をさらに鍛え、未来予知にも近い精度で攻撃を予測する。さらに、予測通りに自分の体を動かす完璧なボディイメージの習得をした、というわけですね」

「よくわからない。そういえば、必殺技は覚えたのか？」

「『見切り』が必殺技です」

「……見切ってどうやって相手を倒す？」

「まあ、必殺技という表現はわかりやすくしただけで、本来はスキルなので、必ずしも攻撃技能ではないのですが」

「……？」

「わかりました。では、このように考えましょう。——相手の必殺技をかわすための必殺技を本日は覚えたのです」

「むむ……なるほど」

「……それで、本日から勝負の時までの修行では、あなたのイメージしているであろう方の、本当の『必殺技』を覚えていただきます」

「本当の？」

「言葉のあやです。忘れてください。……今回やっていただくことは本当に簡単ですよ。『攻撃を避けて一撃を入れる』。たったこれだけです」

「誰の攻撃を避ける？　モンスターか？」

「それは、俺――」

アレクの言葉が途中で止まる。

彼は「失礼」と言って、腰の後ろからなにかを取り出した。

それは細長い魔石だ。

手のひら大の黒い石で、ほのかに発光、振動しているのがわかった。

アレクはその魔石を耳に当てる。

「もしもし？　……わかりました。すぐに向かいます」

まるで誰かと会話しているような発言。

魔石はアレクの言葉を受け止めると、役目を終えたらしく、その色を透明に変化させた。

寿命だ。内部にこめられた魔法が抜けると、魔石は透明になる。

しかし、数秒で寿命を迎える魔石など、オッタは見たことがなかった。

どのような強力な魔法がこめられていたのだろう。

アレクは魔石を握りつぶす。

それから、オッタへの話を再開した。

「……申し訳ありません。これからの修行、俺がお付き合いするのは無理そうですね」

「そうなのか。じゃあ、オッタはどうしたらいい？」

「娘をつけましょう。あなたの修行は、ブランが行います。ああ、セーブポイントは宿に出しておくのでご心配なく」

「ブランか。オッタはあいつ、ちょっと苦手だ」

「まあ、悪い子ではないので」

「悪い子だと思う……」

「修行内容をあらためてご説明しますと、ブランがあなたに『食らうと死ぬ』攻撃をします。あなたはそれを避けて、ブランに有効打を与えてください。できないと、次の攻撃であなたは死ぬことになります」

「オマエの娘を本気で殴《なぐ》っていいのか」

「セーブしてからね。それに、並大抵の攻撃ではブランには通りません。あの子の肉弾戦能力はかなりのものだ。ノワの魔法も結構なものだし。……血統の力でしょうかねえ」

「血統？　奴隷なのにか？」

「そこは色々ありましてね。ほら、『カグヤの予言書』、覚えてますか？」

「覚えてる。予言書でもなんでもなかったやつだ」

「そうですね。そのカグヤか、カグヤの姉妹であった者の直系の子孫の可能性が高いんです」

「そうなのか」

「はい。まあ、話の信憑性《しんぴょうせい》としては、『人間の王家が勇者アレクサンダーの子孫だ』ぐらいのものではありますけれど」

「……？」

「王家はアレクサンダーの子孫だということになっていますね」

「それはオッタも知ってる。昔、おとぎ話で聞いた」

「でも、色々調べているとどうにも怪《あや》しい点がある。つまり公式発表と事実が違うかもしれないとそういうことです」

「王家は嘘つきなのか？」

「うーん、どうご説明すればいいのか」

「アレク、困るか？」

「そうですねえ。……ああ、こうしましょう。そこにホーがいますね」

「いる」

「ホーは普段、自分を大人だと言いますが、俺から見るとまだ子供だし、あなたから見ても、子供みたいに見えるでしょう？　でも、ホーは別に、嘘をついているわけではない。本人は、自分のことを大人だと信じていますからね」

「……わかる」

「そういうことです」

「……子供だけど、大人ぶってるっていうことか？」

「はい。『アレクサンダーの子孫ではないかもしれないけれど、子孫ぶっている』『子孫だと本人は信じているけれど、他人《ひと》から見るとどうだかわからない』と、そういうことです」

「なるほど。なんとなくわかったぞ」

「わかっていただけましたか。……帰り道はホーと二人でも大丈夫ですか？」

「大丈夫だ。オッタは道を覚えるの、得意」

「では、俺はここでお別れです。修行の件はブランに伝えておきます。それと、セーブポイントも出しておきますので、休憩を挟んでから修行を開始してください」

そう言うと、アレクはすぐに歩き去っていく。

歩いているようにしか見えなかったけれど、まばたきのあいだにその姿はもう消えていた。

かなり急いでいたのだろう。引き留めてしまったかな、とオッタは反省した。

オッタは、手をつないだホーを見る。

彼女は先ほどからおとなしい。指をしゃぶりながら「おはな」とつぶやいているだけだ。

……ともあれ、いつまでもここにいても仕方ない。

オッタはホーに言った。

「ホー、帰ろう」

「……かえる」

ホーがうなずく。

それを確認して、オッタは『銀の狐亭』への道を歩き始めた。

「オッタさん、それでは、これからの修行は私がやりますねー……」

相変わらず眠そうな調子で、ブランはそう言った。

○

『銀の狐亭』、一階の食堂だ。

時間は今、夕方だろうか。

今朝、アレクの修行を終えて、帰ってきて、一眠りした。

そして今、起きて、オッタは夕食のような、『その日に最初に食べるご飯』という意味では朝食のような、そんな食事をとっていたところだった。

テーブル席には、オッタの他に、ホーがいた。

彼女も今しがた起きたばかりのようで、眠そうに目をこすっている。

ブランは、テーブルの横に立っていた。

奇《く》しくも先日、アレクが『見切り』の修行を説明した時に立っていたのと同じ場所だ。

オッタは硬めのパンをかじり、それを飲みこんでから、ブランに向けてうなずいた。

「アレクが言ってたな」

「はい。私が殴って殺しますから、死なないでくださいねー」

「わかった」

オッタは再びうなずく。

その様子を見ていたホーが、あきれたように目を細めた。

「……意味はわかるんだが、あんたらの会話はひでーな」

「ひどいのか？」

「いや、あんたに言ってもわかんねーだろうから、気にすんな」

「わかった。オッタは気にしない」

「……そうまであっさり興味を失われると、それはそれで……」

「？」

「いや、いい。いいんだけどさ……」

ホーはもごもごと口を動かしている。

食事中だし、奥歯になにか挟まったのかもしれない。

オッタは視線をブランに戻し、問いかけた。

「アレクはたしか、ブランに攻撃しろって言ってた」

「そうですねー」

「大丈夫なのか？　オッタは、ブランぐらいの子に攻撃するのは、かなり抵抗がある」

「パパの言葉を疑わないでください」

「……今日も危ないな、オマエ。見ろ、オッタの尻尾がブワッてなった」

「とにかく、大丈夫です。本気でやらないと、私に攻撃は通らないですから」

「そうなのか。アレクみたいだ。アレクは刃《やいば》が通らなかった。大剣さえ腕で受けた」

「パパは強いですから。……攻撃した事実は気に入りませんけど。修行ですし」

「修行じゃない時だ」

「……」

「すごいぞ。オッタのつま先から耳のてっぺんまで、ピーンてなった」

「…………まあ、いいです。オッタさんはお客様ですから」

「オッタが客じゃなかったらどうなっていた……」

「えへへ」

ブランははにかむように笑った。

オッタには、その可憐《かれん》な笑顔が、大口を開ける凶暴なモンスターの顔に見えた。

「……オマエを子供だと思ってはいけない。オッタは理解した」

「わかってもらえましたかー。それじゃあ、ご飯が終わったら修行開始ですね」

「どこでやる？」

「裏庭でやります。えっと、パパからは、『有効打をもらうまでやめないように』って言われてるので……終わる時間はわかりません」

「わかった」

かくして修行前の簡単な説明は終了した。

……かのように、オッタは思っていたのだが――

ホーが口の端《は》をひくつかせながら、声をあげる。

「待て待て待て」

「……どうした。またホーも一緒に修行するか？」

「やだやだ……いや、そうじゃなくってな。裏庭って、時間になったら風呂ができるだろ」

「そうだな。オッタも初日に入った。あれはいいものだ」

「でも、あんたら、裏庭でいつ終わるかわからない、死ぬような修行するんだよな？」

「そうだ」

「そうなると、あたしは風呂に入りながら、あんたらの修行風景を見せられることになる」

「なるほど。ホーは賢い」

「この程度で賢い扱いされるのも、それはそれで馬鹿にされてる感じなんだが……とにかく、そうなるのはわかるだろ？」

「わかる。……でも、よくわからない。なにか問題あるのか？」

「人が無限に死んでいく姿を見せられながら風呂なんか入れるか！」

「……？」

「おいおい、なんで『理解できない』みたいな顔するんだよ。わかるだろ」

「待ってほしい」

「あたしの方が待ってほしいわ……なんなの……なんでこの宿はあたしが少数派なの……？」

「わかった。オッタはホーを待つ。どのぐらいだ？」

「……いいよもう。なんだよ。あんたはなにを待ってほしいんだよ」

「考えるから待ってほしい。……ホーは、オッタたちの修行を見ながら風呂に入れないということだな？」

「そう言ってるだろ」

「……つまり、見なければ入れる？」

「よし、わかった」

「オッタは全然わからない」

「あたし、オッタの次に来た客がまともだったら、すげえ仲良くなりそうな気がする。今、ものすごい、普通の会話がしたい」

「話がしたいのか。オッタなら付き合うぞ」

「普通の話がしたいんで遠慮しとくわ」

「そうか。オッタは『遠慮しとく』という言葉の意味がわかるぞ。ブランと違って」

「……とにかく風呂の時間はどうにかしてくれってことを言いたかったんだよ、あたしは」

「ブラン。ホーはこう言ってるぞ」

　オッタはブランへ視線を向けた。

　ブランは眠たげな顔で、少しだけ首をかしげた。

「なるほどー……でも遠出するのも、セーブポイントが宿ですからー……パパが帰ってくるまで移動もできませんし」

「つまり、オッタが風呂までに修行を終えればいいのか」

「そうですねー。それができたら一番です」

「あ、そうだ。もう一つ、いい方法を思いついたぞ」

「なんでしょう？」

「ホーも同じ修行を一緒にやればいい」

意外すぎる話の展開――

ホーは思わず「えっ」と言った。

「待って、待って待って。なんでそうなる。なんでそうなるか、まったくわかんない」

「そうか？　オッタにしては頭を使ったと自分で自分を褒《ほ》めたい」

「……とりあえず思考を開示しろよ。話はそれからにしてやるから」

「そうか？　まず、オッタは修行をやめられない。エンを倒さないといけないからな」

「まあ、そこはいいよ。あたしだって『迷惑だから修行やめろ』なんて言わねーから。修行することと自体はなんら反対しねーよ」

「で、ホーは、なぜか知らないけど、修行を見ながら風呂に入れない」

「……なぜかは、わかれ……」

「……難しい。でも、わかった。考えてみる」

「いや、いい。それより話を進めてくれ……」

「わかった。……オッタは、考えた。ホーを風呂に入れないのも、悪いかなと思う。でも、修行はやめられないし、場所は変えられそうもない。だから、オッタと一緒に修行すればいい。修行後の風呂はいいぞ」

「いや、もう、あたしがゆずるよ……我慢するから……今日は桶《おけ》にお湯張って体洗うだけにするからさ……」

「そんなことはさせられない」

「修行させられるよりマシだよ！」

「なぜだ？　修行は強くなれる。得だ。体を洗うだけの風呂は、ここの風呂に比べて気持ちよくない。損だ。ホーは損したいのか」

「まさかオッタから損得勘定を持ち出されるとは思わなかった」

「今回はかなり頭を使った。オッタは一つ成長できた気がする。がんばった」

「頭の使いどころ……っていうか、あたしが一緒に修行したって、けっきょく『風呂に入れない』っていう問題は解決してねーだろうが」

「ホーの前だと、オッタはがんばれる。だから、早く修行を終われるかもしれない」

「……」

「そういうことだ」

「まあ、そこまで言われても『どういうことだ』って感じなんだが……あ、そうだ。ブラン」

ホーが呼びかける。

ブランは、眠たげな顔で首をかしげた。

「なんですか？」

「そもそも、アレクさんはオッタの修行しか命じてないだろ？　ってことは、あたし用の修行はないってことだ。今朝終わった『殺意の洞窟』での修行だって、オッタは『回避すること』が目的だったけど、あたしは『髪で全部の矢を受けきること』が目的だったしな。アレクさんは効果のない修行はやらせない。だから、今回、あたしは修行をしない。そうだろ？」

「あ、実はですね」

「よし、この話は終わろう。あたしちょっと外行くわ」

「待ってください」

ブランが、立ち上がろうとするホーの肩に手を置いた。

ホーの浮かせかけた腰が、椅子に再び着いた。

抵抗はできないようだった。ものすごい力でおさえこまれているのだろう。

ホーはそれでも、暴れる。

涙を浮かべ、叫びながら、髪をぶんぶんと振った。

「やだやだやだ！　待たない！　外行く！　おそといくの！」

「パパが、こんなこともあろうかと、ホーさん向けの修行も言付《ことづ》けて行きました」

「ないよお！　そんなの、ないもん！」

「でも、オッタさんが『ホーも一緒に』って言ったら修行をつけろって、パパが」

「なんでそんなひどいことするの……？　アレクさん、ホーのこと、きらいなの？」

「そんなことないと思いますよ……私の方が好かれているとは思いますけど……」

「どうでもいいよ！　やだ！　修行はやだ！」

「こういう時、パパならきっと、こう言うでしょう。『考えてみましょう』と」

「それやられると、常識とか、現実とか、すごい、ぐらぐらしてくるから、やだ……」

「しかし、考えてみましょう。逆に、修行をしない理由はなんですか？」

「つらいから」

「なるほど。つまり、修行をしない理由はないということですね？」

「いや、つらいからって言ってるだろ!?　話通じる人連れてきてくれよ！　ヨミさん！　ヨミさんはいないのか！」

「ママは市場へ買い物へ行きました。その料理、私が作ったんですよ」

「あ、そうなのか。だから今日はパンが硬いのか」

「むう。がんばったんですけどね……美味《おい》しくないものを食べさせてしまったでしょうか」

「いや、ヨミさんが料理上手《うま》すぎるだけで、普通に店で出せる味だけどさ……」

「そうですか？　ありがとうございます」

「おう。じゃあ、食事も終わったし、外行くわ」

「まあまあ、落ち着いてください。これからのあなたの予定は『修行』ですよ」

「人の心があるなら、許して」

「修行のつらさは、私もよくわかります。小さいころから、『危険があっても対応できるように』ってパパにずっと修行をつけられてますから」

「だろ?」

「はい。ホーさんの気持ちは、よくわかります」

「な?」

「でも、パパが『修行させてあげて』って言ったから、修行はさせます」

「オッタ！　なんとか言ってくれ！」

「大丈夫。オッタもついてる」

「そうじゃねーよ！」

求めに応じたつもりが、そうじゃないらしかった。

オッタは首をかしげる。だって──他にかけるべき言葉が、思いつかなかったから。

ホーはまだなにか言いたそうな顔をしていた。

でも、次第に、目から光が消え、うつむいていった。

そしてついに──

「わかった……やる……やるよ、修行……」

かすれた小さな声で、つぶやく。

頬に流れる一筋の涙の意味は、オッタにはわからなかった。

○

事態はたぶん、急展開を迎えたのだろう。

少なくとも、オッタにはそのように感じられた。

「ちょっと急ぐ必要が出てきました」

どこかへ行っていたアレクは、戻ってきて早々、そんなことを言った。

時刻はもう、夕方だった。

日が沈むまではそう時間がない。

オッタはつい今し方、修行を終えたばかりで、これから本番前に少しだけ休憩をしようと思っていたところだった。

アレクはダンジョンで出会った時の服装だった。

銀の毛皮のマント。それから、無気味な意匠《いしょう》の仮面。

説明をする間も惜しむアレクに連れられ、オッタはある場所へ向かうことになる。

それは――一番街だ。

富民街、と言った方が多くの人に理解してもらえるだろうか。

街で一番王城に近い住宅街。ようするに、貴族とまではいかないが、それなりの出自や地位、そして貴族をしのぐ財力を持つ者たちが好んで住む一級住宅地で――

バルトロメオの根城があった場所。

すなわち剣闘場のある街だ。

普段は閑静《かんせい》な住宅街。身なりのいい人々が行き交う、上品な印象の場所。

けれど――今、一番街は、怒号と悲鳴にあふれていた。

並んで立つオッタとアレクの周囲を、前から来た人々が駆け抜けていく。

オッタは何人にもぶつかられ、にらまれ、『邪魔だ』と怒鳴られた。

人の激流。

その中で、アレクは岩のようにゆらがず、ぶつかられることもなく、立っている。

「『急ぐ必要』はご覧の通りです」

オッタたちの目の前には、『一番街市民ホール』と呼ばれる建物があった。

石造りの、四角い建物だ。

敷地面積はかなりのものなのだが、屋根が平べったく、また、二階建てで周囲の建物より低いため、どこか『つぶれたような』印象がある。

色とりどりのレンガで造られた、綺麗な建物。

アレクが言うには――この建物は、このあたりに住む市民が、なにか催事《さいじ》を行う際に用いられる施設らしい。

一番街に住んでおり、申請さえすれば、誰でも自由に使うことができる。

勝手な侵入をしようとする者がいないよう、普段から警備兵が目を光らせており、安全性もたもたれている。
市民の憩《いこ》いの場。大人も子供も老人も使う、平和の象徴みたいな施設。
……ただし、オッタは、この建物の平和的ではない用途を知っていた。
それも——身に染《し》みて。

「闘技場」

オッタは、その建物をそのように呼んだ。
……そうだ。バルトロメオに連れられて、何度通ったかわからない。
ここの地下には、剣闘士同士を戦わせる場所があった。
ある意味で、思い出深い場所。
悪い思い出は多い。オッタは弱かったから、負けることばかりだった。
それでも死ななかったのは、逃げるのが得意だったからだ。
それに、ここで戦うエンは、格好よかった。
……思い出が、たくさんある場所だ。
その場所が、今——

「燃えてる」

赤々とした光景は目を焼く。

火柱は天高くまであがり、空の橙《だいだい》と混ざっていた。

雲が、流れる。風で巻き上げられた火の粉が、細かな粒となって、弾《はじ》けては消えていた。

ガコン、という大きな音。屋根の一部が、いびつにへこんでいた。……きっと焼け落ちたのだろう。

「俺は、あの火事を消せません」

アレクはそのように語った。

首をかしげるオッタへ、言葉を続ける。

「俺には、エンさんとの約束があるから」

「エンと？」

「はい。あなたの修行をしていないあいだ、エンさんと会っていました」

「そうなのか」

「彼女は剣闘闘技をつぶしたがっていた」

「……」

「だから、火を放ったというわけですよ。それを俺は見て見ぬふりをしました。……こんなことをしたって意味がないことは、彼女もわかっていますけれどね」

「意味、ないのか？」

「場所がなくなっても組織は残りますから。そして、組織の方をつぶしきるには、エンさんはあまりに弱い」

「エンは強い」

「そうですねえ。でも、なんらかの集団をつぶすというのは、戦乱の世ではないこの世界において腕力でできることではありません」

「……よくわからない」

「覚えましょう。……いずれ、あなたに必要になる知識だ」

「がんばる。……なあ、アレク、エンは、体調悪いのか？」

「……まあ、隠す方が無理ですよね。はい。体調は、よくないでしょう。というか、考えればたぶん、どんな状態かわかると思いますよ」

「……バルトロメオを殺したからか。奴隷が、主《あるじ》を傷つけようとすると、すごい痛い。息もできないぐらい」

オッタは左手首を見る。

もう、そこにはなにもないけれど、かつて、そこには、奴隷の紋様が刻まれていた。

魔法の刻印。

主への反抗を防ぐため、害意に反応して全身に痛みを走らせる、懲罰《ちょうばつ》用具。

「だからアレクは、エンに味方したのか？　エンがいっぱい、痛い思いしてるから」

「そうですねえ……うまく説明するのは、難しいのですが」

「聞く」

「この世界には、生まれた時から奴隷となる者もいれば、刑罰として奴隷に落とされる者もいる。俺からすると、おかしな感じがしますね。……まあ、奴隷制度自体は一長一短、やる気のまったくないニートでも『働くしかない状況』に追い込まれて社会復帰が可能となる一方で、こうしてこっそり隠れて奴隷に酷《むご》い扱いをするやつもいる。善悪とか、是非は、俺には難しすぎてわからない」

「アレクにも難しいのか」

「そうですねえ。そもそも、世の中に簡単なことはありません。……俺は師匠《ししょう》に、『生まれで人生が決まるようなヤツをなくしてくれ』と頼まれました。でも、その言葉を突き詰めれば、王族や貴族さえなくして、すべてを平等にしなければならない」

「……よくわからないけど、それは、なんか、ものすごい」

「俺の師匠もそこまでのことを言ったつもりはないでしょう。けれど、受け取り方によって、そのようにも解釈できる。師匠の弟子が俺でなかったならば、そのように、極端に走った可能性はないでもなかった」

「難しい」

「そう、難しいんです。言葉の受け取り方一つにせよ制度の見方一つにせよ、とても難しい。誰かに答えを教えてほしい。でも、教えてくれる人はいない。というか、『誰かの答え』はあっても『正解』はない」

「………頭がおかしくなりそう」

「はい。色々考えすぎると、どうしても、止まりますね。頭も、行動も。だからこういう時、俺は明確な一つの判断基準を定めています」

「どんな?」

「『共感できるかどうか』です」

「……」

「さて、エンさんの行ったことは、放火だ。もちろん、違法で、多くの人にとって、されたら迷惑な、悪いことです。しかも、意味があるかと言えば、そこまででもない。闘技場一つ焼け落ちた程度で、剣闘というものを行う連中自体が消えたりはしないでしょう」

「……」

「どう考えたって間違っている。……でも、彼女の熱意を、俺は支持した。彼女の行動は多くの人にとって止めるべきことだけれど、俺に共感できる正しさがたしかにあったから、俺は、彼女の味方をすることにしたんです」

「一緒に火をつけたのか?」

「まさか。……まあ、味方すると言っても、残念ながら、保身はしていますよ。やったことといえば、彼女がこれ以上人を殺さないように、近隣住民にある程度の避難を呼びかけたり、憲《けん》兵《ぺい》や消防団の到着を遅らせたり、その程度ですね。なるべく先のない行為はさせないようにしているのですが、今回は、他にやりようもなかった」

「……」

「さて、これからあなたがエンさんと勝負しようとしたら、あの燃えさかる闘技場に入るしかないでしょう。内部はきっと、大変熱いと思います。地下ですからね。普通の人ならば、もう焼け死ぬほどの温度でしょう。──そのうえで、俺は、エンさんから、あなたへ言伝《ことづて》をあずかってきました」

「……どんな？」

「『お前が約束の時間、約束の場所に来なかったら、私の勝ちだ。だって、私はもう、しゃべることができなくなるから』」

「……」

「さて、考えてみてください。──真実に、知る価値はあるでしょうか？　こうまでして、エンさんが隠し通そうとしている真実を、あなたはそれでも、暴きますか？」

オッタは、燃える闘技場を見た。

──空は暗い。赤々と立ち上る火柱は、消え損《そこ》ねた夕方の光の残滓《ざんし》めいていた。

大きな火柱。……でも、なんて悲しい灯《あか》りなのだろう。

いずれ消えることが定まっていて、それでも夜を照らし続ける。

この光は──中で待つ彼女の、声なき悲鳴のようにも、思えた。

「……オッタは、行く」

「それがあなたの意思ですか」

「真実を暴くべきかどうかなんて、難しいことはオッタにはわからない」

「……」

「でも、放っておいたらエンが死ぬ。だったら、オッタが行って、助ける」

「しかし、彼女の望みはまさに『死』かもしれませんよ？」

「そんなの知るか。エンが死にたいなら、オッタは邪魔する。それでエンが困るなら、ずっとオッタがエンを困らせ続けてやる。その代わり――エンだって、オッタを困らせたらいい。オッタはエンになら困らせられても、いいから」

「……結構。あなたの決意、しかとうかがいました。それでは、セーブポイントを――」

「いらない。エンは命を懸《か》ける。だったら、オッタも、命を懸ける」

「なるほど。……内部はすでに、相当高温だ。あなたやエンさんでも、そこまで、もたない。勝負が終わったら、すぐ助けに行きますが――それまでは、邪魔はしませんし、させません。だから安心して、決着をつけてきてください」

「わかった」

「お気をつけて」

アレクに見送られ、オッタは燃えさかる闘技場へと向かう。

揺れる炎の明るさが、視界の端に焼き付いた。

○

「……あきれた子。ここまでやって、まだ来るなんて」

苦笑。

待ち受けていたエンが最初に浮かべた表情が、それだった。

内部はあまりに熱い。視界が赤くかすんでいくのがわかる。

すり鉢《ばち》状の闘技場。

そこかしこから火の手と煙があがっている。

観客席、天井、奴隷搬入口。燃えていないところを探す方が難しい。

エンは、闘技スペースの中央に立っていた。

土の敷かれた場所。……ここには、様々な奴隷の血が染み込んでいる。

彼女の美しさに目を奪われる。

革に鋲《びょう》を打ち付けた、要所のみを隠す露出度の多い鎧《よろい》。

薄紅《うすべに》色の髪が、熱気にあおられ揺れている。

白い肌は暑さのせいかうっすらと紅潮《こうちょう》していた。

女性らしい――少なくとも、戦士よりは踊り子に見える。

しかしそのイメージを、彼女の真横に突き立てられた大剣が否定した。……あの巨大な金属塊《かい》を、細身の彼女が自在に操るのだ。

「来るなって、あの人に伝言を頼んだつもりだったんだけど」

エンが鋭く目を細めた。

呼応するように、周囲の炎が勢いを増す。

まるで、闘技場を焼き尽くす炎の主《ぬし》。

……いや、違う。この空間を燃やし尽くす炎は、彼女そのものだ。建物を執拗《しつよう》にさいなみ、時折爆《は》ぜるような音を上げる。その赤い輝きは、彼女の怒りと苦しみの具現だった。

「エン。オッタは、オマエを止める」

「……聞き分けのない子。どうして自分から不幸になろうとするの」

「不幸なもんか。エンが生きてることが、オッタの幸福だ」

「…………」

「だから、全部話してもらう。オッタにはわかんなくても、全部聞く。痛そうなのも、苦しそうなのも、今日で終わり。死にたいエンを、オッタは困らせる。だから、エンの痛みで、オッタを困らせたらいい」

「……傷」

「?」

「お前が私につけた傷一つにつき、真実を一つ話すわ。……私を殺さず勝つだなんて、お前が不利すぎるから。その程度の譲歩はしてあげる」

「……わかった」

「でも、まあ、傷の一筋だって、つけさせる気は――」

奇襲。

エンが炎そのものならば、オッタは煙そのものだ。

初動はすぐに最高速に達する。いくら速くとも加速に時間がかかっては簡単に捉《とら》えられる。

しかし、一瞬で最高速に達することができるならば、その姿は、対峙《たいじ》する者にはかすんで見えるだろう。

煙のように――音もなく、姿さえぼやけさせて、オッタはエンに肉薄した。

「――こ、の！」

エンが戦闘態勢に入るのは、やや遅れた。

また、彼女の武器は大剣だ。最高速と間合いにおいて優れるが、反面、内側に入られれば対応が難しい。

……もっとも、『間合いの内側に入る』程度のことで攻略できる存在ならば、エンは今まで生きてはいない。

完全に間合いの内側に入ったオッタを、強烈な一撃が襲う。

膝《ひざ》だ。大剣使いを支えるもの、それは巨大な武器ではない。巨大武器を用いてなお体勢を崩さない、強靱《きょうじん》な足腰だ。

オッタの体が飛ぶ。

それは衝撃を殺すため自《みずか》ら後ろに跳ぶ回避動作でもあった。

けれど、距離がまた離れる。一度詰められた間合いは、再び開き――

エンが、大剣をかまえる。

オッタの目には城壁にさえ見える、堅牢《けんろう》な金属塊が、二人のあいだに立ちふさがった。

ただ——オッタも、なにもせずに膝蹴りで吹き飛ばされたわけではない。

エンが笑う。

膝を繰り出した右のふとももからは、血が滴《したた》っていた。

オッタの短剣によりつけられた、切創《せっそう》。

「……やるじゃない。まさか、いきなり傷をつけられるとは思わなかったわ」

「約束」

「……そうね。私たちと一緒にいた、六人の奴隷のことを話しましょう。エッタ、トレ、フェム、ティオ、シューゲ、オッティ」

「……そう。なんで、いない？　死んだのは、本当？」

「死んだのは本当よ。……最初はティオだったわ。私が殺した——ようなもの、よ」

「じゃあ、エンは殺してないんだな」

「直接手を下す、という意味ではね。……でも、私が殺したようなもの。ティオは病気になったのよ。それで、薬がほしかった。でも、バルトロメオは、治療なんかしてくれなかったわ」

「……だから、バルトロメオを殺したのか？」

「まだ、我慢したわ」

「じゃあ、なんで……」

「一つの傷じゃあ、ここまでよ」

「だったら、もう一つ、傷つける」

オッタの姿がかすむ。

静止状態からの急加速――のみならず、気配さえ、消えている。

それはブランとの修行で身につけた、相手の間合いにすべりこむ方法だった。

戦闘において相手に一瞬自分を見失わせる技能。

だが、二度目は通じない。エンは大剣を振って、オッタの進路を叩き潰《つぶ》す。

――しかし、まだ不十分だ。

オッタが修行で覚えたのは、気配さえかすませての急接近だけではない。

見切り。エンが戦闘経験から相手の軌道を読むのならば、オッタは、直観によって敵の攻撃を予知する。

大上段から振り下ろされる大剣。土の敷かれた地面を叩き、土煙があがる。

その剣の上を、オッタは駆け上る。

そして、エンの下がった頭に、蹴りを食らわせた。

膝蹴りの仕返しのように――短剣ではなく、足を用いた攻撃。

足場たる大剣はすぐさま振り上げられた。

オッタは、跳ぶ。

そしてまた、最初の位置に戻った。

エンは左手で頬をさすり、苦笑した。

「……傷は、傷ね」

「次の話」

「……ティオの治療は、されなかった。バルトロメオは、病気に負けるような弱い個体は、剣闘に使えないと考えたみたいね。だから、放置した」

「……」

「それだけなら、まだ、よかった。……でも、あいつは、病気のティオを興行に出したわ。しかも猛獣と死ぬまで戦わせる、見世物《みせもの》としてね」

「……」

「生きる価値、ないでしょう。あんなやつ、死んで当然でしょう」

「………だから、殺した」

「いいえ。まだ、我慢したわ。だって、他にも、いるんだもの。……バルトロメオは最低のやつだけど、あいつは、奴隷たちの生活を保障しているわ。だから、私は、耐えた。守れなかった子は増えたけど、まだ守るべき子は多い。だからここで、私が全部を台無しにするわけにはいかない」

「……」

「でも、あんなやつ、もっと早く殺せばよかった」

「……どういう意味だ？」

「聞きたければ、傷を、つけなさい。まだ、間に合う。これ以上はきっと、聞くに堪《た》えない」

「……それでもオッタは、全部、知る」

「私が、教えたくなくても？」

「……エンの痛みを、全部、わけてもらう。それがオッタの決めたこと」

「馬鹿な子。……いいわ。でも、きっと、ここまでよ」

「……やってみなきゃ、わからない」

「じゃあ――やってみなさい！」

エンの足元で土が爆ぜる。

闘技場を焼く炎が、勢いを増す。

迫り来る大剣。

オッタは、直観に従い身をかわす。

しかし、一回かわした程度では、なんの解決にもならなかった。

次から次へと――まるで、小枝でも振り回すような気軽さで、巨大な金属塊が何度も振り下ろされる。

繰り返される剣撃。

闘技場と比例するように白熱していく勝負。

振り下ろされた大剣をオッタの腕力で受け止めることは不可能だ。だから、振り切られる前に、何度も短剣で叩いて、大剣の軌道を逸《そ》らす。

吸いこむ息は、とっくに高熱を帯びている。

炎と煙が、あたりを満たす。

——まるで灼熱《しゃくねつ》の檻《おり》。

バキバキとなにかが崩れる音。震動。地面すら、ぐらぐらと揺れる。

だというのに——もう、お互いに、お互いしか見えない。

一回、二回、三回、四回。大剣が振り下ろされるたび、それに三倍する数、短剣が大剣を打つ。

焼け爛《ただ》れる世界の中で二人のいる場所だけが静寂《せいじゃく》をたもっている。

まるで別世界だ。ここだけ周囲となにもかもが違って感じる。空気も、温度も、時間の流れも。

見てからでは追いつかない。感じるままに短剣を振るう。直観だけでは読み切れない。心に焼き付いた、彼女の姿から、次の動きを予測する。

未来のために、過去を見ている。

……だからだろうか。

——ふと。

懐かしい記憶が、頭をよぎった。

○

もう、昔のことだ。

オッタと同い年の少女がいた。

今はもういない少女。

オッタは、その子が死んだ時に、泣きたかった。

つらかった。

悲しかった。

街には自分たちと同い年なのに、命のやりとりなんか知らないような子供がいる。なにが違うのだろう。どうしてあの子たちは奴隷ではないのに、自分たちは奴隷なのだろう。

なにが悪いということもなかった。ただ、きっと、運が悪かった。誰を恨めということもなかった。ただ、運命を恨むべきだったのだろう。

運の悪い子が死んでいく。

その当たり前すぎる無念に、オッタは泣きたかった。

でも、自分より先に泣いている、エンを見た。隠れるように、こっそりと、誰にすがることもなく、一人きりで泣く彼女を、見てしまった。

ずるい、と思った。

だってエンみたいに強い人に先に泣かれたら、おどろいて、自分はもう泣けない。

でも、そのお陰で気付いた。

——エンだって、泣きたいんだ。

強すぎる彼女には、人並みの弱さがあって。大人みたいな彼女にだって、子供の部分はあった。

だから——奴隷から解放された日、オッタは、思った。

強さで弱さを覆《おお》い隠し、大人の仮面をかぶらなければならなかったエン。

その彼女を——

「今度は、オッタが、エンを助けたい」

——抱いた決意を思い出す。

弱すぎて、口にできなかった、大それた願い。

オッタの願いを振り払うように——エンは、大剣を強く、オッタへ叩きつける。

「私は、お前に助けられるほど弱くない！」

オッタは、二本の短剣で、その攻撃を受け止める。

あまりにも重い。——剣も、言葉も。

受けきれるわけがないと思っていた重圧だ。

体が押しつぶされそうになる。

それでも——オッタは受け止めた。

「エンは強い」

「……そうよ。私は強いの。だから、全部任《まか》せなさい。お前は、お前の人生を生きるの。痛いのも苦しいのも、全部、私が持っていくから。……お前まで、苦しい思いをすることはないんだから」

「でも、今のオッタは、もう強い」

「……」

「エンが見失うぐらい速くなった。エンを傷つけられるぐらい鋭くなった。……エンを受け止められるぐらい、強くなった」

「……馬鹿を、おっしゃい」

「オッタは馬鹿だ。でも、この気持ちは馬鹿にさせない」

エンの大剣を、はじき返す。

重い剣。

大きな剣。

まさかはじかれるなどと思っていなかったのだろう、エンは驚愕《きょうがく》に目を見開く。

体勢が崩れる。

心に、隙が生まれる。

そこに、オッタはすべりこんだ。

「もう、エンだって、オッタを頼っていい」

大剣に、一撃を叩きつける。

――大剣がエンの手から離れ、飛ぶ。

武装をはがされ、隙だらけになったエン。

ようやく作ることができた、致命的な一瞬の隙。

エンとのわずかな間合いを詰めて──

「オッタは強くなったんだから」

──エンを抱きしめる。

短剣は地面に捨てていた。

ただ、ぎゅっと、力強く、抱きしめる。

殺せるタイミングで、殺さない。傷つけられるタイミングで、傷つけない──それがオッタの選択だった。

エンはしばし、硬直していた。

視線の先にはオッタが落とした短剣がある。

抱きつくオッタをふりほどき、体勢を崩し、短剣を拾って反撃──

そのような図を頭に描いてから──ため息をついて、両腕を、おろした。

「……馬鹿な子。なんで、私なんかのために、強くなるのよ。お前にはもっと、普通の人生だってあるはずなのに」

「全部、話してもらう。それで、生き残ってもらう」

オッタは、抱きついたまま、真っ直ぐにエンを見据える。

彼女はしばらく沈黙した。

けれど、観念したように、口を開く。

「……ティオが死ぬ時にやらされた興行は、結構な人気だったみたいよ。バルトロメオはね、今の稼業がもう長くないと思ってたみたい。奴隷を整理する機会をうかがっていた」

「……」

「奴隷の整理もできて、儲けも出る興行を、バルトロメオは繰り返したわ。奴隷がいなくなるまでね。ようするに——時期が悪かった」

「……」

「そして、剣闘奴隷商を畳むまでの稼ぎは、全部、私の興行だけでまかなえてしまうらしかったのよ」

「……それは」

「私が、たくさん興行に出たせい。みんなが少しでも戦わずすむように、自分を鍛えて、無理をしてたくさんの興行に出て……そのせいで得た人気と実力が、他の奴隷をいらないものにしてしまった」

「…………」

「私が、みんなを殺した。みんなのためを思ったのに、全部、裏返った。……どうして私たちはこうなの。生まれた時から不幸が決まってて、死ぬまで不幸が予約されてる。自分を救うのは自分しかいなくって、でも、自分じゃ自分を救えない」

「……」

「なんで、なのかなあ。私はもう、がんばれない。がんばったって、どうせ、無駄になるの。なんで、こんな……」

弱々しい姿を見た。

オッタは、嬉しく思う。

エンが、弱さを隠さず見せてくれる――ということはきっと、オッタの強さを認めてくれたのだろう。

それだけで今までやってきたことが、全部、報《むく》われた気分だった。

「我慢しないで、泣いていい。エンの弱さは、オッタが受け止める」

「…………」

「だから――」

ぐらり。

言葉の途中で、オッタの体が、かたむく。

限界だ。

終わってみれば、オッタは無傷。勝負は終始優勢だった――

――わけがない。

たった一撃もらうだけで、状況はひっくり返ったのだ。

一瞬一瞬に、寿命を燃やし尽くすほどの集中を必要としていた。

さらに、運動量も違う。腕力で劣るオッタは、そのぶん、エンより動きを多くしなければならなかった。

加えて、環境。

吸いこむ息はもうかなり熱い。煙だって、視界を埋め尽くそうとしている。——呼吸なんてまともにできるはずがない。

それでも、どうにか緊張感で意識をつなげていたのだろう。

でも、勝負は終わり、オッタは悲願を達成した。

大事な大一番を終えて、誰もが当然感じる気の緩《ゆる》み——責められるものではない。けれど、そのせいで、とうに限界だったオッタは、当たり前のように、気を失った。

「オッタ!?」

エンは慌てて、彼女の重量を支えようとした。

でも、無理だった。オッタの軽い体さえ、エンはもう支えきれない。

主を傷つけた痛み。

強くなりすぎていたオッタとの戦い。

炎に巻かれた闘技場の空気は、ただ吸うだけでも痛いほどに高熱だ。

煙は視界のみならず体内さえ侵《おか》している。

「……馬鹿な子」

エンはオッタを抱きしめる。

……きっと、お互いに限界だったのだろう。

「私のことなんか放っておけばよかったのに。……お前まで死んでしまったら、私の人生はもう、なんのためにあったのか、わからないじゃない」

炎は勢いを増していく。煙はあたりを満たしていく。

エンは静かに目を閉じた。オッタを強く抱きしめる。

——建物が焼け崩れる音がした。

どこか遠い世界のことに思える。

ようやく気付く。——この人生は、報われていたのだ。

すべて裏目に出たと思ったけれど、自分のせいで、多くの子供たちを死なせてしまったけれど——それでも、オッタ一人だけでも、救うことができた。

今際《いまわ》の際《きわ》、そのことを思い出すだけで、笑って死ぬことができる、はずだったのに。

「最期《さいご》まで、こうなのね」

腕の中の熱を想う。

こうして、彼女の人生は、報われることなく幕を——


「終わったようですね」

ドウン！　と耳朶《じだ》を叩く音。

地下であるはずの空間に、暴風が吹き荒れる。

風は炎と煙をなめつくし、渦をまき、焼け落ちかけた天井を吹き飛ばした。

エンは混乱する。なにが起きたのか——その答えを求めて、いつのまにかそこにいた、銀の毛皮のマントの男性を見た。

「お迎えにあがりましたよ。いや、戦っていたあなたたちほどではないでしょうけれど、こちらもこちらで、かなり、ハラハラしました」

「……アレク、さん」

「お二人とも瀕死《ひんし》のようですね。よかった、無事で」

「…………あいかわらず、意味不明ね」

「まあ、死んでいなければどうにかなります。特に、原因のはっきりしている傷はね」

「……でも、私の痛みは消えない。主を傷つけた奴隷の末路は、わかっているつもりよ」

「驚嘆《きょうたん》に値《あたい》する精神力ですねえ。その痛み、俺は半日もたず半狂乱しましたよ」

「……元奴隷なの？」

「事情があって一瞬だけ、奴隷みたいなこともやっていました。……まあ、それより、あなたの痛みは俺が消せますよ」

「……その方法は聞いたけど、意味がわからないって言ったじゃない」

「ですから、あなたは今、主が死んで、国が仮の主だ。ということは、女王陛下と直接交渉して俺が国からあなたを買い取り、仮ではなく正式な主になれば、『主を傷つけた痛み』は消える。だって俺は、あなたに傷つけられていませんからね」

「……だから、女王陛下と直接交渉なんてできるわけないでしょう」

「できますよ。知り合いですから」

「…………何者よ、あなた」

「それはあなたが決めてください。……どうでしょう。オッタさんに負けて。それでもまだ、死を選ぼうとしていますか？　死を選ばないのであれば──俺は、あなたの主人です」

「……」

エンは腕の中のオッタを見る。

苦しげだった顔は、安らかになっている。……呼吸は、している。

あの環境で戦った痛手が、こんなに短期間で治るとは思えない。彼がなにかしているのだろうかと、エンは思った。……思わず、笑いがこぼれる。

「……私はね、なんでも一人でやらなきゃいけないと、思ってたの。だって私は、強いから」

「……」

「でも、できないことが、たくさんあった。こうして倒れたオッタを癒《い》やすことも──オッタを自由にしてあげることも、私にはできなかった」

「…………」

「頼ってもいいかしら？　私のできなかったこと、できそうもないこと、あなたにお願いしても、いいの？」

「それがあなたの願いであれば」

「……ありがとう。肩の荷が降りたわ。こんな気分は、初めてよ。すごく――幸福なのね。人に頼るのって」

「あなたはどうされます？　あなたの願いは、変わりませんか？　今もまだ、自分は死ぬ以外にないと、そうお考えですか？」

「もう、この子は私の手を離れたわ」

「……」

「……本当はね、もう嫌なだけだったの。やることなすこと全部裏目で、私がこの子を思えば思うほど、この子を不幸にしてしまう。……とかね。この子のためを思うようなつもりで、私はもう、人のためにがんばるのに、疲れていただけだった」

「……」

「でも、もう、私は、私の人生を歩んでもいい。……オッタに、頼ってもいい。力尽くで教えられたわ」

「そうですか」

「……うん。だから、ね。もう少しだけ、生きてみようかしら。報われないと思っていた私の人生は、この子がいるだけで報われてるんだって、わかったから」

「結構。すぐにでも、あなたを俺の奴隷としましょう。まあ、殺人と放火の裁きは受けていただきますけれどね」

「ありがとう。……それから、罪人の主にしてしまって、ごめんなさい」

「かまいませんよ。……罪を償い終わって行くあてがなかったら、『銀の狐団』というクランを紹介します。そこにはあなたと似たような境遇の人が、たくさんいますからね」

「……あはは」

「どうしました？」

「馬鹿みたい。……この世の不幸を全部背負ってるような気でいたのに。そっか。私だけじゃないんだ。――広いな、世界は」

アレクが空けた天井から、空を見る。

……燃えさかっていた炎は、とうにない。

一人、夜に抗《あらが》った灯りは、とうとう夜空に溶けて消えた。

○

「オッタさん、仕上げに行きますよ」

ノックの音が耳朶を打つ。

部屋でまどろんでいたオッタは、静かに目を開けた。

――時が流れた。

ホーとオッタだけだった宿泊客は、増えたり、減ったりした。

ソフィが来た。コリーが来た。ロレッタが来た。モリーンが来た。

トゥーラが来て、帰った。ソフィが、帰った。コリーが、帰った。

みんな、目的を達成したのだろう。

オッタだって、目的を達成した。

――でも、まだやらなければならないことがある。

剣闘闘技会を行っている者たちに、剣闘をやめさせること。

エンが望んで叶《かな》えられなかったことが、まだ残っている。

オッタは起き上がった。

眠り慣れたベッド。

周囲を見回す。見慣れた部屋。『銀の狐亭』客間。

……ひどく懐かしい夢を見ていた気がする。

オッタは、目尻《めじり》に浮かんだ涙をぬぐってから、立ち上がった。

部屋のドアを開ける。

そこには、銀の毛皮のマントをまとい、仮面をつけたアレクがいた。

「おはようございます。もう、時間は夜ですが」

「……オッタはアレクじゃない。昨日は深夜から昼まで、『仮入団』の仕事してた。夜まで寝るのは当たり前」

「もう少し鍛えれば一週間に数秒の睡眠でもやっていけるようになりますよ」

「がんばる」

「ええ、がんばってください。それで、いよいよ仕上げです」

「……剣闘は、なくなるのか」

「あなたたちがやらされていた剣闘はね。……小さい組織が、まだいくつかありそうなんですよねえ。まあ、そちらも時間の問題でしょう」

「……オッタたちに、剣闘をやらせてた連中は、たしか」

「『一番街自治委員会』。いわゆる町内会ですね」

「……なんか、悪いヤツっぽくない」

「だから、気付けなかった」

「……」

「町内会が普通に催《もよお》すイベントの中に剣闘大会があったというのは、おどろきでしたね。……俺には思いつけない。だって、子供やお年寄り、それになにも知らない普通の人だって使うような場所で、奴隷同士の殺し合いをやらせるなんて、おかしい」

「……最近オッタは、アレクが常識を語るのはどうかと思うようになってきた」

「俺は極めて常識的ですよ」

「……オッタもそう思ってた。でもモリーンとホーが」

「はあ、なにか誤解があるようですねえ」

「……この話は秘密だったような気がする」

「そうなのですか？　別に秘密にするようなことはないと思うのですが」

「……それで」

「ああ、失礼。仕上げの話でしたね」

アレクが苦笑する。

そして、話を戻した。

「これまで町内会の中心人物であるみなさん一人一人にお願いにあがりました。……いよいよ首魁《しゅかい》の番です。政治力をもぎとり、経済力をもぎ取り、証拠をそろえ、証言者を確保し、あらゆる裏をとって、二度と奴隷を戦わせるような興行ができないように準備を整えてきました。

――あとは、ご本人に反省を促《うなが》すだけです」

「…………」

「『はいいろ』個人、『狐』個人、『輝き』個人にかんすることは、俺が改心にうかがっていましたが――『不当に酷使《こくし》されている奴隷の保護』は、我ら全員がうかがうことになっています。そこまでは、ご理解いただけていますか？」

「わかる」

「結構。……そして、今回、剣闘大会主催グループの首魁、シルヴェストロさんを説得しに行くのは、あなたの仕事だ。我らの組織に正式に所属するあなたの、入団後の初仕事だ」

「……」

オッタは神妙な顔でうなずく。

アレクは真面目《まじめ》な顔をしていた。

そして、続きを告げる。

「その前に、最終確認を行いましょう。あなたが所属しようとしているのは、『銀の狐団』の情報部だ。情報部は、特殊な部署です。地味で、きつく、強さと高い隠密性が必要となる。部署の性格は『銀の狐団』の前身たる、『輝く灰色の狐団』に近いでしょう。つまり、犯罪者クランだ。犯罪行為はしないにせよ、ね」

「……それは、もう聞いた」

「あなたがウチのクランに所属したいならば、普通に、製作や商売の方を行うこともできます。というかむしろ俺があなたやエンさんにすすめたのは、そちらの方だ。……今なら、まだまにあいますよ。よく考えて、あなたが納得できる選択をしてください」

「アレクは、いつも、そうだな」

「……？」

「納得できるようにしろって、よく言う」

「……そうかもしれませんねえ。人間《じんかん》で生きてみると『納得する』なんていう些細《ささい》に思えることが意外と難しいと気付く。だいたいは、理想と現実とで折り合いをつけて納得したふりをして生きていくしかないし、それができないと社会不適合者と見なされてしまう」

「……」

「だからこそ、あなたたちには納得して、答えを出して、前に進んでほしいと思っています。社会があなたたちの『納得』に配慮してくれないならば、俺が、配慮する側でありたい。……

そして、『銀の狐団』情報部は、その理念で動く部署です。つまり、誰かの納得のために、地味な仕事や汚れ役を請け負《う》うことが少なくない」

「少し前までは、たぶん、今言われたことを、オッタは理解できなかった」

「……」

「でも、今は、きちんと、わかる。わかったうえで、オッタは情報部に入る。……アレクや、エンや……情報部のみんなに助けられたぶん、オッタもみんなを助けたい。それから、奴隷たちを助けたいって、そう思う」

「……なるほど」

「だから、オッタの気持ちは変わらない。オッタは、情報部に入る」

「結構。……では、これを授与しましょう」

アレクが片手を横に出す。

すると、そこに、うやうやしく、ある物が差し出された。

差し出された。——誰が、アレクに?

オッタはアレクの横を見る。

そこには、仮面をつけていて顔をうかがうことはできないが、金髪の女性と思《おぼ》しき人物がいた。

……いつの間に部屋にいたのか。オッタは、アレクの横にひざまずく金髪の人物の存在に、今まで気付けなかった。

ともあれ、差し出された物は――仮面と、マントだ。

アレクが身につけているのと、同じ。

無気味な意匠の狐面。それから、銀の毛皮のマント。

「仮面はわりと気軽に配っていますが、マントの方は、情報部にしか配布していません。いわゆる制服ですね」

「……」

「それを身につけた瞬間から、あなたは我らの仲間になる。――さあ、どうぞ」

アレクから、マントと仮面が差し出される。

オッタは、誰に言われたわけでもないが、ひざまずいて、それを受け取った。

身につける。そして、立ち上がる。

……横を見れば姿見があった。

そこに映るのは、銀のマントと狐面を身につけた自分の姿。

まだ、似合っていない。

けれど、いつかきっと、この姿に見慣れる日も来るだろう。

視線をアレクに戻す。

彼はいつのまにか、左右の手にひとつずつ、黄金の杯を持っていた。

「どうぞ」

差し出された杯を受け取る。

中には、赤い液体がなみなみと注がれていた。

においをかぐ。……葡萄酒《ぶどうしゅ》かと思ったが、どうやら、酒ではないようだ。

「仕事前ですからね。アルコールはやめておきましたよ」

「……そうなのか」

「では、長々やってもしょうがないので、入団の儀式をしめくくりましょうか。仕事も控えていますし。――これより、あなたを我ら『銀の狐団』情報部のメンバーと認めます。新しい家族に乾杯」

「……乾杯」

杯を合わせる。

そして、中身を一気に呑み干した。

アルコールではないが、妙に体が熱くなるのに気付く。

緊張。興奮。それから、よくわからない感情。

全部がないまぜになって、心の中が、ぐちゃぐちゃだ。

オッタは深く息を吐く。

アレクはそれを見て、久々に、微笑みを浮かべた。

「では、行きますか。ほんの少しだけ、世界を変えてきましょう」

アレクが背中を向け、歩き出す。

オッタも続いた。

新しい第一歩だ。

ここに至るまで、色々なことがあった。

でも、ようするに——弱くて、誰かに助けられるしかなかった少女は、誰かを助けられるだけの強さを手に入れた。

……これはきっと、それだけの話で。

情報部にいる人にとっては、なんら物珍しくもない普通の話なのだろうとオッタは思った。

○

「おかえりアレク。今日は大仕事だったたねえ」

ベッドに入ったヨミに出迎えられながら、アレクは部屋に入った。

『銀の狐亭』従業員寝室。

大きなベッドが一つあるだけの、殺風景な部屋だ。

ノワとブランは、いなかった。

最近は、夜の食器洗いや清掃を望んでやるようになっている。

いいことだと思う反面、巣立ちの近さを感じて、寂しい気持ちもある。

ともあれ——アレクは出迎えに応じる。

「ただいま、ヨミ。……でも、また一つ前進できた。生まれで人生が決まる人を、また減らせたよ。あとは――」

アレクは、分厚い本を手にしていた。

『カグヤの書』……オッタと出会った日に獲得したものだ。

すでに長い時間が経《た》っている。

多忙なアレクだったが、まだ読み切っていないというわけではなかった。

読み返している。何度も、他の資料と比べながら。

そうして、ある答えにたどりついていた。

「……こっちも、前進だ」

「『カグヤの書』？　……前進したってことは、わかったんだ」

「ああ。カグヤ。五百年前、勇者アレクサンダーとともにモンスターだらけの地上に平穏をもたらした、いわゆる『勇者パーティー』の一人。獣人族の移動王国の、初代女王。予言者」

「……」

「そして、今で言う――『輝き』」

「……やっぱり、あの人の正体は、予言者カグヤだったんだねえ」

「似た存在が二人いたから迷ったけど、どうにもカグヤの方で間違いないっぽいな。……しかしまあ、なんだ……自分の母親の名前が古代の文献《ぶんけん》をあさらないと出てこないっていうのは、なんとも面倒くさい話だなあ」

「あははは」

「ただ、あの人が五百年前から生きている理由については、まだわからない」

「予言者の能力が不死身だったとかじゃないの？　勇者パーティーに数えられてる人は、みんな変な能力持ってたんでしょ？　鍛冶神《かじしん》ダヴィッドの『ゴーレム作製』みたいな……」

「そうなんだけど、文献だと、カグヤの特殊能力は『予言』になる。不老不死はむしろ、勇者アレクサンダーの領分だ」

「……調べても謎が減らないねえ」

「まったくだよ。……こんなものより、あの人が今つけてる日記がほしい」

「どうして？」

「あの人は、自分の子供と、その子供の父親のことを記した日記を持っていた。それを見ればお前があの人の実の娘かどうかわかるはずだ」

「……あー……そういえば、あったねえ、そんなの。袖《そで》から出したやつ」

「今も肌身離さず持ってる可能性は高いだろうな。……まったく先代『はいいろ』が浮気性でさえなきゃ、こんな苦労はなかったんだが」

「パパはねえ。色々と『来る者拒《こば》まず』だったから」

「……お前、昔は先代のこと、わりと嫌いだったのに、最近ものすごい擁護《ようご》するよな」

「嫌いなところもあったけどねえ。好きなところもあったから。それに、思い出は美化されるものだからねえ」

「……このあいだ見せてもらった回想録、あんまり美化されてなかったような気がする」

「美化してたよ？」

「……そうなのか。だいたい俺が見たそのままだったから、美化されてないのかと思った」

「それはね、アレクの中でも、パパが美化されてるってこと」

「なるほど。それはあるかもなあ……よくよく思い返せば、記憶にあるよりずっと下品なおっさんだったような気もする」

「……五百年前の記憶は、どんな風に見えるんだろうね」

「………………」

「美化されるのかな。それとも、風化しちゃうのかな」

「……さてな。全部あの人を捕まえればわかることだ。そして、その時は近い」

アレクが拳を握りしめる。

ヨミが首をかしげた。

「……そっちも、前進したの？」

「ああ。ようやく、影がつかめた。世界が真っ黒になっていく中で、一カ所だけ染まらないところが見えた」

「どんな顔して会おうね？」

「……目下《もっか》、一番の問題はそれなんだよなあ。あの人にどういうスタンスで接すればいいか迷う。責めればいいのか、怒ればいいのか、それとも……」

「たぶん、いざ会ったら、どうしたらいいか、なんとなくわかると思うよ」

「そんなもんか？」

「うん。求めるものがわかるっていうか、自分がどうしたらいいかわかるっていうか……」

「経験則か？」

「『狐』の時にね」

「……なるほど」

「パパのあとを追わせてあげるべきだと、ぼくは思ったんだよ。……だからきっと、わかるよ。アレクにも。その時になったらね」

「自信はないな。……俺にも直観があればいいんだけど」

「オッタさん？　あの人の直観は『スキル』じゃないの？　戦闘系スキルならなんだって覚えられるんでしょ？」

「スキルではないなあ。……少なくともスキル欄には『直観』っていうものはない。才能っていうか……設定とか、かな、強いて言うなら」

「ふうん？」

「……ま、とにかく。お前を信じるよ。その時になったら、自然とどうしたらいいかわかるんだろう。お前の言うことはだいたい正しいからな」

「うん。だから修行ももう少しゆるく」

「……ゆるいけど」

「アレク、ちょっとこっち」

「なんだよ」

「いいから、こっち」

手招きされる。

アレクは、首をかしげながらヨミに従った。

彼女の眠るベッドの横に、座る。……すると、ヨミが、ぺちぺちとアレクの頭を叩いた。

「……なんだ？」

「固い頭を柔らかくしているのです」

「俺の頭はステーキ用の肉じゃないんですが」

「えい、えい、えい、えい」

「やめなさい」

「えへへ」

ヨミが身を乗り出して、アレクの頭に抱きつく。

アレクは、困惑《こんわく》した顔になった。

「今日のお前は子供みたいだなあ……」

「ブランとノワがいないからね」

「……そういえば、寝室で二人がいないのは、久しぶりか」

「うん。……ねえ、たまに、二人でどこか行こうか」

「そうだな。今はまだ無理だけど」

「遠出じゃなくてもさ。……街に買い物に行ったり」

「なるほど。それなら手軽にできそうだ」

「思い出がいつか美化されるなら、思いっきり輝くような、思い出を作ろう」

「……ああ」

「記憶がいつか風化するなら、『覚えてないけど、楽しかったなあ』って言えるような毎日を過ごそうね」

「……そうだな」

「うん」

ヨミがアレクの頭をぎゅっと抱く。

アレクは、抵抗せずに、されるがまま、黙っていた。

目を閉じる。耳にとどくものは、ほとんどない。

時間さえ止まったかのような静寂の中――

ただ、耳にとどくヨミの鼓動だけが、時間の経過を教えてくれた。

あとがき

お久しぶりです。本書を手にとってくださり、まことにありがとうございます。

今回のあとがきは四ページいただいており、なんでも書ける自由度となっております。一例を挙げれば店舗特典SSが二つ入るページ数です。

なのでロレッタについて話をします。

というのも、作者が四ページでなにができるかつらつら考え、迷いに迷って『二巻まで本文四ページでなにをしてきたっけ』と調べました。

すると両方ともロレッタが誰かに質問をしていました。

一巻は『ここは死なない宿屋か?』という質問をアレクにしており、二巻は『あなたが宿屋に来た当初はどんな感じ?』とホーに質問していました（ホーのセリフしか書いてません）。

つまり作者にとって四ページはロレッタなのです。

そこでロレッタというキャラクターについてお話しすることとしました。

まずは前置きから。

本作は『主人公アレクサンダー視点での語りがない』という形式で進んでおります。『一切ない』わけではないですが、基本的に彼は視点人物になりません。

とはいえ最初からそういう形式で考えていたわけではありませんでした。

実際に、現在書いている『セーブ＆ロードのできる宿屋さん』はバージョン2です。バージョン1が作者の手元には存在し、そこではアレクさんが冒険者を引退して宿屋稼業《かぎょう》しながら王都で起こる問題を出張して解決してます。あとバージョン0だとセーブ＆ロードを駆使して不死軍団の長《おさ》やってマスコンバットしてます。

そのどちらもアレクさん視点で物語は綴《つづ》られており、現在ほどアレクさんはおかしくありませんでした。むしろ共感できる主人公を目指していました。

しかし作者の中でどうしても『共感できる主人公』と『人の命をエコマーク状態にする人物』がイコールで結ばれず、中途半端《はんぱ》な人物になりがちでした。

それが現在のかたちになったのは、ほとんどロレッタのお陰です。

最初は彼女を視点人物にするつもりはありませんでした。

しかし現在のバージョンを書いてみて『なんかヒロイン登場遅いな』となり、『ヒロインの登場シーンから書こう』として書いたら、視点人物になりました。

そして彼女はおかしいことに『おかしい』と言える人でした。

だいたい『命の再利用』を肯定《こうてい》する人がおかしくないはずないので、その人に『おかしい』と言えるキャラクターは最初から必要だったんですね。

ロレッタがそのことを作者に教えてくれました。

よってロレッタがいなければ本作は今のかたちにならず、ある意味で彼女が本作を本作たらしめる最大の功労者とも言えます。

おしまい。

ページがまだあるので余談に入ります。

現在でこそ本作は『章ごとにヒロインが変わる』という『ハーレムものじゃないのにヒロインだけ増え続ける形式』となっておりますが、一章を書き終えた当時は、ロレッタが視点人物兼ヒロインとして続投する予定でした。

しかし一巻を読んでくださった方はおわかりかと思いますが、二章ヒロインはロレッタではありません。

これについて理由は不明です。

なんでいきなり手記とか書き始めたのでしょう?

理由を探しております。見つけた方はご一報ください。

謝辞に入ります。

前述の通り本作はおかしな人を外から見つめる物語です。

しかも『おかしな人』は実はアレクだけではなく、ロレッタもモリーンもその他ヒロインも、アレクのせいで目立たないけどだいたい全部おかしな人という有様となっております。

こんなおかしな物語が書籍化までして、もう三巻という事実に驚愕《きょうがく》するとともに、拾い上げてくださった編集様への感謝の念に堪《た》えません。

いつも美しいイラストを描いてくださっている加藤《かとう》いつわ様にも楽しく読んでいただけているようで、安堵《あんど》するとともにいつもいつも感謝しております。特に今回はエンさんのデザインがとても好きです。想像していたのに想像しきれなかった想像すべき点まで創造していただけて本当にイラストが加藤いつわ様で助かりました。ありがとうございます。

編集様やイラストレーター様だけではなく、本書には様々な方がかかわってくださっております。

お仕事でかかわってくださっているみなさま方、本書を読んでくださっている読者のみなさま、ＷＥＢ版の本作を読んでくださっている諸兄諸姉、他にも様々なかたちで本作にたずさわってくださっている方々に無上の感謝を。

メインヒロインがようやく登場した本作をどうぞお楽しみください。

稲荷　竜

この作品の感想をお寄せください。

あて先　〒101-8050　東京都千代田区一ツ橋2-5-10
集英社　ダッシュエックス文庫編集部　気付
稲荷 竜先生　加藤いつわ先生

ダッシュエックス文庫

セーブ&ロードのできる宿屋さん3
～カンスト転生者が宿屋で新人育成を始めたようです～

稲荷 竜

2017年3月29日 第1刷発行

★定価はカバーに表示してあります

発行者 鈴木晴彦
発行所 株式会社 集英社
〒101−8050 東京都千代田区一ツ橋2−5−10
03(3230)6229(編集)
03(3230)6393(販売/書店専用)03(3230)6080(読者係)
印刷所 凸版印刷株式会社

ISBN978-4-08-631175-5 C0193

俺の家が魔力スポットだった件
～住んでいるだけで世界最強～
あまうい白一
イラスト／鍋島テツヒロ

俺の家が魔力スポットだった件2
～住んでいるだけで世界最強～
あまうい白一
イラスト／鍋島テツヒロ

俺の家が魔力スポットだった件3
～住んでいるだけで世界最強～
あまうい白一
イラスト／鍋島テツヒロ

俺の家が魔力スポットだった件4
～住んでいるだけで世界最強～
あまうい白一
イラスト／鍋島テツヒロ

強力な魔力スポットである自宅ごと召喚された俺。長年住み続けたせいで異常に貯め込んだ魔力で、我が家を狙う不届き者を撃退だ！

増築しすぎた家をリフォームしたり、幼女竜と杖を作ったり楽しく過ごしていた俺。それを邪魔する不届き者は無限の魔力で迎撃だ！

黒金の竜王アンネが隣人となり、異世界マイホーム生活は賑やかに。でも、戦闘ウサギに新たな竜王の登場で、まだまだ波乱は続く!?

今度は国を守護する四大精霊が逃げ出した!!強い魔力に引き寄せられるという精霊たちは、当然ながらダイチの前に現れるのだが…？

「きみ」のストーリーを、

「ぼくら」のストーリーに。

集英社

ライトノベル

新人賞

募集中!

ダッシュエックス文庫が主催する新人賞「集英社ライトノベル新人賞」では
ライトノベル読者へ向けた作品を募集しています。

大賞	金賞	銀賞
300万円	50万円	30万円

※原則として大賞作品はダッシュエックス文庫より出版いたします。

募集は年2回!

1次選考通過者には編集部から評価シートをお送りします!

第7回前期締め切り:2017年4月25日(当日消印有効)

最新情報や詳細はダッシュエックス文庫公式サイトをご覧下さい。

http://dash.shueisha.co.jp/award/